A INQUILINA SILENCIOSA

CLÉMENCE MICHALLON

A INQUILINA SILENCIOSA

Tradução:
Flávia Souto Maior

 Planeta

Copyright © Clémence Michallon, 2022
Copyright © Editora Planeta do Brasil, 2023
Copyright da tradução © Flávia Souto Maior, 2023
Todos os direitos reservados.
Título original: *The Quiet Tenant*

Preparação: Elisa Martins
Revisão: Bárbara Parente e Bruna Del Valle
Projeto gráfico e diagramação: Anna Yue
Capa: Angelo Bottino e Fernanda Mello
Imagem de capa: Enzo Viturat / Pexels

Dados Internacionais de Catalogação na Publicação (CIP)
Angélica Ilacqua CRB-8/7057

Michallon, Clémence
   A inquilina silenciosa / Clémence Michallon; tradução de Flávia Souto Maior. - São Paulo: Planeta do Brasil, 2023.
   304 p.

ISBN 978-85-422-2283-8
Título original: The Quiet Tenant

1. Ficção norte-americana I. Título II. Maior, Flávia Souto

23-3330   CDD 813

Índice para catálogo sistemático:
1. Ficção norte-americana

 Ao escolher este livro, você está apoiando o manejo responsável das florestas do mundo

2023
Todos os direitos desta edição reservados à
EDITORA PLANETA DO BRASIL LTDA.
Rua Bela Cintra, 986 – 4º andar
01415-002 – Consolação – São Paulo-SP
www.planetadelivros.com.br
faleconosco@editoraplaneta.com.br

Para Tyler

Ah! Quem não sabe que esses lobos gentis,
entre todos os lobos, são os mais perigosos?
— Charles Perrault, Chapeuzinho Vermelho

1
A MULHER NO GALPÃO

Você gosta de pensar que toda mulher tem um, e calhou de ele ser o seu.

É mais fácil assim. Ninguém é livre. Não há espaço no seu mundo para quem ainda está lá fora. Não há amor pelo vento no cabelo nem paciência para o sol sobre a pele.

Ele vem à noite. Destranca a porta. Arrasta as botas por um rastro de folhas secas. Fecha a porta ao entrar, desliza o ferrolho para o lugar.

Este homem: jovem, forte, arrumado. Você se lembra do dia em que o conheceu, daquele breve momento antes de ele revelar sua verdadeira natureza, e eis o que vê: um homem que conhece seus vizinhos. Que sempre leva o lixo reciclável para fora a tempo. Que ficou na sala de parto no dia em que sua filha nasceu, uma presença constante contra os males do mundo. Mães o veem na fila do mercado e empurram os bebês em seus braços: *Pode segurar ela um minutinho? Esqueci o leite em pó, volto já.*

E agora ele está aqui. Agora ele é seu.

Há uma ordem no que você faz.

Ele olha para você, um olhar que serve de inventário. Você está aqui. Com seus dois braços, duas pernas, um tronco e uma cabeça.

Depois vem um suspiro. Um relaxamento dos músculos, das costas conforme ele se acomoda no momento que compartilham. Ele se curva para ajustar o aquecedor elétrico ou o ventilador, dependendo da estação.

Você estende a mão e recebe um pote. O vapor sobe da lasanha, da torta de carne, do macarrão com atum, o que quer que seja. A comida pelando deixa bolhas no céu da sua boca.

Ele te entrega água. Nunca em um copo. Sempre em um cantil. Nada que possa ser quebrado e afiado. O líquido frio dá choques em seus dentes. Mas você bebe, porque a hora de beber é agora. Um sabor metálico permanece em sua boca depois.

Ele te entrega o balde e você faz o que tem que fazer. Já deixou de sentir vergonha há muito tempo.

Ele leva seus dejetos e sai por mais ou menos um minuto. Você o escuta lá fora, o som das botas pisando no chão, o jato da mangueira. Quando ele volta, o balde está limpo, cheio de água com sabão.

Ele observa enquanto você se lava. Na hierarquia de seu corpo, você é a inquilina e ele é o proprietário. Ele te entrega suas ferramentas: uma barra de sabão, um pente de plástico, uma escova de dente, um tubo pequeno de creme dental. Uma vez por mês, o xampu antipiolhos. Seu corpo: sempre criando problemas, e ele mantendo-os sob controle. A cada três semanas, ele tira o cortador de unhas do bolso de trás. Espera até você voltar a ficar apresentável, depois o pega de volta. Toda vez ele o pega de volta. Você faz isso há anos.

Você volta a vestir as roupas. Parece inútil, considerando o que vem a seguir, mas é o que ele decidiu. Não funciona, você pensa, se fizer você mesma. Tem que ser ele a descer o zíper, abrir os botões, retirar as camadas.

A geografia da pele dele: coisas que você não queria saber, mas aprendeu mesmo assim. Uma pinta no ombro. Os pelos que descem pelo abdômen. As mãos: a firmeza dos dedos. A pressão quente da palma sobre seu pescoço.

Até o fim, ele nunca olha para você. Não tem a ver com você. Tem a ver com todas as mulheres e todas as meninas. Tem a ver com ele e todas as coisas que fervilham dentro da cabeça dele.

Quando termina, ele nunca se demora. É um homem no mundo, com responsabilidades que o chamam. Uma família, um lar para administrar. Lição de casa para conferir. Filmes para assistir. Uma esposa para manter feliz e uma filha para embalar. Há itens na lista de afazeres dele além de você e de sua pequena existência, todos exigindo serem riscados.

Menos esta noite.

Esta noite, tudo muda.

Esta noite é a noite em que você vê este homem – este homem muito cuidadoso, conhecido por dar apenas passos calculados – violar as próprias regras.

Ele se levanta, mãos espalmadas no piso de madeira. Os dedos, por milagre, estão livres de farpas. Ele ajeita a fivela do cinto sob o umbigo, empurra o metal contra a pele firme da barriga.

— Ouça — ele diz.

Algo se aguça, a parte mais essencial de você prestando atenção.

— Você está aqui há bastante tempo.

Você analisa o rosto dele. Nada. É um homem de poucas palavras, de expressões faciais mudas.

— O que está querendo dizer? — você pergunta.

Ele veste o casaco e puxa o zíper até o queixo.

— Preciso me mudar — ele diz.

Mais uma vez, você precisa perguntar:

— O quê?

Uma veia pulsa na base da testa dele. Você o irritou.

— Para uma casa nova.

— Por quê?

Ele franze a testa. Abre a boca como se fosse falar alguma coisa, depois pensa melhor.

Esta noite não.

Você garante que o olhar dele cruze com o seu quando ele sai. Quer que ele absorva sua confusão, todas as perguntas deixadas sem resposta. Você quer que ele sinta a satisfação de te deixar na mão.

Regra número um para permanecer viva no galpão: ele sempre vence. Durante cinco anos, você se certificou disso.

2
EMILY

Não faço a mínima ideia se Aidan Thomas sabe meu nome. Eu não ficaria brava se não soubesse. Ele tem coisas mais importantes para lembrar do que o nome da garota que lhe serve Cherry Coke duas vezes por semana.

Aidan Thomas não bebe. Nada alcoólico. Um homem bonito que não bebe poderia ser um problema para uma bartender, mas minha linguagem do amor não é a bebida; são as pessoas sentando-se diante do balcão e se colocando aos meus cuidados por uma ou duas horas.

Não é uma linguagem que Aidan Thomas fala fluentemente. Ele é como um cervo no acostamento da estrada, completamente imóvel até você passar com o carro, pronto para correr se você demonstrar muito interesse. Então eu o deixo vir até a mim. Às terças e quintas. Em um mar de clientes regulares, ele é o único que quero ver.

Hoje é terça-feira.

Às sete horas, começo a olhar para a porta. Um olho procura por ele e o outro se volta para a cozinha – para minha garçonete, meu *sommelier*, meu chefe de cozinha, que é um completo idiota. Minhas mãos se movimentam no piloto automático. Um sidecar, um refrigerante, um uísque com Coca. A porta se abre. Não é ele. É a moça da mesa com quatro pessoas que teve que trocar o carro de lugar. Um *bitter* e água com gás. Mais um canudo para a criança sentada nos fundos. Um recado da garçonete: a moça da mesa com quatro não gostou da massa. Estava fria ou não estava muito condimentada. As reclamações não são muito claras, mas elas existem, e Cora não vai perder a gorjeta porque a cozinha não sabe usar a estufa. Tranquilizo Cora. Digo a ela para pedir para os cozinheiros refazerem a massa, com um acompanhamento qualquer grátis como pedido de desculpas. Ou para pedir para Sophie, nossa confeiteira, mandar uma sobremesa se a moça tiver cara de quem gosta de doces. O que for preciso para que se calem.

O restaurante é um buraco negro de necessidades, um monstro que nunca pode ser saciado. Meu pai nunca me perguntou; ele simplesmente supôs que eu fosse assumir. E daí ele foi lá e morreu, porque é isso que os chefes de cozinha fazem – existem em um borrão de calor e caos e te deixam sozinha para recolher os pedacinhos.

Aperto as têmporas com dois dedos, tentando afastar o horror. Talvez seja o clima – é a primeira semana de outubro, ainda início do outono, mas os dias estão ficando mais curtos, o ar é mais frio. Talvez seja alguma outra coisa. Mas a sensação que tenho é de que esta noite todos os fracassos são especialmente meus.

A porta se abre.

É ele.

Algo se ilumina dentro de mim. Uma alegria borbulha, do tipo que faz eu me sentir pequena, um pouquinho suja e possivelmente meio burra, mas é a sensação mais agradável que o restaurante tem a oferecer, e eu vou aceitá-la.

Aidan Thomas senta-se ao balcão do bar em silêncio. Ele e eu não conversamos, à exceção dos gracejos de sempre. É uma dança e nós sabemos os passos de cor. Copo, cubos de gelo, máquina de refrigerante, descanso de copo de papel. *Amandine* escrito em caligrafia vintage sobre o papelão. Uma Cherry Coke. Um homem satisfeito.

— Obrigado.

Abro um sorriso rápido e mantenho as mãos ocupadas. Entre uma tarefa e outra – lavar a coqueteleira, organizar vidros de azeitona e fatias de limão –, dou umas olhadas para ele. Como um poema que sei de cabeça, mas nunca me canso de recitar: olhos azuis, cabelo loiro-escuro, barba aparada. Linhas de expressão sob os olhos, porque ele viveu, amou e perdeu. E então, as mãos: uma apoiada sobre o balcão, a outra ao redor do copo. Firmes. Fortes. Mãos que contam uma história.

— Emily.

Cora está debruçada sobre o bar.

— O que foi agora?

— Nick está dizendo que temos que parar de servir o contrafilé.

Reprimo um suspiro. Os chiliques de Nick não são culpa de Cora.

— E por que teríamos que fazer isso?

— Ele disse que o corte não está certo, e os tempos de cozimento não estão batendo.

Tiro os olhos de Aidan e fico de frente para Cora.

— Não estou dizendo que ele está certo — ela diz. — Ele só... me pediu para te dizer isso.

Em qualquer outra ocasião, eu sairia do bar para conversar com Nick pessoalmente. Mas ele não tiraria aquele momento de mim.

— Diga a ele que o recado foi recebido.

Cora fica esperando o restante. Ela sabe tão bem quanto eu que dizer que "o recado foi recebido" não vai tirar Nick do pé de ninguém.

— Diga que se alguém reclamar do contrafilé, eu mesma resolvo. Prometo. Eu assumo toda a culpa. O *contrafilégate* vai ser meu legado. Diga que a comida está sendo muito elogiada hoje. E diga também que ele deveria se preocupar menos com o contrafilé e mais com o que sai de sua estação, se o pessoal está liberando comida fria.

Cora levanta as mãos, como se dissesse *Tudo bem, tudo bem*. Ela segue na direção da cozinha.

Dessa vez, eu me permito suspirar. Estou prestes a voltar minha atenção para algumas taças de martíni que precisam ser polidas, quando sinto um olhar sobre mim.

Aidan.

Ele levantou os olhos do balcão, dando um meio sorriso.

— *Contrafilégate*, é?

Merda. Ele ouviu.

Obriguei-me a rir.

— Desculpe por isso.

Ele balança a cabeça, toma um gole da Cherry Coke.

— Não precisa se desculpar — ele diz.

Retribuo o sorriso e me concentro nas taças de martíni, dessa vez para valer.

De canto de olho, vejo Aidan terminar de beber o refrigerante. Nossa coreografia recomeça: um inclinar de cabeça para pedir a conta. A mão erguida rapidamente para se despedir.

E, num piscar de olhos, a melhor parte do meu dia terminou.

Recolho a notinha de Aidan – uma gorjeta de dois dólares, como sempre – e o copo vazio. Só quando vou limpar o balcão que percebo: um entrave, uma mudança em nosso *pas de deux* tão bem ensaiado.

O descanso de copo. O descanso de papel que coloquei sob a bebida dele. Agora seria a hora em que eu o jogaria no lixo reciclável, mas não consigo encontrá-lo.

Talvez tivesse caído? Dou a volta no balcão, olho para o pé da banqueta em que ele estava sentado há poucos minutos. Nada.

É muito estranho, mas inegável. O descanso de copo sumiu.

3
A MULHER NO GALPÃO

Ele te trouxe até aqui.

A casa dele se revelou para você em **flashes**, vislumbres rápidos quando ele não estava olhando. No decorrer dos anos, você repassou essas imagens, apegou-se a cada detalhe: a casa no centro de um terreno. Grama verde, salgueiros. Todas as plantas podadas, todas as folhas bem-cuidadas. Construções menores espalhadas pela propriedade como bolinhos em uma bandeja. Uma garagem separada, um celeiro, um suporte para bicicleta. Fios de alta tensão serpenteando entre galhos. Esse homem, você soube, vivia em um lugar calmo e belo. Um lugar para crianças correrem, para flores nascerem.

Ele caminhava rápido, descendo um trecho de terra e subindo uma colina. A casa desaparecia ao longe, substituída por uma série de árvores. Ele parou. Não havia onde se agarrar, ninguém para chamar. Você ficou em frente a um galpão. Quatro paredes de cor cinza, teto inclinado. Sem janelas. Ele segurava um cadeado metálico, separou uma chave do restante do molho.

Lá dentro, ele te ensinou as novas regras do mundo.

— Seu nome — ele disse. Estava ajoelhado, mas ainda assim ficava mais alto que você, uma mão de cada lado do seu rosto, de modo que sua visão começava e terminava com os dedos dele. — Seu nome é Rachel.

Seu nome não era Rachel. Ele sabia seu nome verdadeiro. Tinha visto em sua carteira de motorista depois de tomar sua carteira.

Mas ele disse que seu nome era Rachel, e isso foi vital para você aceitar esse fato. O modo como ele disse, o *r* gutural e o caráter definitivo do *l*. Rachel era uma folha em branco. Rachel não tinha um passado para o qual voltar. Rachel poderia sobreviver em um galpão.

— Seu nome é Rachel — ele disse — e ninguém sabe quem é você.

Você concordou com a cabeça e não com avidez suficiente. As mãos dele soltaram seu rosto e agarraram seu suéter. Ele te empurrou contra a parede, o braço sobre o seu pescoço, os ossos do pulso encaixados em sua traqueia. Não havia ar, não havia oxigênio nenhum.

— Eu falei — ele disse, e o mundo começou a se esvair, mas não o escutar não era uma opção — que ninguém sabe quem é você. Ninguém está te procurando. Você está entendendo, porra?

Ele soltou. Antes de você tossir, antes de você ficar ofegante; antes de você fazer qualquer outra coisa, você acenou com a cabeça. Com intenção. Acenou como se sua vida dependesse disso.

Você se tornou Rachel.

Vem sendo Rachel há anos.

Ela te manteve viva. Você se manteve viva.

BOTAS, FOLHAS MORTAS, ferrolho. Suspiro. Aquecedor. Tudo como sempre, exceto ele. Esta noite ele apressa o ritual, como se tivesse deixado água fervendo sobre o fogão. Você ainda está mastigando o último pedaço de torta de frango quando ele tira o pote de sua mão.

— Vamos — ele diz. — Não tenho a noite toda.

Essa pressa dele não é avidez. É mais como se você fosse uma música e ele estivesse acelerando as partes chatas.

Ele fica vestido. O zíper do casaco marca seu abdômen. Uma mecha de seu cabelo prende no fecho do relógio dele. Ele puxa o pulso, livra-se de você. Você ouve uma laceração. Seu couro cabeludo arde. Tudo palpável, tudo real, mesmo quando ele paira sobre você como um fantasma.

Você precisa dele aqui. Com você. Precisa dele relaxado e confortável.

Precisa de que ele fale.

Espera até depois. Já vestida definitivamente.

Quando ele se prepara para sair, você passa a mão no cabelo. Um gesto que costumava fazer em encontros, com o cotovelo da jaqueta apoiado sobre a mesa de um restaurante, a camiseta branca renovada por um conjunto de pingentes prateados.

Isso acontece. Você se lembra de pedacinhos de si mesma, e às vezes isso te ajuda.

— Sabe... — você diz a ele. — Eu me preocupo com você.

Ele ri com desdém.

— É verdade. Quero dizer... eu só fico pensando. Só isso.

Ele funga, enfia as mãos nos bolsos.

— Talvez eu pudesse ajudar — você arrisca dizer. — Encontrar uma forma de você ficar.

Ele solta uma risada debochada, mas não se move na direção da porta. Você precisa se apegar a isso. Precisa acreditar que esse é o início de uma vitória.

Ele fala com você, às vezes. Não com frequência e sempre com relutância, mas fala. Algumas noites, fica se gabando. Outras noites, faz uma confissão. Talvez seja por isso que se deu o trabalho de te manter viva: há coisas na vida que ele precisa compartilhar, e você é a única que pode ouvi-las.

— Se me contar o que aconteceu, talvez eu possa pensar em um jeito — você diz.

Ele dobra os joelhos, coloca o rosto na frente do seu. O hálito é fresco, de menta. A palma da mão é morna e áspera sobre seu rosto. A ponta do polegar afunda em sua órbita ocular.

— Acha que, se eu te contar, você vai pensar em um jeito?

O olhar dele desce de seu rosto até seus pés. Com repulsa. Com desdém. Mas sempre – isso é importante – um pouco curioso. A respeito das coisas que ele pode fazer com você, coisas que ninguém vai ficar sabendo.

— O que você poderia saber? — Ele passa o dedo pelo contorno de seu maxilar, raspando a unha em seu queixo. — Você por acaso sabe quem é você?

Você sabe. Como uma oração, como um mantra. *Você é Rachel. Ele te encontrou. Tudo o que você sabe foi ele que te ensinou. Tudo o que tem foi ele que te deu.* Uma corrente ao redor de seu tornozelo, pregada à parede. Um saco de dormir. Sobre um caixote virado de cabeça para baixo, os itens que ele comprou para você no decorrer dos anos: três livros, uma carteira (vazia), uma bolinha antiestresse (sério). Aleatórios e descombinados. Tomados de outras mulheres, você supôs, por esse homem esquivo.

— Eu te encontrei — ele diz. — Você estava perdida. Eu te dei um teto. Eu te mantive viva. — Ele aponta para o pote vazio. — Sabe o que você seria sem mim? Nada. Você estaria morta.

Ele se levanta de novo. Estala os dedos, um de cada vez.

Você não é muita coisa. Sabe disso. Mas no galpão, nessa parte da vida dele, você é tudo o que ele tem.

— Ela está morta — ele diz. Sente como aquilo soa e repete: — Ela está morta.

Você não tem ideia sobre quem ele está falando, até que ele acrescenta:

— Os pais dela vão vender a casa.

Então você entende.

A esposa dele.

Você tenta pensar todos os pensamentos de uma vez. Quer dizer o que as pessoas dizem em uma sociedade educada: *Sinto muito*. Quer perguntar: *Quando? Como?* Fica imaginando: *Será que foi ele? Será que ele finalmente surtou?*

— Então vamos ter que nos mudar.

Ele fica andando de um lado para o outro, na medida do possível em um galpão. Perturbado, o que não é do feitio dele. Mas você não tem tempo para as emoções desse homem. Não tem tempo a perder imaginando se foi ele que matou ou não. E daí se foi ele? Ele mata. Você sabe disso.

O que você precisa fazer é pensar. Pesquisar nas dobras atrofiadas de seu cérebro, aquelas que costumavam resolver os problemas da vida cotidiana. A parte em você que ajudava seus amigos, sua família. Mas a única coisa que seu cérebro grita é que se ele se mudar – se sair dessa casa, dessa propriedade – você morre. A menos que consiga convencê-lo a te levar junto.

— Sinto muito — você diz.

Você sente muito o tempo todo. Sente muito pela morte da esposa dele. Sente muito, muito mesmo, pelas injustiças do mundo, pela forma como se abateram sobre ele. Você sente muito por ele estar preso com você, uma mulher tão carente, sempre com fome e com sede e com frio, e tão intrometida.

Regra número dois para permanecer viva no galpão: ele sempre está certo, e você sempre sente muito.

4
EMILY

Ele está de volta. Terças e quintas. Confiável como uísque de boa qualidade, repleto de promessas.

Aidan Thomas tira o chapéu forrado com pelúcia, sob o qual seu cabelo parece com penas desordenadas. Esta noite, ele carrega uma sacola de lona na cor verde, como as que vendem em lojas do exército. Ela parece pesada, a alça pende esticada do ombro.

A porta bate quando ele entra. Eu me assusto. Normalmente ele a fecha com cuidado, uma mão na maçaneta, a outra no batente.

Ele fica de cabeça baixa enquanto caminha até o bar. Há um peso em seus passos, e não é só culpa da sacola.

Algo pesa sobre ele.

Ele enfia o chapéu no bolso, ajeita o cabelo, larga a sacola no chão.

— Meus Manhattans já estão prontos?

Com um olhar distraído, empurro dois drinques na direção de Cora. Ela se afasta. Aidan espera até ela sair e olha para mim.

— O que deseja?

Ele abre um sorriso cansado.

Vou até a máquina de refrigerante.

— Vou trazer o de sempre. — Uma ideia me ocorre. — Ou posso preparar alguma outra coisa, se precisar de algo para levantar o ânimo.

Ele solta uma risada ofegante.

— Está tão óbvio assim?

Dou de ombros, como se nada disso importasse muito.

— É meu trabalho notar.

Os olhos dele ficam vagos. No fundo, Eric gesticula. Está descrevendo os pratos do dia para uma mesa com quatro pessoas. Seus clientes o observam atentos, de olhos arregalados. Eric é tão bom nisso, ele sabe apresentar. Sabe como conquistar a afeição de sua mesa, como inflar as gorjetas de dois para cinco por cento em poucas frases.

Doce Eric. Um amigo que continuou sendo meu amigo quando me tornei sua chefe. Que sempre me apoia. Que, de algum modo, acredita em mim, em minha capacidade de gerenciar esse lugar.

— Vamos fazer uma tentativa.

Pego um copo baixo, dou uma polida rápida. Aidan Thomas ergue as sobrancelhas em minha direção. Alguma coisa está acontecendo, nova, diferente. Ele não sabe ao certo se gosta. Fazer isso com ele me mata, quando tudo o que ele queria era sua Cherry Coke de sempre.

— Volto já.

Faço o possível para manter um andar casual. Atrás das portas vaivém, Nick está debruçado sobre quatro pratos do dia – costeleta de porco empanada, purê de batata com queijo e molho de bacon com cebolinha. *Simples, mas saboroso*, ele me disse. *As pessoas querem saber o que tem no prato, mas não vêm até aqui para comer coisas que poderiam preparar em casa.* Como se isso tivesse sido ideia dele, e não o que meu pai começou a martelar na minha cabeça antes mesmo de eu começar a andar. *Comida de verdade, com preços bons*, meu pai costumava dizer. *Não queremos servir só o pessoal da cidade. Eles aparecem aos fins de semana, mas são os moradores daqui que nos sustentam durante a semana. Temos que pensar primeiro neles.*

Eric passa por mim ao sair da cozinha com três pratos equilibrados no braço esquerdo. Pela porta, ele vê Aidan no balcão do bar. Faz uma pausa e se vira para mim, abrindo um meio sorriso. Finjo não notar e vou até à câmara fria.

— Ainda tem um pouco daquele chá de flor de sabugueiro que fizemos na hora do almoço?

Silêncio. Todos estão trabalhando ou me ignorando. Yuwanda, a terceira mosqueteira de meu trio com Eric, devia saber, mas ela está no salão, provavelmente recitando os prós e contras da uva Gewürztraminer em comparação à Riesling. Continuo procurando, até localizar a jarra atrás de um galão de molho *ranch*. Sobrou mais ou menos uma xícara.

Perfeito.

Corro para fora. Aidan está esperando com as mãos sobre o balcão. Ao contrário da maioria de nós, ele não pega o celular no instante em que se vê sozinho.

Sabe como ficar em sua própria companhia, como se estender por um momento até encontrar a quietude, ou até mesmo o conforto.

— Desculpe pela espera.

Com o olhar dele sobre mim, coloco um cubo de açúcar dentro do copo. Fatia de laranja, algumas gotas de angostura. Acrescento um cubo de gelo, o chá, e mexo. Com uma colher – nada estraga tanto o estilo de um bartender quanto luvas de plástico –, pesco uma cereja ao marasquino de um pote.

— *Voilà*.

Ele sorri diante de minha entonação exagerada do francês. Um calor se forma em minha barriga. Empurro o copo na direção dele. Ele o leva até a altura do rosto, sente o cheiro. Então me ocorre, com uma obviedade ofuscante, que não tenho ideia do que esse homem gosta de tomar além de Cherry Coke.

— O que você está me servindo? — ele pergunta.

— Um **old-fashioned** virgem. A versão sem álcool de um drinque das antigas.

Ele sorri.

— Das antigas *e* virgem? Acho que faz sentido.

O calor se infiltra sob minhas bochechas. Imediatamente, quero negar meu corpo, o rosto que cora com a mera sugestão de sexo, as mãos deixando marcas úmidas sobre o balcão.

Ele toma um gole e me poupa de ter que pensar em uma resposta sagaz, estala os lábios ao repousar o copo.

— É bom.

Meus joelhos cedem por um instante. Espero que ele não consiga perceber que meus ombros, meu rosto, meus dedos, todos os músculos de meu corpo relaxam de alívio.

— Que bom que gostou.

Ouço dedos tamborilando na lateral esquerda do balcão. Cora. Ela precisa de um vodca martíni e um Bellini. Encho uma taça de martíni com gelo, viro para procurar uma garrafa de champanhe aberta.

Aidan Thomas gira o cubo de gelo no fundo da bebida. Toma um gole rápido e gira novamente. Aqui está esse homem lindo, que fez tanto por nossa cidade. Que perdeu a esposa há um mês. Sentado em meu bar, sozinho, mesmo não bebendo. Fico pensando que, se existe um buraco no centro de sua vida, talvez manter esse hábito lhe traga algum tipo de conforto. Preciso pensar que isso – nossos silêncios compartilhados, nossa rotina silenciosa – significa alguma coisa para ele também.

Todos na cidade têm uma história com Aidan Thomas. Se for criança, ele salvou sua pele momentos antes da parada de Natal. Apareceu quando você mais precisava, com cinto de ferramentas na cintura, para consertar seu trenó capenga, endireitar os chifres de sua rena.

Dois anos atrás, quando houve aquela tempestade terrível e uma árvore caiu sobre a casa do sr. McMillan, Aidan foi até lá e instalou um gerador enquanto trabalhava nos fios de alta tensão. Voltou todos os fins de semana do mês seguinte para consertar o telhado. O sr. McMillan tentou pagar pelo favor, mas Aidan se recusou a aceitar o dinheiro.

A história de minha família com Aidan Thomas aconteceu quando eu tinha treze anos. Meu pai estava no meio do serviço do jantar no restaurante quando a câmara fria queimou. Não me lembro dos detalhes, ou talvez nunca tenha me preocupado em saber. Era sempre a mesma coisa – um motor com defeito, um mau contato. Meu pai estava ficando louco, tentando descobrir uma forma de consertar e comandar a cozinha ao mesmo tempo. Um homem adorável que estava ali jantando com a esposa soube do ocorrido e se ofereceu para ajudar. Meu pai hesitou. Então, em um raro momento *ah-que-se-dane*, ele levou o homem até a cozinha. Aidan Thomas passou boa parte da noite de joelhos, pedindo educadamente por ferramentas e acalmando os funcionários exaustos.

Quando o serviço do jantar terminou, a câmara estava esfriando. E meu pai também. Na cozinha, ele ofereceu a Aidan Thomas e sua esposa taças de aguardente de pera. Ambos recusaram: ele não bebia álcool e ela estava grávida.

Eu estava ajudando aquela noite, como fazem os filhos de donos de restaurante. Quando fui encher a tigela de balas do balcão da entrada, encontrei Aidan Thomas no salão. Ele estava tateando os bolsos do casaco como os clientes costumam fazer ao fim de uma refeição, esperando localizar carteiras, celulares e chaves de carro. A risada do meu pai escapava da cozinha e chegava até nós. Meu pai, um grande chefe com um temperamento à altura, cujo perfeccionismo muitas vezes acabava se transformando em raiva. Era o mais próximo da felicidade do que jamais chegaria.

— Obrigada por aquilo.

Aidan Thomas levantou os olhos como se tivesse acabado de notar minha presença. Eu quis pegar minhas palavras, ainda pairando no ar entre nós, e as engolir de volta. Você aprende a odiar o som de sua própria voz desde cedo quando é menina.

Esperei que ele acenasse distraidamente com a cabeça e voltasse às pressas para a cozinha, ou que fosse condescendente comigo, como a maioria dos adultos. Mas Aidan Thomas não era como os outros adultos. Não era como ninguém.

Aidan Thomas sorriu. Deu uma piscadinha. E disse em um tom de voz baixo e grave que me atingiu em um lugar profundo, em uma parte do meu corpo que eu não sabia que existia até aquele momento.

— De nada.

Não foi nada e foi tudo. Era educação básica e era gentileza infinita. Um clarão de luz pousando sobre uma garota escondida, arrancando-a das sombras, permitindo que fosse vista.

O que eu mais precisava. Algo que nem me havia ocorrido desejar.

AGORA EU OBSERVO Aidan Thomas paralisado no meio de um gole, olhando para mim através do copo. Não sou mais a garota escondida, esperando homens lançarem luz sobre ela. Sou uma mulher que acabou de entrar em um clarão produzido por ela mesma.

Ele estende a mão. Algo muda. Uma perturbação no mundo, placas tectônicas se chocando a quilômetros abaixo do rio Hudson. Seus dedos roçam os meus e o polegar toca a parte interna de meu pulso. E meu coração – meu coração já nem está mais batendo a essa altura, ele simplesmente pa-rou-rou-rou-rou, não consegue lidar.

— Obrigado — ele diz. — Isso foi muito... Obrigado. — Um apertão, um choque de algo indecifrável e inestimável, dele para mim.

Ele solta minha mão, inclina a cabeça para trás para terminar a bebida. Seu corpo todo é esguio, musculoso, passa uma confiança calma.

— Quanto te devo?

Pego o copo vazio para lavar atrás do balcão. Mantenho as mãos ocupadas para ele não notar que estão trêmulas.

— Quer saber? Não se preocupe com isso. Esse foi por conta da casa.

Ele pega a carteira.

— Ah, nada disso.

— Está tudo bem. Sério mesmo. Você pode...

Você pode me pagar uma bebida em breve e ficamos quites é o que eu diria se a esposa dele não tivesse morrido, tipo, cinco minutos atrás. Em vez disso, peguei um pano limpo e comecei a polir o copo dele.

— Você paga na próxima.

Ele sorri e guarda a carteira no bolso, depois se levanta para vestir a parca. Viro para guardar o copo na prateleira atrás de mim. Meu braço para na metade do caminho. Sim, estou nervosa e meu rosto está queimando, mas algo acabou de acontecer. Eu me arrisquei e deu certo. Falei e não aconteceu nenhum desastre em seguida.

Talvez eu ouse só mais um pouquinho.

Eu viro e me apoio no balcão, fingindo fechar melhor a tampa de um vidro de cebolas em conserva.

— Para onde vai agora? — pergunto, como se conversa fiada fosse o básico de nosso vocabulário compartilhado.

Aidan Thomas fecha o zíper da parca, coloca o chapéu e pega a sacola de lona. Ela se acomoda na altura de seu quadril com um barulho metálico.

— Para algum lugar onde eu possa pensar um pouco.

5
A MULHER NO GALPÃO

Você espera o jantar, goles de água tépida. Qualquer coisa. Até o som de zíperes abrindo e fechando.

Ele não aparece.

Você imagina o galpão, escondido no meio das árvores. Já deve ser outono. Ele levou o ventilador e trouxe o aquecedor há algumas semanas. Você fecha os olhos. O que se lembra dessa época do ano: dias curtos, o sol se pondo às seis horas. Galhos desfolhados contra o céu que muda de cor. O que imagina: ao longe, escondida de você, a casa dele. Quadrados amarelos de luz nas janelas, folhas alaranjadas espalhadas pelo pátio. Talvez chá quente. Talvez donuts de cidra.

Um pouco distante, o ronco do motor da caminhonete. Ele está aqui, na propriedade. Vivendo a vida. Cuidando das necessidades dele. Mas não das suas. Você espera, espera e ele não vem.

Você tenta meditar para esquecer a fome. Folheia os livros que ele te deu, levados ao galpão sem nenhuma ordem específica. *It: A coisa*, de Stephen King. Uma edição surrada de *Uma árvore cresce no Brooklyn*, de Betty Smith. *Adoro música, adoro dançar*, de Mary Higgins Clark. Os livros chegaram usados. Páginas com orelhas, anotações nas margens. Você perguntou uma vez, há muito tempo atrás, se eram dele. Ele fez que não com a cabeça. Mais bugigangas, você imaginou. Coisas que ele tomou daquelas que não tiveram tanta sorte quanto você.

Você se agacha em um canto do galpão. Sem ele para trazer o balde, não há alternativa. Ele vai ficar furioso, se voltar. Vai torcer o nariz, jogar um frasco de água sanitária em sua direção. *Comece a esfregar, e só pare quando não der mais para eu sentir esse cheiro.*

Você tenta não se preocupar, porque a preocupação atrapalha a sobrevivência.

ELE JÁ TE DEIXOU ANTES. Mas não desse jeito. Nos primeiros nove meses após a sua chegada no galpão, o homem que te mantinha nele disse que ia a algum lugar. Trouxe o balde, uma caixa de barras de cereal e uma embalagem de garrafas de água pequenas.

— Eu preciso ir — ele disse. Não *eu quero*. Não *eu tenho que*. Eu preciso. — Você não vai fazer nada. Não vai se mover. Não vai gritar. Sei que não vai.

Ele te segurou pelos ombros. Você sentiu o ímpeto de envolver as mãos dele com as suas. De se agarrar a ele, só um pouquinho. *Você é Rachel. Ele te encontrou. Tudo o que você sabe foi ele que te ensinou. Tudo o que tem foi ele que te deu.*

Ele te sacudiu. Você permitiu que o tremor te abalasse.

— Se tentar alguma coisa — ele disse —, vou descobrir. E não vai ser nada bom para você. Entendeu?

Você fez que sim com a cabeça. A essa altura, já sabia como acenar para que ele acreditasse em você.

Ele ficou fora por três dias, quando voltou era o homem mais feliz da face da Terra. Um andar animado, com uma certa estática emanando dos membros. Respirou fundo e com avidez, como se o ar nunca tivesse apresentado sabor tão doce.

Aquele não era o homem que você conhecia. Um homem de deveres e responsabilidades.

Ele fez com você o que foi lá para fazer. Radiante. Um pouco selvagem.

Depois contou. Não falou muito. Só disse que ela colaborou. Que ela foi *perfeita*. Que ela não sabia, até que ficou sabendo, mas daí já era tarde demais.

Aconteceu de novo. Pouco antes do último Dia de Ação de Graças. Você soube porque ele levou as sobras do jantar. Fez isso todos os anos. Você não sabe se ele sabe que é assim que você conta o tempo. Suspeita que ele não se deu conta disso.

São duas no total. Duas que ele matou enquanto te deixou viva. Duas agora compunham a regra, enquanto você permanecia sendo exceção.

Todas as vezes que ele te deixou, houve uma preparação. Dessa vez, não te deu nada. Será que se esqueceu de você? Será que encontrou outro projeto a que se dedicar?

SEM AS VISITAS DELE, é difícil contar os dias. Você acha que o barulho do carro sinaliza quando ele sai pela manhã e quando volta à noite, mas não dá para ter certeza. Seu corpo te diz quando dormir e quando acordar. Encostando a palma da mão na parede, você tenta sentir o calor do sol e o frio da noite. Com base em suas estimativas, passa um dia, depois outro.

No fim do que parece ser o segundo dia, sua boca parece uma lixa. Morcegos zunem ao redor de seu cérebro. Você chupa os dedos para produzir saliva, lambe a parede do galpão em busca de água condensada, qualquer coisa para aliviar a sede. Logo você não passa de um corpo, um crânio, uma coluna, uma pélvis, pés sobre tábuas de madeira, a pele viscosa e uma respiração ofegante.

Talvez ele tenha superestimado sua resiliência. Talvez vá te matar sem querer. Vai voltar, abrir o galpão e te encontrar fria e inerte, como sempre deveria ter sido.

No que você considera ser o terceiro dia, o cadeado faz barulho. Ele é uma silhueta na porta, balde em uma mão, uma garrafa na outra. Você deveria sentar-se, pegar a água da mão dele, abrir a tampa e beber, beber, beber até o mundo voltar a entrar em foco. Mas não consegue. Ele tem que ir até você, ajoelhar ao seu lado, posicionar a garrafa junto a seus lábios.

Você engole. Seca a boca com as costas da mão. Ele não parece ele mesmo. Quase sempre, é um homem que cuida da aparência. Cortes provocados por uma lâmina de barbear aparecem em seu rosto e no pescoço. O cabelo tem perfume de capim-limão, os dentes são brancos e as gengivas parecem saudáveis. Você nunca viu, mas pode dizer que ele passa fio dental sempre, toda manhã ou toda noite, com um pouco de enxaguante bucal para finalizar. Mas esta noite ele parece desarrumado. A barba está por fazer. O olhar desvia, sem foco, de um lado para o outro do galpão.

— Comida?

Sua voz sai áspera. Ele faz que não com a cabeça.

— Ela ainda está acordada. Encaixotando coisas.

Você supõe que ele está se referindo à filha.

— Então não tem nada? Nada mesmo?

Você está abusando da sorte, sabe disso, mas se passaram três dias, e sem a sede entorpecendo seu corpo, você sente tudo, o vazio da fome sob a caixa torácica, a dor nas costas, mil alarmes apontando para suas partes quebradas.

Ele levanta as mãos.

— O que foi? Acha que dá para eu colocar um prato no micro-ondas e sair pela porta sem ela fazer nenhuma pergunta?

A comida que ele traz é sempre parte de um todo. Uma porção de lasanha, uma tigela de ensopado, o quadrado do meio de um macarrão de forno. Alimentos que passam despercebidos. Muito mais discreto do que uma fatia de pizza, um cheeseburguer inteiro, a coxa de um frango assado. Todo esse tempo, ele vem cozinhando porções grandes, separando parte dos pratos e trazendo para você. É uma das formas que encontrou de te manter em segredo.

Ele senta-se ao seu lado com um resmungo. Você espera ele puxar o zíper de sua jaqueta, colocar as mãos em seu pescoço. Em vez disso, ele leva a mão ao cós da calça. Há um reflexo, um brilho de metal.

Você reconhece a arma. É a mesma que ele apontou para você cinco anos atrás, uma pistola preta e o silenciador lustroso.

Seus dedos dos pés se contorcem como se estivessem se preparando para correr. A corrente aperta, fria e pesada em seu tornozelo. Ela puxa para baixo como se fosse te enterrar no chão, primeiro o pé, depois o resto.

Foque. Concentre-se nele.

O peito dele se move para cima e para baixo, uma respiração profunda após a outra. Sem a confusão da desidratação, você o analisa mais claramente. Cansado, mas não esgotado. Zonzo, mas não doente. Ele está péssimo, sim, mas está feliz. Como se fica depois de uma tarefa exaustiva, uma corrida longa ou uma escalada íngreme.

Como se fica depois de matar alguém.

Ele coloca a mão no bolso e joga algo em seu colo, um gato oferecendo um rato morto.

Óculos de sol. De marca, a julgar pela armação pesada e o símbolo na lateral. Totalmente inútil dentro do galpão, mas isso não importa. O que importa é que isso pertencia a alguém, e ela não precisa mais dele.

Agora você sente isso nele. O triunfo. A euforia sem limites de uma caçada bem-sucedida.

Ela chama por você. Que tipo de trabalho tinha para poder comprar óculos de sol como aqueles? Como eram seus dedos quando os ajustava sobre o nariz? Será que ela já os usou para prender o cabelo? Será que já os usou em uma tarde de verão no banco do passageiro de um conversível com a capota abaixada, com os cabelos soltos chicoteando as bochechas?

Você não pode fazer isso. Não pode pensar na outra. Não tem tempo para ficar chocada ou desolada.

Isso é uma chance. O excesso de confiança dele. Esta noite, ele vai se sentir capaz de qualquer coisa.

— Então, ouça — você diz.

Ele pega os óculos de volta, provavelmente questionando a escolha. Você poderia quebrar as lentes, transformá-las em armas.

— Andei pensando. Sobre sua mudança.

As mãos dele ficam imóveis. Você corre o risco de estragar a diversão. Está levando-o de volta às perturbações da vida cotidiana, quando tudo o que ele quer é aproveitar a euforia até quando durar.

— Você poderia me levar junto.

Ele levanta os olhos e solta uma risadinha.

— Ah, tá bom — ele diz. — Acho que você não entende.

Mas você entende. Conhece a luz e a sombra dele. Sabe que ele vai te ver quase toda noite, com certeza ele estará aqui toda noite. Sabe que ele se acostumou a certas coisas. Não é de você que ele gosta, não exatamente, mas de você à disposição dele. O que ele quer, sempre que quiser.

O que ele vai fazer sem você?

— Só estou dizendo que... — você diz a ele. — Que ainda poderíamos nos ver. Não teria que terminar. Não é necessário.

Ele cruza os braços diante do peito.

— Eu poderia estar bem ali — você diz a ele. Você aponta com a cabeça na direção da porta. Na direção do exterior, do mundo que ele tirou de você e é uma miríade de pessoas. — E ninguém saberia.

Ele sorri. Coloca a mão atrás de sua cabeça. Acaricia seu cabelo com o gesto suave e equilibrado de um homem que sabe que está seguro, e depois puxa. O suficiente para machucar.

— E, é claro — ele diz —, você só está preocupada comigo.

Você paralisa sob o toque dele.

Ele se esquiva, abre o ferrolho, convida o ar frio da noite a entrar no galpão. Do lado de fora, o clique do cadeado. Ele está voltando para casa, para sua filha, para o que quer que tenha restado de luz e ternura dentro do lar deles.

Regra número três para permanecer viva no galpão: no mundo dele, você é a coisa mais pura. Tudo o que acontece deve acontecer com vocês dois.

6
NÚMERO UM

Ele era jovem. Deu para saber logo de cara que era a primeira vez. Ele não era bom nisso. Nem um pouco.

Aconteceu no campus da faculdade, no dormitório dele. O jeito que ele fez... desleixado. Sangue para todo lado. Meu DNA nele, o dele em mim. Impressões digitais também.

Ele não me conhecia. Mas eu tinha reparado nele nas semanas anteriores. Se você ficar pela universidade tempo suficiente, principalmente aos sábados à noite, pode ter certeza de que um universitário tímido vai acabar se aproximando de você. Sem saber ao certo como pedir, quando pagar.

A maioria perdia a timidez após me entregar o dinheiro. Depois se portava com a arrogância que o mundo lhes havia ensinado. Eles eram jovens respeitáveis e eu era a mulher que cobrava quinze dólares por um boquete.

Eu não esperava isso dele. Era jovem demais, frágil demais. Não tinha ideia do que estava fazendo.

Ele ficou surpreso, acho, por eu gostar de ler. Os caras nunca pensam em mim como alguém que pode ter gostado de ler. Mas eu gostava. Eu fazia anotações ao lado das passagens que me faziam pensar, dobrava o canto das páginas que me tocavam. Aquela noite, estava com dois livros no painel de minha caminhonete: *It: A coisa* e um suspense chamado *Adoro música, adoro dançar*. Lembro-me dos dois porque nunca consegui descobrir como terminavam.

Ele esperou até eu vestir a blusa. Suas mãos voaram no meu pescoço. Como uma aposta consigo mesmo. Como se soubesse que, se não fizesse naquela hora, poderia se acovardar para sempre.

Os olhos dele se arregalaram quando os meus se fecharam. O ar de admiração em seu rosto: choque por realmente estar fazendo aquilo e por meu corpo reagir da maneira correta. Choque por aquilo ser real: quando se apertava a garganta de alguém com força suficiente, a pessoa de fato parava de se mexer.

Lembro-me de pensar, enquanto ele me matava: se ele não for punido por isso, vai achar que pode se safar de qualquer coisa.

7
A MULHER NO GALPÃO

Você se lembra de pedacinhos de si mesma, e às vezes isso te ajuda.

Como Matt.

Matt era a coisa mais próxima que você tinha de um namorado quando desapareceu. Ele era como todo o resto, uma promessa que nunca se concretizou.

O que você mais lembra sobre Matt: ele sabia arrombar cadeados.

No galpão, você pensou muito em Matt. Tentou algumas vezes. Arrancou uma lasca de madeira do chão, fez um entalhe discreto na parede. A madeira não era páreo para a fechadura grande na corrente. Você ficou com medo que pudesse quebrar, e depois aconteceria o quê?

Depois você estaria ferrada.

Você se lembra de pedacinhos de si mesma, e às vezes isso te ajuda. Só às vezes.

O HOMEM QUE te mantém presa volta no dia seguinte com comida quente e um garfo. Você enfia pedaços enormes na boca antes de pensar em tentar identificar o que está comendo – espaguete com almôndegas. Demora mais umas três garfadas para perceber que ele está falando, e mais duas para encontrar forças para soltar o garfo. O que ele está dizendo é mais importante para sua sobrevivência do que uma única refeição.

— Me diga seu nome.

Seus ouvidos estão zumbindo. Você coloca a tampa no pote de comida, a última almôndega te chama.

— Ei.

Ele sai da outra extremidade do galpão e aperta seu queixo para obrigá-la a olhar para cima.

Você não pode arriscar irritá-lo. Nunca, mas principalmente agora.

— Desculpe — você diz. — Estou ouvindo.

— Não, você não está. Eu mandei você me dizer seu maldito nome.

Você coloca o pote no chão e se senta sobre as mãos para evitar levá-las ao rosto e massagear a área apertada por ele. Respira fundo. Quando disser, ele precisa acreditar. Tem que ser um feitiço, a leitura de um texto sagrado. Tem que ser a verdade.

— Rachel — você fala. — Meu nome é Rachel.

— E o que mais?

Você abaixa o tom de voz, enriquece-o com entonações de fervor. Ele precisa de algo de você, e te ensinou, repetidas vezes, como dar a ele.

— Você me encontrou. — Você acrescenta o restante sem que ele tenha que pedir. — Tudo o que eu sei foi você que me ensinou. Tudo o que eu tenho foi você que me deu.

Ele alterna o pé de apoio para equilibrar o peso do corpo.

— Eu estava perdida — você recita. — Você me encontrou. Você me deu um teto. — A frase seguinte é uma aposta. Se exagerar, ele vai notar os barbantes por trás de seu truque de mágica. Mas se você se contiver, ele vai permanecer fora de seu alcance. — Você me mantém viva. — Você pega o pote do chão para provar. — Eu estaria morta sem você.

Ele passa o dedo na borda da aliança de casamento, gira-a no dedo alguma vezes. Retira o anel e o coloca de volta.

Um homem livre para viajar o mundo, preso em um galpão de jardim. Um homem que conheceu uma mulher, segurou na mão dela, ajoelhou-se, convenceu-a a se casar com ele. Um homem tão determinado a controlar os elementos, e ainda assim a perdeu. Agora seu mundo desmoronou, mas nos escombros da vida, ele ainda tem você.

E ainda tem uma filha.

— Como ela se chama?

Ele olha para você como se perguntasse: *Do que você está falando?* Você aponta na direção da casa.

— O que te importa?

Se dizer a verdade fosse uma opção no galpão, você diria: *Você não entenderia. Está dentro da gente, quando somos meninas. A gente passa por elas na rua. Ouve as risadas delas. Sente as dores delas. Quer pegá-las no colo e carregá-las até o ponto final, poupando os pés delas dos espinhos que fizeram os seus sangrarem.*

Todas as meninas do mundo são um pouco eu, e todas as meninas do mundo são um pouco minhas. Até a sua. Até aquela que é metade você.

Me importa, você diria a ele, *porque preciso da parte de você que a fez. Você nunca mataria sua própria filha, mataria?*

Você fica em silêncio. Deixa ele acreditar no que precisa acreditar.

Ele cerra a mão esquerda em punho. Pressiona-a sobre a testa, fecha bem os olhos por um instante.

Você observa, incapaz de respirar. Sua vida depende do que ele está vendo no interior das pálpebras.

Ele abre os olhos.

Está com você novamente.

— Ela não pode começar a fazer perguntas por sua causa.

Você pisca. Com um suspiro impaciente, ele aponta com a cabeça na direção do mundo exterior – na direção da casa.

A filha. Ele está falando da filha.

Você tenta voltar a respirar, mas esqueceu como se faz.

— Vou dizer que você é uma conhecida. Uma amiga de amigos. Alugando um quarto vago.

Sua fala é reforçada conforme ele explica. Ele é assim: hesitante até se convencer da própria invencibilidade. Depois ele se compromete e nunca olha para trás.

Conta como se fosse tudo ideia dele. Como se você nunca tivesse plantado uma semente, nunca tivesse feito nenhuma sugestão. Ele vai te levar para a nova casa no meio da noite. Ninguém vai ver. Você vai ter um quarto. Vai passar a maior parte do tempo no quarto. Vai ficar algemada a um aquecedor, exceto para comer, tomar banho e dormir. Vai ter café da manhã quase todo dia, almoço em alguns fins de semana, jantar na maioria das noites. Você vai ter que pular uma refeição aqui e ali. Nenhum inquilino, mesmo os mais amigáveis ou carentes, comeria com o proprietário da casa e sua filha o tempo todo.

À noite, você vai dormir algemada à cama. Ele vai te visitar, como sempre. Essa parte não vai mudar.

E você vai ficar em silêncio. O tempo todo, você será muito silenciosa.

Você vai falar com a filha dele apenas durante as refeições, só o suficiente para afastar suspeitas. É para isso que servem as refeições: ele vai deixar você acessível a ela, assim perderá o mistério. Ela não vai ficar curiosa sobre você. Você vai virar parte da vida dela – uma parte chata, uma parte que ela nem vai pensar em questionar.

Acima de tudo, você deve agir normalmente. Ele enfatiza esse ponto várias vezes, entre as regras para o banho e as regras para dormir e as regras para comer. Você não pode deixar transparecer nenhum sinal da verdade. Se isso acontecer, vai se machucar.

Você concorda com a cabeça. É tudo o que pode fazer. Tenta imaginar – você, ele e a filha dele, todos no mesmo lugar. Uma cama. Um colchão. Um travesseiro. Cobertas. Móveis. Café da manhã e almoço. Comida servida no prato. Um chuveiro de verdade. Água quente. Conversas. Uma janela para o mundo. Uma terceira pessoa. Pela primeira vez em cinco anos, alguém além dele.

Ele para de andar de um lado para o outro e se agacha na sua frente. A pele ao redor das unhas está em carne viva, recém-roída. Ele ergue seu queixo mais uma vez, levanta seu rosto. O mundo inteiro, bem ali nos olhos dele.

Os dedos dele descem por seu pescoço, o polegar junto à garganta. Ele poderia fazer. Agora. Seria muito fácil, como amassar um pedaço de papel.

— Ninguém vai saber. — O rosto dele cora iluminado pela lanterna de acampamento. — Isso é o mais importante. Entendeu? Só eu. E Cecilia.

Cecilia.

Você tenta dizer em voz alta, mas o nome fica preso em suas cordas vocais. Você o engole de volta. A filha dele. Há algo tão orgânico nisso. Tão nobre. Ele em um hospital, enrolado em um avental de papel, segurando com as mãos trêmulas um recém-nascido ensanguentado. Um homem se tornando pai. Será que ele se levantava às duas, três, cinco da manhã para dar mamadeira para ela? Será que esquentava leite no escuro, com o cérebro confuso devido à privação de sono? Será que ele a levou para andar no carrossel, a ajudou a apagar a vela do primeiro aniversário? Será que dormiu no chão ao lado da cama quando ela estava doente?

São só os dois agora? Ele deixa ela ter celular? Quando ela chora, se é que chora, ele encontra as palavras certas? No velório da mãe dela, ele soube como colocar a mão no ombro dela? Dizer coisas como: *Os que amamos nunca se vão, eles ficam vivos em nossas lembranças, você só precisa viver uma vida que a deixaria orgulhosa?*

— É um nome lindo — diz.

Mas você não devia ter me contado.

8
EMILY

Ele sabe meu nome.

A quinta-feira chega e ele não aparece. Acho que o perdi. Mas então, uma agradável surpresa: na sexta à noite, quando não o estou esperando, ele se materializa no bar.

— Emily — ele chama, e é meu nome em sua boca, um fluxo de familiaridade me ligando a ele.

Digo oi e – antes de ser capaz de me conter – digo que não o vi no dia anterior. Ele sorri. Me conta uma história. Uma emergência de trabalho fora da cidade, diz. Mas agora está de volta.

E tudo está certo no mundo, digo a mim mesma. Dessa vez em silêncio.

Guardo tudo comigo. Sua visita surpresa, o som de meu nome em seu hálito. Deixo isso me sustentar pela noite, pelo dia seguinte, até a noite de sábado.

No restaurante, os sábados são um campo de batalha. O pessoal vem da cidade, compete com os moradores locais pelas reservas. Estão felizes, até não estarem mais. A comida voa da cozinha – quente, fria, não importa. Precisamos de pratos nas mesas, pratos nas mesas. Atrás do bar, crio um segundo par de braços. Todos querem drinques no sábado. É um martíni atrás do outro, uma sequência interminável de rodelas de limão e azeitonas. Corto a pele do polegar junto com a casca de um limão. Meu pulso reclama cada vez que levanto a coqueteleira. A síndrome do túnel do carpo incomoda minhas articulações a cada barulho de cubos de gelo.

Uma rara coisa boa a respeito do restaurante: quando está movimentado assim, ele me entorpece. Não dá tempo de pensar, não dá tempo de me preocupar com o fato de que Nick ignora a maior parte de minhas ordens, de que ele é escroto com todos, incluindo comigo, de que eu deveria ter demitido ele há muito tempo, mas tenho receio de que um outro chefe de cozinha seja ainda pior. Sou só eu e o bar até os últimos clientes saírem e Cora trancar a porta.

Quando acaba tudo, nós saímos. Não faz sentido, mas deve ser feito, mesmo que já tenhamos enjoado da cara um do outro aquela noite.

Porque se as noites de sábado são um campo de batalha, nós somos soldados, e devemos ser capazes de coexistir. E a forma de fazer isso é bebendo.

Quando eu chego, todos já estão sentados à nossa mesa de sempre. Aceno para Ryan, o dono – que não é má pessoa, é apenas alguém que acha que dar o nome de Aranha Peluda a um boteco é uma boa ideia – e puxo uma cadeira entre Eric e Yuwanda.

— Disseram que foi acidente, mas eu não acredito — Cora está dizendo. — Vocês viram como são as trilhas ali? Seria muito difícil alguém cair.

Ryan leva para mim sua cerveja da semana, uma *pumpkin sour*. Tomo um gole e aceno com a cabeça esperando transmitir apreço.

— Do que estamos falando?

Yuwanda me atualiza.

— Daquela mulher que sumiu na semana passada.

Li sobre ela no jornal local: trinta e poucos anos, sem histórico de doenças mentais nem de uso de drogas. Uma pintora com um pequeno ateliê a cerca de sessenta e cinco quilômetros ao norte daqui. Desapareceu da noite para o dia e não foi mais vista. Não há registro de atividade em seu celular ou cartões de crédito.

— Um policial falou para a minha irmã que eles acham que ela foi fazer uma caminhada e caiu do barranco — Sophie diz. — Aparentemente ela gostava das trilhas.

Yuwanda a interrompe:

— Mas eles não têm imagens de câmeras de segurança que mostram que ela esteve em uma loja de conveniência por volta das sete da noite?

Sophie confirma com a cabeça.

— Mas então o que aconteceu? — Yuwanda continua. — Ela parou na loja e depois saiu para fazer trilha? Quem faz trilha tão tarde?

Eric toma um gole de cerveja.

— Talvez ela quisesse ver o pôr do sol?

Cora sacode a cabeça.

— Que nada. Para começar, o sol está se pondo mais cedo do que isso. Às sete já não teria mais nada para ver. E por que se preocupar em ir para uma trilha? Conheço aquela cidade. Dá para ver o pôr do sol praticamente de qualquer lugar.

Vou tomar outro gole da *pumpkin sour* de Ryan, mas me contento com uma cheiradinha e apoio o copo sobre a mesa. Tem uma coisa que não consigo entender.

— E por que eles estão se concentrando nas trilhas?

Cora abaixa a cabeça, uma leve admissão de derrota.

— Encontraram o sapato dela no mato — ela reconhece. — Mas eu sei lá. É só um sapato. Não explica por que ela iria fazer uma trilha tão tarde, e ainda mais sozinha.

Eric dá uma batidinha no braço dela.

— As pessoas fazem coisas estranhas o tempo todo — ele diz a ela em tom tranquilo. — Acontece.

— O Eric não está errado — afirmo. — Acidentes acontecem.

Ninguém contesta. As pessoas olham para suas bebidas, para os anéis de condensação que deixaram sobre a mesa de Ryan. Não se discute com uma órfã que diz que acidentes acontecem. Meu pai: ataque cardíaco em uma manhã ensolarada de sábado, há dois anos; minha mãe: acidente de carro na desordem que se seguiu.

— Bem — Nick diz após alguns segundos. — Fiquei sabendo que um chefe de cozinha da cidade comprou o prédio onde ficava o Mulligan's. Ele vai transformar em um restaurante de carnes, aparentemente. — Ele se vira para mim com o que poderia passar por um ar de leve provocação. — Talvez ele conte onde compra contrafilé, se você pedir com jeito.

Eu suspiro.

— Sabe, Nick, acho muito saudável como você não se preocupa com as coisas pequenas. Quando as pessoas me perguntam o que mais gosto em meu chefe de cozinha, sempre digo que ele é um cara de visão abrangente.

A fala arranca sorrisos de Eric e Yuwanda. Todos os outros preferem ficar de fora. Eu faria o mesmo se tivesse que passar cinquenta horas por semana em uma cozinha com Nick e uma série de facas afiadas.

Algumas horas depois, Eric nos leva de carro para a casa que era dos meus pais e que agora divido com ele e Yuwanda. Foi um desses arranjos que aconteceram porque tinham que acontecer. Os dois apareceram no dia seguinte ao acidente de carro e cuidaram de mim da forma que só amigos de infância conseguem fazer. Encheram a geladeira, me fizeram comer e dormir, pelo menos um pouco. Eles me ajudaram a planejar dois funerais ao mesmo tempo. Fizeram companhia para mim quando não pude ficar sozinha e me deram espaço quando precisei. Em algum momento, concordamos que seria melhor se eles nunca mais fossem embora. A casa era grande demais só para mim. Vendê-la exigiria algumas reformas, o que estava fora de questão. Então levamos as coisas dos meus pais para um depósito num fim de semana e desabamos no sofá no fim do dia, nosso novo equilíbrio fundamentado. Imperfeito e pouco usual. A única coisa que fazia sentido. Esta noite, reviro na cama, exausta, mas sem conseguir dormir. Penso na mulher desaparecida, Melissa. Tudo o que sobrou dela: o primeiro nome, a ocupação, o nome de uma cidade, um sapato encontrado perto de uma trilha. Como os panegíricos que as pessoas fizeram para os meus pais – precisos, mas desesperadamente escassos. A vida de meu pai foi reduzida a poucas palavras: ele era chefe de cozinha, era pai, trabalhava duro. As partes da existência de minha mãe eram como a outra metade de um quebra-cabeça: ela administrava o negócio, recebia os clientes, cuidava da contabilidade, era a cola que mantinha tudo junto. Era tudo verdade, mas nada os capturava como pessoas. Não havia nada sobre o sorriso de meu pai, o perfume de minha mãe. Nada sobre como era morar com eles, ser criada por eles, ser amada e abandonada por eles em igual medida.

Volto à mulher desaparecida, tento preencher as lacunas em sua narrativa. Parece traiçoeiro usá-la como uma tela em branco para criá-la da forma como quero, mas algo em sua história domina meu cérebro.

Talvez ela fosse um pouco como eu. *Fosse...* Olhe para mim, pensando nela no passado, sendo que ainda não sabemos. Talvez ela também tivesse crescido ao mesmo tempo encantada e aterrorizada pelo mundo. Talvez ela fosse obrigada a usar vestidos quando preferia calças. Talvez fosse obrigada a dizer "oi" para os adultos quando queria ficar sozinha. Talvez tivesse aprendido a sempre se sentir um pouco desconfortável, sempre um pouco triste. Talvez ela tivesse crescido e esperado por uma rebelião adolescente que nunca chegou, e talvez, quando chegou aos vinte e poucos anos, tivesse se arrependido de nunca ter dado vazão à angústia.

Essa é a história que conto a mim mesma. Não tem ninguém por perto para me dizer que não faz sentido. Ela começa como um tributo e termina em egoísmo. Não tem a ver com ela. Não exatamente. Tem a ver comigo e com as partes de minha vida que me encontram no escuro. Tem a ver comigo e com meu eu mais jovem, e a forma como ela olha para mim, como fica me chamando, exigindo respostas que não tenho.

9
A MULHER NO GALPÃO, QUANDO AINDA ERA MENINA

Os sinais de alerta chegam em 2001, ano de seu décimo aniversário. A mãe de sua melhor amiga descobre um câncer. O apartamento de sua prima é saqueado e seus bens mais valiosos desaparecem da noite para o dia. Sua tia morre. Cada vez a lição fica um pouco mais clara: coisas ruins acontecem com pessoas que você conhece.

Você começa a suspeitar que coisas ruins podem, um dia, acontecer com você. Em um canto de seu coração, espera ser exceção. Até então, teve uma vida abençoada. Pais amorosos que te ensinaram a andar de bicicleta no Riverside Park, um irmão mais velho que não te trata como idiota. Fadas se debruçaram sobre seu berço e te deram essas coisas lindas. Por que sua sorte acabaria?

Sua infância termina com a esperança praticamente intacta. Então, começam os anos da adolescência e as coisas ficam mais difíceis. Seu irmão toma os comprimidos. Uma primeira vez, uma segunda vez. Você aprende a se sentir triste. Aprende a ocupar o buraco no coração de seus pais, aquele que anseia por um filho de ouro. Você completa quinze anos. Está pronta para alguém ver quem você é de verdade. Está pronta para alguém amar seu verdadeiro eu.

Em uma estação de esqui, beija um garoto pela primeira vez. O que se lembra desse momento: o coração dele batendo junto ao seu, cheiro do gel de cabelo, o brilho de pás de neve criando formas nas paredes de seu quarto alugado. Depois que vai para casa, fica evidente que o garoto não tem intenção nenhuma de te ligar, nunca. Você aprende o que é ficar de coração partido. Vai levar mais tempo para se recuperar disso do que de términos de verdade quando adulta. Chega o verão. Você começa a melhorar.

Dois anos depois, conhece seu primeiro namorado. Ele é perfeito. Se existisse um serviço que vendesse namorados para adolescentes, você o teria escolhido. Se uma bruxa tivesse te dado um pedaço de argila que pudesse ganhar vida, você o teria moldado.

Você assume o papel de namorada com seriedade. É sua primeira chance de provar seu valor nessa área e quer fazer tudo certo. Você o leva para ver o túmulo de Duke Ellington no Cemitério de Woodlawn. No aniversário dele, compra vários presentinhos – uma caixinha de música que toca o tema de *Love Story*, um pirulito com maconha, uma cópia de *O apanhador no campo de centeio* com o cavalo na capa – e esconde tudo em seu corpo, nos bolsos de trás e na cintura da calça jeans. Quando chega a hora de entregar os presentes, pede para ele procurar. Ele coloca as mãos em você.

Você nunca transou. Ele já. Ele é seis meses mais velho que você. Você não tem pressa para crescer. Sabe que deveria sentir vergonha disso, mas não sente. Não o suficiente para mudar de ideia.

Mas faz outras coisas, e é bom estar com um cara que sabe o que fazer. Você o deixa colocar a mão embaixo de sua camiseta. Deixa abrir seu sutiã com dois dedos. Deixa desabotoar sua calça jeans. Depois disso, fica tensa e ele percebe. Ele para. Ele sempre para.

Perto de completar dois meses, pensa em terminar o relacionamento. Em vez disso, você permite que a paixão se instale. Uma tarde ensolarada de julho, está deitada sob as árvores no campus da Columbia e percebe que se passaram seis meses. As pessoas dizem que você tem sorte por um cara como ele ter ficado com uma menina como você por tanto tempo sem pressionar para transar. Você sorri e diz que sabe disso.

E sabe mesmo. Mal pode acreditar que ele é seu. Às vezes ele pega no sono, ou finge que está dormindo. Você só sabe que ele está aqui, com os olhos fechados, e mesmo seu braço estando dormente, não consegue imaginar tirá-lo de baixo da cabeça dele. Você tem dezessete anos. O amor é ainda mais doce do que você esperava.

Uma noite, seus pais vão a Nova Jersey para um evento beneficente. Ele vai para sua casa. Vocês "assistem a um filme", código para pegação. Duas semanas antes, os dois "assistiram" a *Réquiem para um sonho*. Você não seria capaz de citar uma fala desse filme nem que sua vida dependesse disso.

Aquela noite, é *Clube da luta*. Você nunca assistiu. Ele, como todos os garotos, diz que é o filme preferido dele. Não importa. Nada a respeito de *Clube da luta* importa. O que importa é a pele dele junto à sua e o calor da respiração dele em seu rosto. Os dedos em seus cabelos, em suas coxas, entre suas pernas. Você se sente tão aventureira, tão feliz por tê-lo encontrado para te orientar. É isso que as revistas te mandaram procurar: alguém de quem você goste e que também goste de você. Um garoto em quem possa confiar.

Você está de saia. Edward Norton lamenta o sofá, o aparelho de som, o belo guarda-roupa, e seu namorado enfia dois dedos dentro de sua calcinha e, rapidamente, antes que você consiga se dar conta, dentro de você. Uma coisa que você não tinha pensado até então: saia significa acesso fácil, principalmente no verão, sem meia-calça e camadas de tecido servindo de barreira entre você e o mundo.

Os dedos de seu namorado começam a trabalhar. Você consegue lidar. Respira fundo e diz a si mesma para relaxar.

Brad Pitt está em um porão, explicando a primeira regra do Clube da Luta. Seu namorado abaixa sua calcinha. Você nunca se sentiu tão nua na vida. Uma risada sai de seu peito como uma tosse. Seu namorado reage te beijando com mais avidez.

Há uma escalada aqui que você não consegue processar direito. O rosto de Edward Norton se arrebenta no chão de concreto. Você e seu namorado estão nus da cintura para baixo.

As pessoas te falaram para dizer não. Nunca explicaram como. Deixaram bem claro que o mundo não pararia por você e que era sua responsabilidade fazer com que ele desacelerasse, mas ninguém deu nenhuma instrução além disso. Ninguém te falou como olhar nos olhos da pessoa que você ama e dizer que quer parar.

Idealmente, seu doce namorado entenderia sem você ter que dizer. Ele notaria que seus braços ficaram moles, que os dentes estão batendo. Mas Edward Norton manda poemas por e-mail para os colegas de trabalho e seu namorado procura uma camisinha. Você não fazia ideia de que ele guardava essas coisas no bolso interno da mochila. Não fazia ideia de que ele tinha um sistema para aquelas coisas.

Brad Pitt faz um monólogo sobre como a propaganda destrói a alma. Você fica olhando seu namorado entrar em você. É sua primeira vez, e ela acontece porque você está com medo de dizer não. Porque o garoto que estava com você se esqueceu de olhar em seus olhos.

Na semana seguinte, você deixa uma mensagem de voz para ele. Diz que pensou bem e acha melhor vocês terminarem. Desliga o telefone e chora.

Anos depois, você vai digitar o nome dele na busca do Facebook. O perfil vai estar trancado, com um quadrado cinza onde deveria estar a foto. Você não vai adicioná-lo.

Nesse meio-tempo, você sobrevive. É claro que sim.

Você transa novamente. Às vezes o sexo é ruim. Às vezes é chato. Com mais frequência do que gostaria, você se vê retornando àquele momento.

Não se esquece do primeiro. Não se esquece do garoto que te ensinou a sobreviver como uma estranha em seu próprio corpo.

10
A MULHER EM TRÂNSITO

Toda noite, você pergunta a ele quando, e toda noite ele se recusa a dizer.

— Logo você vai saber — ele diz. — Por que a pressa? Até parece que você tem algum outro compromisso.

Ele diz que eles não terminaram de encaixotar as coisas. Será possível que tenham tanta coisa assim? Ele não é um homem rico. Suas roupas são limpas, mas desgastadas. Ele mencionou tarefas domésticas no passado, o piso que precisa limpar, a roupa lavada que precisa pendurar. O peso do mundo nos ombros dele, e ninguém, certamente nenhuma ajuda contratada, para aliviar. Mas eles viveram nessa casa durante anos e agora precisam desenterrar toda a história da família, cada pedaço de papel, cada objeto jogado de lado. Eles vão partir em uma jornada e precisam decidir o que fica e o que vai com eles. Precisam partir e se estabelecer em outro lugar.

Então, uma noite, ele entra e diz:

— Vamos.

Você leva um segundo. Quando compreende, paralisa. Ele te puxa até você ficar em pé e começa a mexer na corrente. Usa uma chave – existiu uma chave esse tempo todo – e alguns puxões. A corrente escorrega de seu pé e faz barulho. Você sente uma leveza descomunal.

Sem a corrente, você perde o equilíbrio. Então se apoia na parede. Ele já está puxando seu braço, tentando te levar para fora o mais rápido possível.

— Vamos — ele diz. — Ande.

Em alguns segundos, haverá grama sob seus pés e nenhuma parede à sua volta.

— Espere.

Você dá um passo na direção dos fundos do galpão. As mãos dele quase escorregam. Ele te encontra de novo, aperta firme, com a força de um homem que nunca, jamais, vai te soltar. Seu braço esquerdo é torcido tão de repente que sua visão embaça. O peso dele pressiona suas costas.

— Só pode ser brincadeira.

Você fica ofegante e, com a mão livre, aponta para os livros. Ele te deu um saco plástico há muito tempo, para protegê-los da umidade. Quis te mostrar, você imagina, que ele sabe cuidar das coisas que possui. Há também as bugigangas sobre o caixote, todas as coisas que ele tomou de outras e passou para você.

— Só queria pegar minhas coisas — você diz por entre os dentes cerrados. — Eu juro. Me desculpe.

— Puta que o pariu.

Ele te leva até a pilha de livros, seu braço esquerdo está colado no quadril. Os pés dele se prendem nos seus. Você tropeça. Ele te pega e te coloca de pé.

— Ande.

O corpo dele se move junto com o seu quando você agacha para pegar o saco plástico. Você o coloca dentro do caixote junto com o restante de suas coisas.

— Está pronta agora?

Você faz que sim com a cabeça. Ele te direciona até a porta. Não há tempo para despedidas. Você apenas se atém às lembranças que consegue, dias se misturando um ao outro, cinco anos se transformando em lama. Uma longa extensão do galpão. Um lugar de desespero, de desolação, mas que no fim se tornou tudo o que você conhecia.

Aqui, você aprendeu a sobreviver. Essa nova casa para onde ele está te levando é cheia de incertezas, com a possibilidade de erros espreitando em todos os cantos.

Ele te para assim que você chega à porta. Há um brilho de metal, algo frio e duro em seu pulso. Algemas. Ele coloca uma ponta em você e prende a outra no próprio braço.

— Vamos.

A mão livre dele alcança o ferrolho. Ele aproxima o rosto do seu.

— Não tente nada lá fora. Estou falando sério. Se você correr ou gritar, se fizer qualquer coisa além de andar comigo até o carro, vai sofrer as consequências.

Ele abre o ferrolho, coloca a mão atrás de sua cabeça e te obriga a olhar para baixo. A arma. Pendurada no coldre, na cintura.

— Entendi — você diz.

Ele solta sua cabeça. Há um clique e um puxão, e – é muito repentino, termina antes de você o saudar – o milagre do vento em seu rosto.

— Vamos.

Ele te puxa para a frente. Você dá seu primeiro passo, depois o segundo. Está do lado de fora. Em pé e respirando. Mechas de seus cabelos roçam em seu rosto. Tanta coisa acontecendo, a natureza exigindo ser ouvida, sentida. O vento soprando as folhas das árvores, o solo vibrando sob seus pés descalços. Insetos zumbindo e galhos rangendo. A umidade do orvalho em seus tornozelos.

Outro puxão. Vocês estão indo na direção da caminhonete estacionada. Pela segunda vez na vida, você vê o exterior do galpão: ripas verticais pintadas de cinza, moldura branca ao redor da porta. Bem-cuidado e arrumado. Ele não é um homem que deixa ervas daninhas crescerem em sua propriedade, nem é adepto a mudanças. Se alguém visse o galpão, jamais suspeitaria.

À sua esquerda, se forçar a vista, dá para ver a silhueta distante da casa. Grande, larga, vazia. Uma casa onde, você imagina, uma família já foi feliz, luz brilhando no teto, risadas ecoando pelos corredores, reverberando em eletrodomésticos brilhosos. Agora as janelas estão escuras, a porta fechada. Lembranças se foram. Terra queimada, uma vida coletiva apagada de suas paredes.

Você segue em frente. Um homem ocupado e ávido te apressa a seu destino. Esta noite não é para você. Nada disso é para você.

Acima, você sabe, está o céu. Talvez estrelas. Talvez a lua.

Você precisa olhar.

Poderia te custar muito inclinar o pescoço para dar uma espiada. Ele não gostaria. Mas se passaram cinco anos e, se for para acontecer, tem que ser agora.

Ele está na sua frente, cabeça baixa, olhando para os pés. Não gostaria de tropeçar. A última coisa que esse homem quer é cair.

Você acompanha a cadência dele, cuidando para não ficar para trás e – bem devagar, como alguém pisando na ponta instável de uma ponte suspensa – inclina a cabeça para trás.

Aí está, como se estivesse esperando por você. Um céu negro e dezenas de estrelas. Você continua andando, um passo depois do outro, enquanto deixa o céu te envolver. Você e a escuridão. Você, o oceano sem fundo e a promessa de pequenos icebergs espalhados por todo lado. Você, tinta preta, avivada por reflexos de tinta branca.

Tem mais uma coisa. Um aperto em seu peito, uma amargura destruidora. Você e todas as pessoas olhando para o mesmo céu. Mulheres como você e crianças como você e homens como você e velhos como você e bebês como você e animais de estimação como você.

É isso que o céu te diz: você costumava ter pessoas. Tinha uma mãe e um pai e um irmão. Tinha uma colega de quarto. Tinha uma família de sangue e uma família escolhida. Pessoas com quem ia a shows, pessoas que encontrava para beber. Pessoas com quem saía para comer. Pessoas que te seguravam nos braços e te erguiam para o mundo.

Você foi procurar por isso e agora tem. Uma comunhão silenciosa que te dilacera.

Uma pontada nas panturrilhas. Algo surgindo do seu âmago. Você precisa encontrá-las de novo, as pessoas que ele tirou de você. Um dia, terá que correr para elas.

— O que está fazendo?

Ele parou e se virou. Está olhando para você olhando para o céu. Seu pescoço volta rapidamente para o ângulo natural.

— Nada — você diz a ele. — Desculpe.

Ele balança a cabeça e te puxa para a frente.

O céu te enfraqueceu. Você quer gritar, arranhar o próprio peito e correr, correr, correr, mesmo sabendo, e sabendo muito bem, que seria seu fim.

Estúpida. É isso que acontece quando você pensa sobre as pessoas do lado de fora.

Regra número um para permanecer viva fora do galpão: você não corre, a menos que tenha certeza.

Ele para de novo. Você tropeça, mas consegue parar bem a tempo de não se chocar com ele. Está parada ao lado da porta do passageiro da caminhonete. Ele abre a porta e você coloca o caixote no banco de trás. Um último vislumbre de folhas verdes, uma respirada furtiva de ar fresco. Você se senta no banco de poliéster na frente. Ele abre o lado dele das algemas. Coloca suas mãos atrás de suas costas e as algema.

— Não se mexa.

Ele se inclina e prende o cinto de segurança em você. Não é o tipo de homem que arrisca ser parado por pequenas violações de trânsito. Ele não se mete em problemas e o mundo o agradece por isso.

Depois de verificar duas vezes o cinto de segurança, ele se apruma novamente. Mexe na cintura da calça, tira a arma do coldre. Balança-a na sua cara. Sua pele derrete totalmente diante de uma arma. Seu corpo não oferece ajuda nem proteção – apenas partes a serem quebradas. Apenas a promessa infinita de dor.

— Não se mexa. Não vou ficar feliz se você se mexer.

Você concorda. *Acredito em você*, quer dizer a ele como uma promessa, como um sermão. *Sempre acredito em você.*

Ele bate a porta do passageiro e vai até o lado do motorista, arma apontada para o para-brisa, sem nunca tirar os olhos dos seus. A porta dele abre. Ele escorrega para o assento. Deixa a arma no painel, prende o próprio cinto de segurança. Um suspiro profundo.

— Vamos.

Ele diz mais para ele do que para você.

Liga o motor. Volta a guardar a arma no coldre. Você espera ele pisar no acelerador, mas em vez disso ele se vira para você. Seu maxilar se contrai. Ele poderia mudar de ideia. No último minuto, poderia decidir que isso não vai dar certo. Que seria mais fácil, melhor, se você desaparecesse para sempre.

— Quando chegarmos lá... Será bem tarde. Ela vai estar dormindo. Você vai ficar bem quieta. Não quero que ela acorde no meio da noite e comece a fazer perguntas.

Você concorda com a cabeça.

— Certo. Agora feche os olhos.

Você não consegue se conter e franze a testa.

— Eu disse para fechar os olhos.

Você fecha os olhos. A explicação vem quando a caminhonete retumba sob suas coxas: ele não quer que você veja onde está nem para onde está indo. A mesma coisa de cinco anos atrás, quando ele te levou, só que daquela vez você foi vendada. Ele te entregou uma bandana e te obrigou a amarrá-la sobre os olhos enquanto te levava para a propriedade. Mas aquilo foi antes e isso é agora. Ele te conhece agora. Sabe que você faz o que ele manda fazer.

Em qualquer outra circunstância, você arriscaria. Abriria os olhos e daria uma olhada rápida. Mas esta noite não. Esta noite, o que importa é permanecer viva.

Você se concentra no balanço e nas sacudidas da caminhonete. Ela atravessa o que você imagina ser a saída da garagem antes de chegar a uma superfície lisa – asfalto, provavelmente. Uma estrada. Você se sente zonza, não com enjoo, mas com as possibilidades. E se você se inclinasse sobre ele até onde o cinto de segurança permitisse e o atrapalhasse? Fizesse com que virasse o volante? E se você mesma o virasse, com o joelho, o pé ou qualquer outra parte do corpo? E se vocês dois fossem descontrolados na direção de uma mureta de proteção ou um barranco? Ele não teria tempo de pegar a arma. Talvez. Ou talvez conseguisse colocar a caminhonete de volta na estrada em questão de segundos, dirigisse até um local isolado, pegasse a pistola e desse um jeito em você.

Então você permanece imóvel. Há apenas o ronco do motor, uma batida ou outra dos dedos dele no volante. É difícil dizer por quando tempo ele dirige. Dez minutos? Vinte e cinco? Depois de um tempo, a caminhonete desacelera, então para. Você ouve o balançar de uma chave sendo tirada da ignição.

Não se move. Não abre os olhos. Há coisas que você não faz a menos que ele mande. Mas já sabe. Vocês chegaram. Dá para sentir. A casa. Chamando você. Ansiando.

11
A MULHER NA CASA

A porta do motorista abre e fecha. Alguns segundos depois, ele está ao seu lado. Ele alcança suas mãos, ainda entre suas costas e o banco do passageiro. A algema desliza de seu pulso esquerdo. Uma remexida, um clique. Quando ele te diz para abrir os olhos, vocês estão acorrentados um ao outro novamente.

— Vamos.

Você não faz menção de sair da caminhonete. Ele suspira, depois se debruça sobre você para soltar o cinto de segurança.

— Não poderia ter feito isso sozinha?

Com a possibilidade de você surtar? Me atingir com a pistola por trás? Acho que não.

Ele te dá um puxão. Você pisa em uma área gramada. Ele se inclina para pegar seu caixote no banco de trás. Você arrisca olhar: está parada na beirada de um minúsculo jardim frontal, na fronteira entre o mundo dele e a calçada. A caminhonete está estacionada na lateral, em uma pequena entrada coberta de cascalho, com marcas de pneu que você supõe terem sido feitas agora que ele acabou de estacionar. Há vias em duas direções: uma de onde vocês vieram e outra desconhecida. Uma árvore e uma porta com campainha e um capacho com a inscrição "bem-vindo". Latas de lixo com rodinhas, uma verde, uma preta. Meio escondida sob o piso térreo, apertada ao pé de uma colina, há uma porta de garagem. Do outro lado da casa, um pequeno pátio, cadeiras metálicas e uma mesa combinando.

Tudo tão normal. Os acessórios organizados da vida suburbana.

Ele te conduz diretamente até ela – a casa, uma casa de verdade a seu alcance. Paredes e janelas e ripas de madeira, como as do galpão, mas maiores, mais compridas, e depois um telhado. Na porta da frente, a fechadura e uma chave que sai do bolso dele e encaixa ali, e antes que você consiga compreender, antes que o eco da chave virando na fechadura chegue totalmente a seus tímpanos, já está lá dentro.

— Vamos.

Ele te apressa na direção de um lance de escadas. A casa se oferece a você em visões breves e fugidias – um sofá, uma TV, porta-retratos em uma estante de livros. Uma cozinha americana, o leve zunir dos eletrodomésticos.

— Vamos.

Você o acompanha. Sobe um degrau, dois, e então... seu corpo pende para a frente. Você se segura no corrimão antes de seu queixo bater no chão. Olha para seus pés. Você tropeçou: os degraus são acarpetados e você não está mais acostumada ao chão macio.

Ele se vira para olhar para você. Seu estômago fica apertado.

Mas ele volta a subir os degraus, puxando-a para a frente com uma avidez renovada. Ele quer que vá para o quarto designado a você. Quer controle. Tudo o que sempre quis foi que a vida seguisse de acordo com os planos dele.

Você chega ao segundo andar. Avista no escuro, no fim do corredor, um pôster colado na porta. Foca, tenta entender a imagem – uma figura sem rosto embalando outra, menor, manchas azuis e laranja brilhando no escuro. Seus olhos mapeiam tudo e – você mal pode acreditar – seu cérebro diz *Keith Haring*. Um raio de reconhecimento piscando em meio a uma pilha de escombros. As partes de você que o galpão não conseguiu apagar.

Só pode ser o quarto da filha. O dele deve ser o que fica à esquerda, nesta ponta do corredor. Ele para diante da porta sem nada, fechada, guardando silenciosamente os segredos dele. Como se ele nem quisesse que você a visse. Como se ela escondesse um mundo totalmente distinto do seu.

À sua direita há outra porta. Vazia. Sem graça. Ele pega mais uma chave, insere na fechadura no centro da maçaneta redonda e gira. Suave, silencioso. Extremamente ágil, mesmo no escuro.

O QUARTO é pequeno e vazio. Uma cama de solteiro imediatamente à sua direita, com uma dessas cabeceiras antigas de ferro. Uma escrivaninha pequena com um banquinho no canto, uma cômoda ao lado. O aquecedor do lado oposto do espaço. Uma janela, obscurecida por persianas blecaute. É o quarto mais incrível em que você já pôs os olhos. É tudo e nada, é seu e não é seu, é lar e não é lar.

Ele fecha a porta. Uma luminária pende do teto, mas ele nem pensa em acendê-la. Em vez disso, deixa o caixote no chão, abre o lado dele das algemas e aponta para a cama.

— Vá.

Ele espera você se deitar. Esse foi o acordo: algemada ao aquecedor durante o dia, à cama durante a noite. Você se senta no colchão. Molas rangem sob seu corpo. Pela primeira vez em cinco anos, você afunda em algo macio e flexível. Coloca as duas pernas sobre o colchão, estica-as, abaixa o corpo e deixa a cabeça tocar o travesseiro.

A sensação deveria ser boa. Depois de mais de mil noites em um saco de dormir sobre tábuas de madeira, você deveria estar ouvindo anjos cantarem. Mas está tudo errado. O colchão é mole, como se estivesse tentando te engolir. Como se você fosse continuar afundando e afundando até não sobrar nada, nenhum rastro seu nessa terra, nada que fizesse as pessoas saberem que você esteve aqui.

Você volta a se sentar, tentando recuperar o fôlego.

— Sinto muito.

As mãos dele voam para o seu ombro. Ele te empurra de novo para baixo, fincando os dedos em sua clavícula.

— Que. Porra. Você. Está. Fazendo?

— Eu não... Desculpe. Eu só não... Eu não acho que isso vai dar certo.

Ele aperta com mais força. Você quer acalmá-lo, mas sente um peso no peito. Uma sensação de punhalada deixa sua caixa torácica pegando fogo. Ele precisa saber que você não vai tentar fazer nada, que não poderia sair correndo nem se achasse que havia alguma chance. Você tenta, em vão, puxar o ar.

— Só... me desculpe.

Você ergue as mãos, esperando que seu corpo diga a ele o que não consegue verbalizar. Que você é inocente, que não tem nada a esconder. Ele ainda está com a arma na mão. O silenciador raspa na lateral de seu joelho. Você se concentra em sua respiração. Há muito tempo, em sua vida passada, você baixou um aplicativo de meditação. Um homem com sotaque britânico te estimulava, em sessões pré-gravadas, a respirar pelo nariz e soltar o ar pela boca. E de novo, e de novo, e de novo.

Quando você pensa que seu peito está começando a se acalmar, um chiado sobe por sua garganta. Ou seria uma campainha nos ouvidos? Respirar pelo nariz. Soltar o ar pela boca. Mãos erguidas. Olhos na arma.

— Tudo bem se... eu dormir no chão?

Ele ergue uma sobrancelha.

— É que... o colchão... é muito diferente do galpão. Sei que é bobagem. Desculpe. Me desculpe. Mas será que poderia? Não vai mudar nada. Eu juro.

Ele suspira. Coça a têmpora com o cano da arma. Aquilo significa que está travada? Ou que ele tem muita confiança na própria pontaria?

Por fim, ele dá de ombros.

— Como quiser.

Você escorrega para fora do colchão. Com os gestos lentos e delicados de uma especialista em desarmamento de bombas, deita-se no chão. Um nó se desata em seu peito. Isso é o que você conhece. Isso é como o galpão. Você sabe como permanecer viva no galpão. Pode aprender a fazer o mesmo aqui.

Ele se ajoelha ao seu lado e agarra seu pulso algemado. Estende seu braço acima da cabeça, passa a algema livre entre dois ferros curvados na parte de baixo da estrutura da cama. A tinta descasca um pouco quando ele sacode o mecanismo para a esquerda e para a direita, testando-o.

Quando está certo de que você não vai ter como se soltar, ele se levanta.

— Se eu ouvir alguma coisa, qualquer coisa, não vou ficar feliz. Entendeu?

Você concorda com a cabeça da melhor forma possível, uma vez que está no chão.

— Meu quarto fica do outro lado do corredor. Se você tentar alguma coisa, vou saber.

Mais um aceno de cabeça.

— Amanhã de manhã eu volto. Espero te ver no mesmo lugar. Na mesma posição. No mesmo tudo.

Você concorda mais uma vez com a cabeça. Ele dá alguns passos, coloca a mão na maçaneta e fica imóvel.

— Eu juro — você diz. — Não vou me mexer.

Ele te observa com os olhos semicerrados. Isso nunca tem fim, a incerteza do olhar dele sobre você. Será que pode confiar em você? E agora? E daqui a uma hora? E daqui a uma semana?

— Estou falando sério — você acrescenta. — Estou tão cansada. Vou apagar no instante em que você sair. — Com a mão livre, você gira o dedo apontando para o quarto. — Isso é bem legal. Obrigada.

Ele está virando a maçaneta quando acontece. Um ruído do outro lado da parede, uma tábua de assoalho rangendo. Alguém chamando da outra ponta do corredor:

— Pai?

Uma espécie de terror cruza os olhos dele. Ele olha para você como se estivesse morta, um corpo e sangue nas mãos dele e a filha andando na direção de vocês.

Com a mesma rapidez, ele se recompõe. Seu rosto relaxa. O olhar fica mais aguçado. Ele levanta a mão em sua direção. *Fique fora disso. Fique totalmente em silêncio.*

Em outro movimento ágil, ele sai do quarto. Será que ela o viu? Ou está muito escuro e ela está muito longe? Não olhar é a coisa mais difícil que você já teve que fazer. Não levantar a cabeça, não esticar o pescoço. Ficar calada quando ele sai e fecha a porta. Uma brisa toca seu rosto. Você suga os lábios para dentro, morde a parte interna das bochechas.

Barulhos abafados chegam pela parede: "Está tudo bem" e "Sim" e "Está muito tarde" e "Eu sei, eu sei" e "Tentei te mandar uma mensagem" e "Eu não ouvi" e, depois de um tempo, "Volte para a cama". Ela deve ser obediente, pois logo os sons desaparecem e só resta você. Você em um quarto. Você em uma casa de verdade, com móveis e aquecedor e tantas paredes e portas. Você e ele e, em algum lugar no fim do corredor, uma outra pessoa.

Quase dá para senti-la. Cecilia. Como um campo de força. Uma brasa brilhando no escuro. Pela primeira vez em cinco anos, um pequeno furacão. A promessa infinita de uma nova pessoa.

12
NÚMERO DOIS

Ele estava noivo.

Foi a primeira coisa que me disse. Depois que fechei a loja. Depois que exigiu o dinheiro da registradora. Depois que me dei conta de que ele não estava atrás só de dinheiro.

Ele disse isso enquanto pegava meu anel. Ele estava com joias na cabeça, pois tinha acabado de ficar noivo.

De uma mulher maravilhosa, disse.

Outra coisa sobre ele: sabia muito bem fazer nós.

— Está vendo isso? — ele me disse após amarrar minhas mãos diante de mim. — É um nó em oito. Não vai soltar se você puxar. A pressão só o deixa ainda mais apertado. Então não tente. Nem pense em tentar.

Eu tentei quando ele não estava olhando. Mas uma coisa sobre aquele homem era que ele não mentia. Seu nó nunca se desfez.

A última coisa que aprendi: ele estava preparado. Acho que já tinha feito isso antes. Havia um ar de confiança nele, uma determinação. Calma, mesmo quando não colaborei com seu plano. Porque ele sabia que eu acabaria colaborando. Sabia que o mundo se curvaria aos seus desejos.

Ele era – essa foi a última coisa que pensei em vida – como um guerreiro. Alguém que sabe que não acabou até o outro lado parar de se contorcer.

13
A MULHER NA CASA

Um tremor em seu ombro. Ele debruçado sobre você, sacudindo seu corpo para te acordar. Quando você pegou no sono? Só se lembra de se deitar no chão de madeira, tentando encontrar uma boa posição para o braço algemado.

Você espera ele te soltar. Ele te coloca em pé. Você esfrega os olhos, sacode as pernas. No galpão, você sempre estava acordada quando ele entrava. Sua garganta se fecha ao pensar que ele conseguiu entrar sem ser notado – que ficou pairando sobre você deitada, de olhos fechados, boca levemente aberta, alheia ao mundo ao seu redor. Desatenta a ele.

— Vamos.

Ele agarra seu braço, abre a porta, atravessa o corredor. Debaixo do outro cotovelo, ele tem uma toalha de banho e uma muda de roupa. Ele abre outra porta à sua esquerda – que você não havia notado na noite anterior – e te empurra para dentro. Você faz uma rápida avaliação: banheira, chuveiro, cortina, pia, vaso sanitário. Ele coloca o dedo diante dos lábios ao ligar o chuveiro.

— Ela ainda está dormindo — ele diz em voz baixa, abafada pelo som da água. — Mas seja rápida. E não faça barulho.

Cecilia. A lembrança da noite anterior flutua entre vocês dois, a voz questionadora da filha e o pânico nos olhos dele. Vocês três, em pé, de mãos dadas, à beira de um precipício.

Você abaixa a calça jeans e a calcinha. Tira o suéter, a camiseta, o top esportivo barato que ele te deu quando os ganchos de seu sutiã original cederam.

Levanta a tampa do vaso sanitário. Está tão ocupada ficando aturdida com a realidade da experiência que esquece, por um instante ou dois, que ele está observando. Só sabe que há um tapete de algodão roçando o arco de seus pés, uma borda fria esmaltada entrando na parte de trás de suas coxas. Um rolo de papel higiênico à sua direita, branco, camada dupla. Ele não tira os olhos de você, fica indiferente como se você fosse um cachorro se aliviando durante um passeio.

À sua esquerda, água bate na banheira. Você não pergunta sobre Cecilia, se o som de alguém tomando banho poderia acordá-la. Ele é pai e sabe o que interrompe o sono da filha. Sua suposição: ela está acostumada com isso. Até onde você imagina, ele se levanta mais cedo do que ela há anos, barbeando-se e escovando os dentes antes que ela dê o primeiro bocejo.

Do vaso, você o examina. Bingo. Ele está vestido – calça jeans e um casaco limpo, botas amarradas. Cabelo penteado, barba recém-aparada. Ele acordou cedo, teve tempo para o próprio ritual de higiene antes de cuidar do seu. Se ouvir alguma coisa, a filha vai pensar que a nova inquilina é exatamente igual ao pai, uma madrugadora.

Você se levanta para dar a descarga. Está prestes a entrar na banheira quando algo te impede. Uma forma no espelho. Uma mulher. Nova e desconhecida. Você.

Você precisa de alguns segundos. Para olhar para o seu cabelo, longo e escuro como costumava ser, mas com as raízes ficando grisalhas, algumas mechas brancas passando dos ombros. Costelas aparentes, rolando sob a pele como se ameaçassem furá-la. O contorno de seu rosto.

— Vamos.

Antes que você possa ver melhor, ele agarra seu braço, puxa a cortina e te coloca embaixo d'água.

Está tão quente. Você tomava banhos assim todas as manhãs. Passava longos momentos ali, com a água ricocheteando em seu peito. Inclinava a cabeça para trás e deixava a água encher seus ouvidos, encher sua boca, te possuir. Você se entregava totalmente ao momento, com finalidade, tentando agarrar uma espécie de esplendor que nunca se materializava. Agora, depois de cinco anos se molhando com água do balde, não sabe dizer que parte dessa experiência – água queimando suas costas, escorrendo sobre seu rosto, vapor preenchendo seus pulmões – deveria ser agradável.

Você fica de olhos abertos, tenta respirar em meio à névoa. Lembra como fazer isso? Vai pegar o sabonete. Seus pés escorregam. Ele te segura, revira os olhos. A cortina do chuveiro ainda está aberta. Não há nenhuma lâmina, nada que você poderia usar para machucá-lo ou se ferir – nem mesmo um frasco de xampu que poderia espirrar nos olhos dele. Só você, seu corpo nu, e uma barra de sabonete.

Você a segura sob o fluxo de água. Esfrega a espuma nos braços, no peito, entre as pernas, descendo até os dedos do pé.

— Já terminou?

Você responde que está quase no fim. Pega o sabonete e lava o rosto e o cabelo. Depois desliga o chuveiro e vira para ele, que te entrega a toalha. Você se seca. Seu corpo é tão presente, tão real sob a iluminação amarela. No galpão, com o brilho da lanterna de acampamento, você não conseguia ver os detalhes – estrias como raios na parte interna das coxas, pelos escuros nos antebraços e panturrilhas, tufos nas axilas. Hematomas nos braços, poças estagnadas de roxo e azul nas dobras dos cotovelos. No peito, um punhado de cicatrizes. Anos brutais escritos em sua pele.

Você devolve a toalha a ele. Ele aponta para um gancho na porta, onde você a pendura para secar. Ele mostra a pilha de roupas que colocou no chão. Você se ajoelha e encontra uma calcinha nova, dessas que se encontra em supermercados. Um top feito do mesmo algodão preto. Uma calça jeans limpa, uma camiseta branca, e uma blusa de moletom com capuz e zíper. Tudo barato, neutro, sem graça. Tudo novo. Tudo seu.

Enquanto veste as roupas, você se lembra dos detalhes de sua nova identidade. *Você é Rachel. Mudou-se para a cidade recentemente. Precisava de um lugar para ficar e ficou sabendo que o amigo de um amigo estava alugando um quarto.* Ele te entrega uma escova de dente nova e aponta para o creme dental na beirada da pia – dele, provavelmente.

Isso não é gentileza. A higiene básica, uma chance de se limpar. É mais fácil para ele se você não ficar doente, se seus dentes não caírem, se seu corpo não padecer com uma infecção. No galpão, ele precisava de você saudável o suficiente para não lhe dar trabalho extra. Agora, precisa que você pareça o mais normal possível para a filha dele.

— Venha aqui.

Ele te posiciona na frente do espelho e passa uma toalha na parte embaçada. É sua chance de se olhar com mais atenção. Você nunca foi bonita, não exatamente, mas no dia certo, nos ângulos certos, você conseguia enxergar o que te tornava atraente. Seu cabelo bem preto, a franja curta. Pele boa, exceto pelas espinhas mensais que anunciavam a menstruação. Lábios definidos. Você ficava bem de batom vermelho. Aprendeu a fazer delineado gatinho, lápis branco na linha d'água da pálpebra inferior. Olhos bem grandes e o mais arredondados possível.

A mulher no espelho não tem franja. Ela já cresceu há muito tempo. Sua pele parece, de algum modo, ressecada e oleosa ao mesmo tempo. Há novas rugas em sua testa, entre as sobrancelhas, ao redor da boca. Bolinhas do tamanho de cabeças de alfinete das têmporas até o queixo. A perda de peso transformou seu rosto também. Suas bochechas são ocas, permanentemente afundadas.

Você era musculosa e saudável. Uma corredora que comia aveia e se alongava aos domingos, uma iogue eventual que também fazia Pilates. Você caminhava o máximo que podia, comia quando tinha fome, parava quando estava satisfeita. Seu metabolismo vibrava, despreocupado. Era um milagre para você, essa maquininha obediente, esse organismo que te recompensava por cuidar dele. E agora ele o arruinou. Ele o destruiu, como faz com tudo.

— Fique parada.

Ele está segurando uma tesoura. Você paralisa.

— Está comprido demais. — Com a tesoura, ele aponta para o seu cabelo. Ele não cresceu tanto quanto você imaginava que cresceria. Depois dos primeiros doze meses – doze meses com uma refeição ao dia –, seu corpo decidiu usar os recursos para questões mais urgentes. As pontas afinaram, ficando sempre abaixo das escápulas.

Ele precisa de você mais asseada que isso. Precisa que pareça alguém que nunca perdeu acesso a cortes de cabelo.

— Não se mexa — ele diz. — Seria uma pena se você fizesse minha mão escorregar.

Você fica imóvel enquanto ele passa as lâminas por suas costas, reprime um calafrio quando o metal encosta em sua pele. Depois de alguns picotes, ele deixa seu cabelo novamente na altura dos ombros.

Ele enfia a tesoura no bolso de trás e puxa seu braço.

Ele sempre faz isso, fica te puxando para isso e para aquilo, te apressando, nunca há tempo direito para as coisas. Você se vira para ele. Para seus olhos azuis, que você jura que ficam escuros às vezes. A barba bem-cuidada, as maçãs do rosto surpreendentemente delicadas, quase frágeis.

Deve ter um xampu bom escondido nas gavetas sob a pia. Loção pós-barba de aloe vera e produtos para o cabelo no armário do espelho. Nada caro, só o suficiente para alguém se sentir limpo e asseado.

A raiva sobe, quente, por suas costas. Seus olhos correm pelo cômodo em busca de coisas para pegar e atirar. Talvez a saboneteira pudesse rachar o crânio dele. Ou você poderia usar as mãos, e que boa seria a sensação, por alguns segundos, de bater no peito dele com os punhos cerrados, e de novo e de novo, talvez acertar um soco na cara, bem no osso que fica logo acima do olho, cortar o lábio, deixar os dentes vermelhos, afundar o nariz dele dentro do cérebro. Mas ele aperta seu braço com mais força. Esse homem bem-alimentado, bem-descansado, que sabe onde as armas estão escondidas. O mestre em seu território.

— Desculpe — você diz, e fecha o zíper do moletom. — Estou pronta.

Ele recolhe suas roupas velhas e te diz para o seguir. Rapidamente, ele abre a porta do quarto, joga suas coisas lá dentro. À luz do dia, você tem uma visão melhor da porta: a maçaneta redonda com uma fechadura no meio, do tipo que tranca por dentro, como a que você tinha quando dividia apartamento. A intenção não era manter você lá dentro. É para Cecilia, para garantir que ela não entre. Só o pai dela tem a chave. Só ele pode entrar.

Você volta para o quarto. Ele te algema à cama de novo. No fim do corredor, um alarme toca. Bem a tempo.

Você se senta e espera, cabelos molhados nas costas. Não demora até ele voltar e tirar suas algemas. Dessa vez, fecha a porta quando você sai e agarra seu pulso. Você desce as escadas atrás dele. A casa ganha vida sob seus pés. Carpete cinza nos degraus, paredes pintadas de branco, assim como o corrimão. Você vira à esquerda e entra na cozinha. *Seu nome é Rachel; você é a Rachel.* À sua direita fica a sala de estar. Sem hall de entrada. Só a porta da frente, acenando para você. Um sofá, uma poltrona, uma televisão de bom tamanho. Uma mesa de centro com algumas revistas. Porta-retratos nas paredes e aquela estante no canto, repleta de livros. Sob a escadaria, uma porta.

Você quer inspecionar tudo. Quer revirar gavetas, esvaziar todos os armários, abrir todas as portas. Mas ele te puxa na direção da mesa da cozinha – de madeira, com alguns arranhões, mas recém-polida. Não muito longe dela, a porta dos fundos. A casa toda é limpa e desprovida de personalidade, como se tivesse medo de que se começasse a falar, falaria demais.

Ele aponta para uma cadeira, também de madeira, a mais afastada da porta dos fundos. Você se senta. A mesa está posta com três pratos, duas canecas vazias, três facas. Uma cafeteira está ligada sobre o balcão. Ele coloca a mão em seu ombro, dá um chacoalhão. Você olha para a cintura dele. Nada de coldre.

— Lembre-se.

Você é a Rachel. É amiga de um amigo. Não vai enfiar uma faca no pescoço dele. Vai agir naturalmente.

Ele abre a geladeira, tira um saco de pão de forma, coloca algumas fatias na torradeira. Você se lembra do café da manhã de sua infância: tortinhas entre duas folhas de papel toalha, ainda quentes, que comia no caminho para a escola. Mais tarde, uma rotina similar, mas com sanduíches de ovos mexidos e copos descartáveis de café, comprados em um carrinho na rua. Se não te falha a memória, você não tomava café da manhã sentada à mesa com seus pais. Pelo menos não em dias de semana.

De sua cadeira, você registra tudo que vê: um conjunto de facas sobre a bancada, pinças no escorredor de louça. Concha, abridor de lata, uma tesoura grande. Um pano de prato pendurado no puxador do forno. Tudo limpo, todos os elementos em seu devido lugar. Ele desfez as caixas. Já se acomodou a esse novo espaço. Está agora sob o controle dele.

Ele se apoia no corrimão, inclina a cabeça na direção do andar de cima.

— Cecilia! — chama.

Vai até a cafeteira para ver se o café está pronto. Um pai responsável pelo café da manhã em sua rotina matinal.

A PRIMEIRA COISA QUE você vê são os pés dela. Duas meias azul-claras descendo as escadas. Calça preta justa, um suéter malva. Na metade da escadaria, ela se inclina para espiar a cozinha.

— Oi — você diz.

Sua voz assusta ela, ele, e, acima de tudo, você. Ele alterna o olhar entre você e a filha. Você tem receio de ter feito algo errado. Uma palavra e já estragou tudo. Mas Cecilia vai até a mesa e se senta à sua frente.

— Oi — ela responde.

Você não pode dizer oi de novo, então só acena. Está tentando não a encarar, mas não consegue evitar devorar o rosto da menina, banquetear-se com os detalhes das feições dela.

Faz uma varredura em busca de traços do pai, procura a história de sua criação. Há uma certa semelhança entre os dois – um estranho na rua presumiria que são parentes –, mas ela é única, tem o rosto mais redondo que o dele, mais suave. Salpicado de sardas e emoldurado por cabelos ruivos ondulados. Os olhos dela, no entanto, são iguais aos dele – o mesmo azul-acinzentado, os mesmos pontos amarelos ao redor das íris.

Ele coloca um prato de pães torrados sobre a mesa. De costas para a filha, ele ergue as sobrancelhas: *Não faça nenhuma merda.*

Você está tentando, mas não tem ideia de como fazer isso. Nada poderia ter te preparado para se sentar na cozinha desse homem, desencavar suas partes amigáveis e as oferecer à filha dele.

— Eu sou a Rachel — você diz.

Ela acena com a cabeça.

— Cecilia.

— Muito prazer.

Ela abre um sorriso rápido. O pai vai até a bancada da cozinha, pega a jarra de café e volta para se sentar à mesa. Ele se vira para ela.

— Dormiu bem?

Ela faz que sim com a cabeça, com os olhos sobre o prato vazio. Vagamente, você se lembra de como era pela manhã na idade dela: sempre estava cansada, nunca estava com fome, com certeza nunca estava a fim de conversar. O pai se serve de uma xícara de café, depois coloca a jarra perto de você. Dizendo, insinuando, que se servisse. Você enche a caneca que está à sua frente. Só quando a leva aos lábios que nota as palavras impressas do outro lado da cerâmica: melhor pai do mundo, em letras grandes e pretas.

À mesa do café, o melhor pai do mundo pega uma mecha do cabelo da filha. Ele a aproxima do nariz dela e fica movimentando para cima e para baixo, enfiando nas narinas. A princípio, ela não reage. Na terceira vez, ela o afasta de leve, rindo como se aquilo fosse contra seu bom senso.

— Pare!

Ele sorri, em parte para ela e em parte para si mesmo. Um pai e sua filha confortáveis um com o outro.

Ele a ama. É óbvio até para você.

O problema do amor é: ele pode tornar as pessoas fracas.

Enquanto eles estão distraídos, você fecha os olhos e toma seu primeiro gole de café em anos. O sabor te leva de volta para sua última manhã, o dia em que ele te levou. Antes disso, um estágio de verão em uma redação de jornal, funcionários cansados colocando cápsulas em máquinas no fim da tarde. E em meio a tudo isso, todas as visitas a cafeterias. Em se tratando de café, você lembra agora, nunca foi fiel. Experimentava todas as bebidas imagináveis, café coado, café com uma dose extra e espuma de leite, café com leite e xarope de avelã, cappuccino com espuma extra. Recusando a se comprometer. Querendo experimentar tudo que o mundo tinha a oferecer.

Quando volta a abrir os olhos, a menina está lendo o verso da embalagem de manteiga. *Aja normalmente.* Você pega uma fatia de pão torrado e coloca no prato. Olha para o melhor pai do mundo, espera sua aprovação silenciosa antes de pegar uma faca sem ponta. A filha dele cede o material de leitura e você passa manteiga no pão. Acrescenta uma camada de geleia como se não fosse nada, como se não fosse a primeira vez em cinco anos que você pode decidir o quanto vai comer de uma determinada coisa. Da forma mais cerimoniosa que consegue sem levantar suspeitas, dá uma mordida.

Você sente uma dor pungente nas gengivas. A geleia é tão doce que gruda no fundo da garganta. Você não vai a um dentista há séculos. Nem quer pensar na bagunça que está sua boca. Cáries, gengivite, uma boca que verteria sangue se você fosse passar fio dental. O pão torrado machuca, mas também é quente e crocante, e a manteiga está parcialmente derretida, e você está tão voraz, tão faminta, que esqueceu como é se sentir saciada. Talvez estivesse armazenando fome em algum lugar entre seu estômago oco e os nós dos ossos do quadril, e não vai conseguir parar de comer até compensar todas as calorias que deixou de consumir no galpão.

— Você pegou aquele bilhete para a srta. Newman?

A voz de um pai te leva de volta para a cozinha. Para suas mãos sobre a mesa, para seus pés no chão, para esse homem e sua filha e a perfeita rotina matinal dos dois. Cecilia confirma que sim, pegou o bilhete para a srta. Newman. Há mais conversas entre os dois, perguntas sobre uma prova que está por vir, confirmação de que Cecilia vai para a aula de artes no fim do dia e que ele vai pegá-la às cinco e meia.

Você não sabia que pais podiam agir assim. Mesmo se esforçando, você não consegue se lembrar de seu pai fazendo café da manhã para você, brincando com seu cabelo, sabendo o nome de seus professores e seu cronograma de aulas. Seu pai saía cedo para trabalhar e voltava depois do jantar usando um terno elegante, maleta na mão, cansado, mas feliz. Arrumava tempo para você e seu irmão, para os dias de jogos e peças da escola, para as tardes de domingo no parque. Mas vocês eram um item em uma lista de afazeres. Mesmo quando criança, você sentia que se ninguém o lembrasse dessa missão em particular, a paternidade fugiria da mente dele. Sua infância era como uma peça de roupa que ninguém se lembrou de pegar na lavanderia.

O melhor pai do mundo esvazia a caneca de café. A filha desiste da fatia de pão torrado que tentava mordiscar. Eles se levantam. Ele diz a ela:

— Cinco minutos.

E ela diz que já sabe e desaparece escadaria acima. Assim que o som da porta do banheiro fechando chega à cozinha, ele se vira para você.

— Vamos. Agora.

Ele faz sinal para você andar na frente e subir as escadas. Sobe atrás de você, roçando o corpo no seu. Você volta para o quarto. Ele não precisa dizer para você se posicionar perto do aquecedor. Você senta-se no chão e levanta a mão direita. Ele tira as algemas do bolso, prende uma delas em seu pulso e a outra no cano metálico. Desliza-a para cima e para baixo, garantindo que o mecanismo é seguro.

— Tenho que levar Cecilia para a escola, depois preciso ir trabalhar. Agora, veja. — Ele pega o celular. Você nunca viu um daqueles antes. A tela é muito maior do que as de cinco anos atrás, pelo que você se lembra.

— Tenho câmeras. Neste quarto, na porta da frente, em todos os lugares. Escondidas. Elas se comunicam com um aplicativo aqui. — Ele toca algumas vezes na tela, depois a vira em sua direção. Não é a imagem da câmera. Ele não vai te mostrar isso. Entregaria muito. É um vídeo on-line. Uma demonstração.

Ele reproduz com o som bem baixinho. O vídeo mostra a entrada de uma casa. Uma mulher abre e fecha a porta. Você vê, você ouve. Um ícone vermelho pula no canto inferior direito da tela.

Você absorve a casa e a porta e a mulher contratada para entrar em um lar que não pertence a ela. A tecnologia. A ameaça dos olhos e ouvidos dele sobre você.

Seu maxilar fica tenso. O galpão. Ele não tinha olhos no galpão. Não enquanto estava fora. Você podia ler, no galpão. Podia se deitar. Podia se sentar. Podia fazer essas coisas e ele não sabia quando ou como você estava fazendo. Não era muito, mas era alguma coisa, e essa alguma coisa pertencia a você.

Isso era para ser melhor, você gostaria de dizer, e imediatamente quer se xingar por pensar daquela forma. *Melhor* não é algo que ele deixaria você ter. *Melhor* é um conto de fadas.

A tela escurece. Ele volta a bloqueá-la.

— Se fizer qualquer coisa... se gritar ou se mover e eu vir alguém vindo para verificar se está tudo bem, vou receber uma notificação. E não vou ficar feliz. — Ele olha para a janela do quarto, escurecida por uma persiana fechada. — Trabalho perto daqui. Entendeu?

Você diz que entendeu, mas algo o detém. Ele ajoelha ao seu lado. Leva a mão ao seu rosto e te força a olhar para cima. Precisa ver em seus olhos. Que você acredita nele e que ele pode acreditar em você também.

— Sabe qual é minha profissão?

Ele está mesmo perguntando? Ele realmente não se lembra de que nunca te contou?

Você tenta dizer que não com a cabeça.

— Sou guarda-fios. — Você olha para ele com o que deve ser um olhar inexpressivo, porque ele revira os olhos e acrescenta: — Sabe o que isso quer dizer?

Você acha que sabe, mas ele pergunta com tanta intensidade que faz você pensar que não sabe.

— Mais ou menos — você responde.

— Eu conserto e faço a manutenção de cabos de energia. Nunca viu uns homens lá em cima, trabalhando nos cabos aéreos?

Você diz que sim, que foi o que pensou. Faz sentido ele ter esse trabalho. O dia todo pendurado em um poste de luz, com apenas uma camada de borracha entre o corpo e um choque fatal.

— Essa cidade é pequena — ele continua. — E quando estou trabalhando, bem, é incrível até onde dá para enxergar lá de cima.

Ele solta seu rosto, olha para cima, como se pudesse ver através do teto. Você o imagina, copas de árvores ao fundo, pássaros voando. Ele volta a pegar o celular.

Dessa vez, mostra os resultados de uma busca no Google Imagens. Homens pendurados em cabos, um pé apoiado no alto de um poste de doze metros de altura, o outro pendurado no ar. Capacetes e luvas grossas. Um monte de polias e ganchos. Você sente o olhar dele sobre você enquanto absorve tudo. Ele te concede um momento, depois guarda o telefone.

— Dá para ver tudo lá de cima. — Os olhos dele apontam para a janela de novo. — Todas as ruas. Todas as casas. Todas as estradas. Todas as pessoas. — Ele volta a olhar para você. — Eu vejo tudo. Está entendendo? Mesmo quando as pessoas não percebem. Estou observando. Vou sempre estar observando.

— Eu compreendi — você diz a ele. Se sua voz tivesse mãos, estariam unidas em prece nesse momento. — Eu já entendi.

Ele te encara por alguns segundos, depois vai para a porta.

— Espere! — Ele posiciona o dedo diante dos lábios. Você abaixa a voz. — Minhas coisas.

Você puxa as algemas para enfatizar que está aqui e seus livros estão lá, longe de seu alcance. Ele pega os livros e os joga perto de você.

— Obrigada.

Ele olha para o relógio e sai apressado. Você ouve passos, depois a voz dele vindo do andar de baixo.

— Está pronta?

Cecilia deve ter confirmado com a cabeça. A porta da frente abre e fecha. A caminhonete é ligada e logo o barulho do motor desaparece.

Sem eles, a casa está em silêncio. Não é um tipo de silêncio pacífico. É um silêncio vazio, opressivo, desconfortável como sentar-se no colo de um estranho. O quarto parece enorme e minúsculo ao mesmo tempo. É como se as paredes estivessem deslizando na direção umas das outras, a superfície encolhendo, a estrutura se fechando ao seu redor.

Você fecha os olhos. Lembra do galpão, do piso de madeira sob sua cabeça, de seu mundo de ripas de madeira. Pressiona a palma das mãos sobre os olhos e depois cobre as orelhas com ela. Dá para ouvir a corrente de ar passando por você, como o som dentro de uma concha.

Você está aqui.

Você está respirando.

A manhã de hoje foi um teste e você passou. Até onde sabe, você passou.

14
EMILY

Depois que a esposa de Aidan morreu e os pais dela, por motivos desconhecidos, expulsaram-no da casa deles, o juiz Byrne perguntou se ele gostaria de alugar aquela pequena casa que possui no vilarejo, perto do rio Hudson. Não é grande. Pelo que fiquei sabendo, o juiz deu um bom desconto no aluguel, um valor irrecusável. Típico do juiz Byrne.

O juiz Byrne se considera o elo que mantém a cidade unida. Ele oficiou todos os casamentos em um raio de mais de quinze quilômetros desde antes de eu nascer. Quando a coisa fica difícil, o juiz Byrne aparece. Ele sempre tem tempo para conversar. Ele dá apoio, mesmo quando alguém não quer.

Foi por isso que o juiz Byrne sugeriu uma corrida beneficente de cinco quilômetros na página da rede social da cidade três dias atrás. "Aidan – o faz-tudo preferido da cidade e um ótimo cara em geral – acabou de perder sua casa e sua esposa, e ainda está pagando as despesas descomunais do tratamento dela ao mesmo tempo em que cria uma filha sozinho", ele escreveu. "Ele é orgulhoso demais para admitir ou reclamar, mas sei que uma ajuda viria a calhar."

As pessoas amaram a ideia. Um dos bombeiros voluntários definiu o trajeto, começando e terminando no centro da cidade. Na seção de comentários, os García ofereceram produtos de seu mercadinho orgânico – saquinhos de papel cheios de uvas-passas, gomos de laranja. Alunos da escola em que estudei se ofereceram para entregar copos de água. Pais se organizaram para orientar o percurso. Todos estavam tão ávidos por ajudar que quase perdemos de vista o propósito final: a inscrição para a corrida custa no mínimo cinco dólares, e doações adicionais são bem-vindas. O total vai para Aidan e sua filha, para cobrir contas, aluguel, o restante das despesas do funeral e o que for preciso.

Nesse meio-tempo, Aidan Thomas permaneceu em silêncio. Eu o imaginei observando enquanto nossa cidade se esforçava para ajudá-lo. Não querendo ser grosseiro, mas odiando toda a atenção.

Até esta tarde.

Conheço o perfil de Aidan, embora não sejamos amigos na rede social. Ele só tem uns três contatos lá, incluindo a conta de sua esposa. Mas reconheço de imediato sua foto – não é uma imagem dele, é claro que não. Só a foto de uma paisagem, o rio Hudson, congelado, tirada da colina perto da hospedaria.

"Muito obrigado, pessoal", ele escreveu sob o post do juiz. "Cecilia e eu somos muito gratos por essa comunidade."

O comentário foi compartilhado duas horas atrás e mais de cinquenta pessoas já curtiram. Algumas chegaram a responder com corações ou com aquele emoji que junta os bracinhos como num abraço virtual.

Estou sentada em meu quarto, com o dedo indicador pairando sobre o mouse do computador.

Na tela de cinema em meu cérebro, o mesmo filme passa repetidas vezes: os olhos azuis de Aidan me observando através dos óculos na noite do old-fashioned virgem. Uma coisa que pertence apenas a nós dois.

No site da rede social clico em "escreva um comentário" e começo a digitar. Paro. Começo de novo. Paro de novo.

A última coisa que quero é parecer ávida demais.

Não, isso não é verdade.

A última coisa que quero é parecer que não me importo.

"O Amandine adoraria dar apoio a todos os corredores (e seus torcedores). Eu organizaria com muito prazer uma barraquinha com chocolate quente na linha de chegada."

O restaurante monta a barraquinha de chocolate quente todo ano para o desfile de Natal. Não me importo em fazer um pouco mais cedo este ano. Quando chegar o dia da corrida, isso vai me ocupar e também vai servir como motivo para estar por perto.

Reviso meu comentário e clico em "enviar".

Enquanto me apronto para o turno do jantar no restaurante, volto para a tela para verificar se há alguma atualização. Quando estou prestes a sair, aparece uma notificação no canto superior direito.

Dois comentários

Um é da sra. Cooper, que se mudou para cá com o marido e dois filhos há alguns anos. "Que ideia maravilhosa!", ela escreveu. Sra. Cooper. Sempre um pouco entusiasmada demais. Sempre com a preocupação de ela e sua família não se encaixarem.

O segundo comentário é dele. Leio rápido demais, com uma sensação de pânico comprimindo minha caixa torácica (*e se ele achar muito bobo, e se achar que é exagero, e se não achar suficiente?*). Depois leio de novo, sem pressa. Saboreando cada palavra.

"Quanta gentileza."

Aqui ele pressionou as teclas shift e return juntas para iniciar um novo parágrafo:

"Parece delicioso."

15
A MULHER NA CASA

Você se mexe ao lado do aquecedor, tenta encontrar uma posição menos desconfortável. Se encostar na parede, dá para esticar as pernas.

Fecha os olhos e escuta. Do lado de fora, um pica-pau bica a madeira. Um tipo diferente de pássaro canta. Antes de ele te levar, você tinha começado a aprender sobre o canto dos pássaros. Tinha encontrado um livro com uma lista de espécies e a descrição das melodias correspondentes. Parecia muito claro na teoria, mas você nunca conseguiu associar um pássaro a seu som com segurança, nem depois de anos de prática no galpão. Para os seus ouvidos urbanos, um pássaro é um pássaro é um pássaro é um pássaro.

Quando a caminhonete volta, os esquadros de luz ao redor das persianas estão mais fracos. Portas abrem e fecham. Surgem vozes na cozinha. Você capta algumas frases como: "lição de casa", "jantar", "quiz na TV". Alguém sobe as escadas. A descarga dispara; a pia do banheiro faz os canos chiarem. O aroma de comida paira pela casa, abundante, quente e — se você se lembra corretamente — amanteigado.

Ele te alertou: não vai ter jantar toda noite. Não vai ter café da manhã todo dia. Ele vai te buscar nos momentos apropriados. Mas esta é a primeira noite. Então hoje ele aparece.

Você já conhece a dança. Ele te solta das algemas e diz para se apressar. Você se levanta, dobra os joelhos algumas vezes, massageia os pés para que voltem à vida. No andar de baixo, a mesa está posta como pela manhã, com copos de água no lugar das canecas de café. Ele abre o forno e verifica o que está sendo preparado.

— Cecilia!

Um homem em casa, colocando comida na mesa. Alimentando a filha. *Um pai.*

Ele te cutuca com o cotovelo, como se perguntasse: *O que está esperando?* Você senta no mesmo lugar que ele indicou no café da manhã.

Cecilia desce as escadas. Ela reprime um bocejo. Você se lembra de quando tinha a idade dela, de como era exaustivo ter tanto para aprender, todos aqueles livros para ler, todas aquelas fórmulas de matemática para decorar. O mundo ao alcance de suas mãos, e a tarefa extenuante de descobrir – entre as aulas, na hora do intervalo – que tipo de pessoa você queria ser e qual o melhor caminho para chegar até lá.

Ela para perto da sala de estar e aponta o controle remoto para a televisão. Um *jingle* preenche o cômodo, metais, um refrão monótono e depois uma voz estrondosa:

— Começooou o quiz!

Os concorrentes aparecem na tela, nome e local de residência, Holly, de Silver Springs, Jasper, de Park City, e Benjamin, de Buffalo. Um homem de terno e gravata entra no cenário.

— E aqui está o nosso apresentador, Alex Trebek.

Seus braços ficam dormentes. Suas pernas e pés começam a formigar. A casa você é capaz de encarar. Até mesmo com Cecilia você consegue lidar, com a energia de uma pessoa extra no cômodo, a juventude, os mistérios da vida dela. Mas a TV, pessoas respondendo perguntas por dinheiro, Alex cumprimentando Holly, Jasper e Benjamin como velhos amigos... isso é demais. É exterior demais. Evidência demais de que o mundo continuou seguindo sem você.

Dentro da casa, um pai se aproxima da filha, coloca o braço sobre o ombro dela. *Como seu pai costumava fazer*, seu cérebro sussurra, *quando ele te puxava para perto e te lembrava de que você era a companheira dele.*

— O jantar está pronto.

Cecilia olha para ele com olhos suplicantes.

— Só a primeira rodada? Por favor?

Um pai sussurra. Ele olha para você. Talvez decida que uma distração não seria a pior coisa do mundo. Manter a menina concentrada na TV, não na nova mulher sentada à mesa.

— Abaixe o volume e deixamos passando.

Cecilia ergue as sobrancelhas. Por um segundo, ela se parece com ele, o mesmo ar de desconfiança, sempre à procura de um ardil, uma farsa. Sem querer abusar da sorte, ela aponta o controle remoto para a TV até a voz de Alex virar um zunido leve. Ela mexe mais um pouco nos botões. Legendas ocultas aparecem na parte de baixo da tela. Garota esperta.

Com os dedos enrolados em um pano de prato, um pai coloca uma travessa de cerâmica no centro da mesa, ao lado de um filão de pão de alho fatiado. Cecilia se inclina para sentir o cheiro.

— O que é isso?

Ele responde que é uma lasanha de legumes e pede para ela se sentar. Ela o serve, depois se serve e fica olhando para você, com a colher erguida como um ponto de interrogação. Você entrega o prato a ela e se serve de um pedaço de pão de alho. Cecilia te observa por alguns momentos, até o pai apontar para a televisão. A categoria é "Questões do Coração". Oitocentos dólares estão em jogo. As legendas vão surgindo conforme Alex lê um cartão.

— Isso é o que acontece quando uma quantidade potencialmente letal de fluidos se acumula ao redor do coração.

Um pai responde em voz alta:

— O que é tamponamento cardíaco. — Ele não diz em tom de pergunta. É simplesmente a declaração de um fato.

Benjamin, de Buffalo, dá a mesma resposta. Oitocentos dólares são somados ao total dele.

— Não é justo — a menina diz. — Você estudou essas coisas.

Você sabe que o homem com a chave do galpão – com a chave de seu quarto – *não é médico*. *Existe uma história aqui que te escapa. Ambições não realizadas, mudanças de planos*. Antes que você possa pensar em uma forma inteligente de sondar, Benjamin, de Buffalo, escolhe a categoria "Apelidos" por duzentos dólares. Alex dá a pista:

— Ele também era conhecido como o "Beatle quieto".

Algo se mexe dentro de você. Conhecimento do passado. Músicas que costumava cantar. CDs tirados da prateleira do escritório que seu pai tinha em casa. Os primeiros acordes de "It's All Too Much", o lamento de uma guitarra elétrica distorcida.

Um pai e sua filha trocam olhares desentendidos. Então, sua voz:

— Quem foi George Harrison?

Benjamin, de Buffalo, chuta John Lennon e é eliminado. Jasper, de Park City, arrisca Ringo. Holly, de Silver Springs, passa a vez, até que acaba o tempo. Alex faz uma cara triste.

— Não é John, não é Ringo — ele diz e aparece escrito nas legendas. — A resposta correta é... Quem foi George Harrison?

Cecilia abre um sorrisinho para você, como se dissesse: *Muito bem*. O pai espera até os olhos dela se voltarem para a TV para olhar para você. Você ergue os ombros de leve. *O que foi? Você disse para agir normalmente.* Ele se vira para a TV, onde Benjamin escolheu a categoria "Apelidos" de novo, dessa vez por quatrocentos.

— Esse britânico icônico, nascido no bairro de Brixton, em Londres, era conhecido entre outras coisas como o "Thin White Duke". Esse é seu nome verdadeiro.

Holly, de Silver Springs, aperta a campainha e franze os lábios. Mais lembranças te encontram: um raio em seu rosto em uma noite de Halloween. Uma palpitação em seu peito enquanto se apaixona por uma silhueta magra, lábios finos, olhos hipnóticos. Você engole um bocado de lasanha rápido o suficiente para responder:

— Quem é David Jones?

Na tela, Holly hesita até acabar o tempo. Ela, meio se desculpando, sorri para Alex, que espera os outros dois arriscarem uma resposta, depois explica:

— A resposta é David Jones... Também conhecido como David Bowie.

Cecilia se vira para você de novo.

— Como você sabia isso?

Você não consegue pensar em nenhum motivo para não dizer a verdade a ela.

— Eu gosto muito de música.

Ela se contorce um pouco na cadeira.

— Ah. Eu também.

O pai dela para de comer, apoia o garfo na beirada do prato. Alterna o olhar entre você e Cecilia como se estivesse assistindo a uma partida de tênis.

Você se lembra de mais uma coisa: como foi empolgante, na idade dela, quando um professor te deixou fazer uma apresentação sobre a Cher. Quando outra pessoa arregalava os olhos de animação quando se mencionava Bob Dylan. Como a música era um atalho para a afinidade, para o fim da desoladora solidão dos treze anos.

Você sorri para ela. A menina que é metade ele, a menina que não deve saber o que o pai faz nas sombras.

— O que você ouve? — você pergunta.

Ela pensa. Você amava e odiava aquela pergunta em igual medida. Amava, pois nunca se cansava de sentir o sabor daqueles nomes em sua língua – Pink Floyd, Bowie, Patti Smith, Jimi Hendrix, Stones, Aerosmith, Beatles, Deep Purple, Fleetwood Mac e Dylan. Odiava porque tinha muito medo de dizer o nome errado, o nome que poderia te desmascarar como alguém que não conhecia muito de rock, era apenas mais uma adolescente.

Cecilia cita alguns artistas: Taylor Swift, Selena Gomez e Harry Styles. Pessoas que estavam só começando quando você desapareceu. Talentos que floresceram em sua ausência.

— Legal — você diz a ela. Como você achava difícil, na época em que ainda estava no mundo lá fora, conhecer pessoas, fazer novos amigos, tentar ser simpática sem ser condescendente.

Ela acena com a cabeça.

— E você?

Você sente o olhar em chamas de um pai. É isso que as pessoas fazem, você vai dizer a ele mais tarde, caso pergunte. *Falam. Compartilham as coisas de que mais gostam.* Você diz alguns nomes:

— Rolling Stones. Eu até fui a um show deles em 2012. Beach Boys. Pointer Sisters. Elvis, mas acho que todo mundo ama o Elvis. E Dolly Parton. Eu amava tanto Dolly Parton quando era mais nova. Implorava para os meus pais me levarem para Dollywood todo ve...

Como um palavrão na igreja. Uma gagueira no meio de um sortilégio. Aquelas palavras te paralisam. *Meus pais.* É a primeira vez que você os cita na presença dele. As pessoas de quem ele te tirou.

Você tinha sua vida. Estudante universitária a poucas semanas da formatura. Tinha trabalhos para escrever, coisas para fazer, amigos, um emprego. Mas você ainda era deles. Gostando ou não. Ainda jantavam juntos toda semana. Trocavam mensagens e ligações. Compartilhavam uma vida.

Cecilia pigarreia. Ela pega a colher de servir, dando tempo para você se recompor. Você tenta mais uma vez:

— ... todo verão. Mas nunca deu certo.

Ela coloca uma colherada de lasanha no prato. Quando levanta os olhos novamente, ela te destrói. Faz tanto tempo que ninguém te olha assim. Com gentileza. Com a ideia de que seus sentimentos importam.

Você não sabe o que ela está pensando. Provavelmente, que você teve alguma desavença com seus pais ou que eles morreram antes de poderem te levar a Dollywood. Independentemente da história que estiver contando a si mesma, ela quer que você saiba que entende.

— Bem — ela diz. — Agora você pode ir sempre que quiser.

Você encara o que sobrou em seu prato.

— É... Sempre que eu quiser.

Mais tarde, quando o pai a manda escovar os dentes, ela olha para você de relance. Tem o olhar de uma nova estagiária que encontrou alguém com quem se sentar no primeiro dia de trabalho. De uma prima perdida em um velório, aliviada por encontrar uma parceira de conversas.

Você conhece aqueles olhos. Já os viu antes. São os olhos de uma pessoa solitária e magoada.

16
CECILIA

Às vezes eu sinto uma pressão terrível no fundo da garganta. Isso me faz querer gritar ou socar alguma coisa. Não alguém, nunca alguém. Apenas alguma coisa.

Se meu pai soubesse, ele balançaria a cabeça daquele jeito que me faz querer morrer um pouco. Minha mãe costumava dizer a ele: *Você não pode esperar de todos um padrão tão elevado. Deixe a menina ser criança. Ela tem a vida toda para ser como você.*

Quando não aguento mais, vou para a área arborizada perto do cemitério, no alto da colina. Encontro uma árvore e dou alguns chutes com a ponta do sapato. De leve no início, depois mais forte a cada chute. Meu pai não sabe. É óbvio. Faço isso entre o horário da escola e o da aula de artes, assim ele não me vê. Ele já tem muita coisa com o que se preocupar no momento.

Primeiro teve a minha mãe, e então teve a Rachel.

Ele me falou sobre ela antes de nos mudarmos. A amiga de um amigo de um amigo, foi o que ele disse. Tanto faz. Não me importava muito quem ela era, apenas que estava indo morar com a gente, naquela nova casa de que eu já não gostava tanto.

Rachel precisava de ajuda, ele disse. Coisas ruins tinham acontecido com ela. Perguntei que coisas ruins, exatamente. Ele disse que não queria entrar em detalhes, mas que ela tinha sido magoada e não tinha ninguém para ajudar. Então alugaríamos o quarto extra na casa do juiz e compartilharíamos as refeições com ela e coisas do tipo.

O que eu não contei ao meu pai: estou passando por uma fase difícil também, e não adoro a ideia de compartilhar minhas refeições com estranhos, mas tudo bem.

— Ela passou por maus bocados — ele me disse. — Então não fique muito em cima dela. Não faça perguntas. Apenas seja educada e dê um pouco de espaço a ela.

Eu quis responder que isso não seria problema nenhum, que eu não estava morrendo de vontade de fazer amizade com uma mulher aleatória. Mas não teria sido legal. E meu pai é uma pessoa legal. O que ele está fazendo nesse exato momento, ajudando Rachel, é uma coisa legal, principalmente depois que minha mãe – a esposa dele – morreu. Então eu falei que tudo bem. Falei que faria o melhor possível.

Não sou idiota. Sei que não é normal alguém levar uma estranha para morar em casa no minuto em que a esposa morre. Então, a princípio, achei que Rachel devia ser namorada dele, ou algo do tipo. Já vi em filmes. Assisto a um bom tanto de TV. Sei o que os maridos fazem depois que as esposas morrem. Eles seguem em frente. É claro que eu não esperava que meu pai seguisse em frente tão rápido, mas até parece que minha opinião importava alguma coisa.

Mas depois eu vi como eles agiam na presença um do outro e me dei conta de que tinha entendido tudo errado. Lembro que meus pais ficavam de mãos dadas, que ele a chamava de "querida", a forma com que olhavam um para o outro, mesmo depois de uma briga. Não existe nada disso entre meu pai e Rachel. Nenhuma faísca. Nenhum frio na barriga. Nada.

Foi injusto da minha parte ter pensado essas coisas do meu pai. Ele nunca esqueceria minha mãe tão rápido nem traria alguém para casa para substituí-la. Ele a amava. Nós ainda a amamos muito.

A coisa mais surpreendente sobre Rachel até agora é que eu meio que gosto dela. Ela é esquisitinha, com certeza, mas isso não é uma coisa ruim. Eu também sou um pouco esquisita, para ser sincera. Mas Rachel não conversa comigo como os outros adultos. Ela pergunta sobre mim e sobre as coisas de que eu gosto. Nunca menciona minha mãe. É um alívio ter alguém que não me trata como um objeto quebrado.

Antes de Rachel se mudar para nossa casa, meu pai prometeu que a chegada dela não mudaria nada para nós. Obviamente mudou. Não para pior. Mas ela mora com a gente. Come com a gente. É claro que as coisas mudaram. Não sei como ele poderia esperar que não mudasse. Ele gosta de pensar que pode controlar essas coisas, congelar o tempo. Mas tudo está sempre mudando.

Por exemplo: depois que minha mãe morreu, eu tive problemas para comer por um tempo. Agora meu apetite voltou. Até pior: voltei a gostar da hora do jantar. Nós três sentamos juntos e assistimos ao programa de perguntas e respostas na TV, e por alguns momentos as coisas até que ficam bem.

E desde que ela chegou, não senti necessidade de chutar aquela pobre árvore com tanta frequência quanto antes.

Com certeza a árvore está achando o máximo. Mas eu? Me mata dizer isso. Minha mãe morreu há poucos meses. Que tipo de filha eu sou?

Não era para eu já ter deixado de ficar triste. Ainda era para eu estar sofrendo.

Gosto dela, da mulher que está em nossa casa, mas também a odeio um pouco por ter me tirado do buraco.

Mas o principal é que estou aliviada por ela e meu pai não estarem transando.

17
A MULHER NA CASA

Quando a casa está escura, ele te encontra.

O processo é quase idêntico a como era no galpão. Ele suspira. Observa você dos pés à cabeça. Não precisa esperar até você terminar de comer ou usar o balde agora. Em vez disso, ele tira suas algemas, faz um gesto para você ir para a cama. Depois pensa melhor e te manda voltar para o chão. Você fica confusa, mas obedece.

Um pouco mais tarde, você entende. Ele não quer que a filha ouça as molas rangendo, a batida reveladora da cabeceira da cama na parede.

18
A MULHER NA CASA

Os dias são seus.

Você lê seus livros. Já decorou todos quase por inteiro a essa altura. Você se desafia a recitar o primeiro capítulo de *Uma árvore cresce no Brooklyn* de cabeça. Tenta se lembrar de sequências de meditação de sua vida anterior, como sua mente era capaz de comprimir o tempo ou esticá-lo.

A casa fica tão silenciosa sem eles que às vezes você cantarola só para ter certeza de que seus ouvidos ainda funcionam.

Sua vida como corredora te ensinou algumas habilidades. A chave para uma maratona: não pensar no final. Não se deve imaginar a linha de chegada. É preciso continuar em movimento. Você existe no presente. A única forma de fazer isso: um passo de cada vez. Não precisa ser bonito. Certamente não precisa ser prazeroso. A única coisa que importa é você ainda estar viva no final.

VOCÊ OLHA AO REDOR em busca das câmeras. Sozinha no quarto, e na cozinha na hora das refeições. Não dá para saber se ele estava falando a verdade ou inventando. Você não encontra nada, mas não seria fácil escondê-las entre dois livros, no canto de um teto rebaixado, atrás de um armário de cozinha? Acredita que ele pode ver tudo.

Aos fins de semana pela manhã, eles saem levando comida embalada em mochilas lotadas. Você não ouve nada além do canto dos pássaros até a noite. Cecilia volta exausta, mas disposta a compartilhar histórias sobre a tarde que passou fazendo caminhada, perambulando por uma biblioteca, um museu. Você garimpa todas as frases dela em busca de informações. Caminhadas no frio: você deve estar perto de montanhas, talvez ainda no norte do estado. É impossível saber ao certo.

Alguns dias, ela menciona nomes de cidades próximas. Você não reconhece nenhuma. Pode estar em qualquer lugar.

Ela te faz perguntas. Cecilia. Quer saber o que você faz quando ela não está por perto. Você repete a mentira que o pai dela criou: diz que trabalha remotamente com atendimento ao cliente para uma empresa de tecnologia. Ao redor disso, inventa uma vida para Rachel, a pessoa que Cecilia acredita que você é. Tardes ocupadas com leituras – não chega a ser mentira. Vagas idas a lojas, as mesmas que ouviu o pai dela mencionar. Para antes de dar amigos ou família a Rachel. Não confia em seu cérebro para guardar um elenco de personagens inventados, e se lembrar da história de cada um. Ela é esperta. Se você cometer um erro, ela vai notar.

VOCÊ NÃO TEM permissão para tocar em nada, mas seus olhos têm poderes. Eles podem viajar para qualquer lugar. Como quando você era criança e sua mãe te levava para fazer compras: *Toque apenas com os olhos*. Você deixa seu olhar saltitar pela cozinha, espia a sala. Na estante, uma fileira de livros de suspense médico. Você se senta no sofá, cabeça inclinada, tentando decifrar os títulos. O que está procurando? Um padrão? Um tema? Uma explicação para quem ele é e o que ele faz, escondida entre *Post-Mortem* e *O enigma de Andrômeda*?

Está bem aqui, pulsando pelas paredes, como um rugido silencioso sob o piso de madeira. A verdade sobre ele, encerrada no coração desta casa.

Cada item conta uma história que pode ou não ser verdade. Os livros de suspense médico: uma coleção da esposa morta, sobras de uma série de férias de verão, ou sinal de alerta de uma obsessão obscura por sangue humano? Fotos de infância de Cecilia aprendendo a nadar na piscina de um hotel, "se formando" no terceiro ano, perdida sob um chapéu de bruxa no Halloween: lembranças normais de uma vida familiar ou acessórios no teatro da existência dele, colocados ali para manter as aparências?

Esta casa – ela o conhece? Ou é o cenário de um filme, um mundo alternativo, construído peça a peça para esconder quem ele é de verdade?

Há coisas que você vê e coisas que nota pela ausência: nenhum telefone fixo. Nenhum computador de mesa. Você imagina que exista um laptop em algum lugar, trancado em uma gaveta e protegido por senha, usado apenas para tarefas administrativas e lição de casa. Os celulares dos dois ficam guardados nos respectivos bolsos. Cecilia nem pode ficar com o dela: ela leva o aparelho para a escola e para a aula de artes, sempre que está longe dele. Assim que chega em casa, o pai estende a mão e ela o entrega para ele. A menina tem treze anos. Nas raras ocasiões em que reclama sobre as regras de uso do celular, ele diz que não quer que ela perca tempo nas redes sociais, jura que ela o agradecerá no futuro. Ela suspira, mas não o confronta.

Seus olhos retornam aos livros, às fotos, à pilha organizada de revistas sobre natureza sobre a mesinha de centro. Procurando respostas. Um homem, um sinal de vida. Buscando a história dele.

À noite, você sonha. Visões que te acompanharam desde o galpão: você correndo muito em uma estrada rural repleta de árvores. Atrás, o som da respiração dele, a ameaça dos passos alcançando os seus.

Você acorda assustada. Até nos sonhos ele te persegue. Mas você corre, e por alguns instantes aquilo parece real. Você se apega àquelas sensações o máximo que pode no escuro, o ímpeto de seu corpo, a rapidez dos braços ao lado do corpo, a queimação deliciosa do ar entrando e saindo de sua garganta.

VOCÊ FAZ SUA descoberta mais surpreendente uma noite, diante de um prato de torta de legumes. Os olhos de Cecilia estão na TV. Nick, do Arkansas, escolheu "Lemas" por quatrocentos dólares.

— Essas duas palavras em latim simbolizam o conjunto de valores dos Fuzileiros Navais dos Estados Unidos — diz Alex Trebek.

— *Semper fidelis.*

Vocês falam ao mesmo tempo. Você e o pai perfeito. Ele vira a cabeça devagar. Pela primeira vez na presença da filha, ele olha diretamente em seus olhos.

— Como você sabia?

O tom dele é intencional, focado. Alguma coisa aqui significa muito para ele.

Você não quer contar o verdadeiro motivo. Quer guardar as lembranças da Maratona do Corpo de Fuzileiros Navais de 2012 só para você. Um trem noturno da Penn Station até a Union Station, uma noite em um hotel e um aviso para acordar às quatro da manhã. Um ônibus lotado com silhuetas usando náilon, uma caminhada na neblina até o Pentágono antes do nascer do sol. Homens uniformizados revistando sua pochete, olhando os sachês de gel energético com cafeína, cartelas de analgésico, barrinhas de proteína. O hino nacional, depois um tiro para indicar o início da prova. Trinta mil corredores. Quatro horas e vinte minutos. As florestas da Virginia em ambos os lados do percurso, um trecho infinito de rodovia no calor sufocante e, finalmente, a linha de chegada. Mais pessoas uniformizadas. Mãos entregando medalhas. Suas pernas cansadas, seu corpo suado, um cordão ao redor de seu pescoço. O corredor ao seu lado dizendo duas palavras ao fuzileiro naval à frente dele. *Semper fidelis.*

Você não quer que ele saiba nada disso. Não quer que ele saiba que um dia, se surgir uma oportunidade, você poderia correr.

Não agora, no entanto. Seu corpo não seria capaz de fazer isso agora. Regra número dois para permanecer viva fora do galpão: você vai se preparar. Até lá, vai ficar quieta. Vai comer. Vai assistir a programas de perguntas e respostas na TV. Vai responder a perguntas à mesa do jantar.

Com um pai e uma filha aguardando sua resposta, você vasculha seu cérebro em busca da mentira mais plausível.

— Eu tive um instrutor na academia que foi fuzileiro naval — você diz. — Ele ensinou isso para os alunos.

Um pai perplexo ergue a sobrancelha. Fica revirando a torta. Isso não é do feitio dele. Não é homem de hesitar. Ou come, ou não come.

Cecilia se inclina para a frente em tom de conspiração.

— Ele também foi fuzileiro. — Ela aponta com o queixo para o pai.

Ele tenta interromper:

— Cecilia…

Mas ela continua:

— Ele largou a faculdade para servir.

Seu garfo bate no prato.

Um fuzileiro naval.

— Uau.

Você não consegue pensar em mais nada para dizer.

— Socorrista — ele murmura em voz baixa. Forçado a te dar uma parte dele. Algo que ele esperava guardar, como você com a maratona.

Você não sabe o que é um socorrista. Não sabe o que faz um socorrista. Ele largou a faculdade para ser isso, então provavelmente não é necessário ser formado em medicina.

Uma história se esquematiza: um homem que queria ser médico, mas não conseguiu. Distraído de seu curso por pensamentos que rodavam em seu cérebro, um círculo obsessivo, uma repetição cada vez mais constante dentro dele. Ele não largou a faculdade *para* servir, como a filha acabou de dizer. Ele largou a faculdade *e* serviu. Tornou-se socorrista. Foi dispensado, de maneira honrada ou desonrada – você não tem como saber. Alguma coisa o trouxe até aqui, para onde quer que vocês estejam. Ele encontrou um emprego. Virou um homem com família e casa. Virou o homem que você conhece.

81

Você solta o garfo, apoia a palma da mão sobre a mesa. *Ele largou a faculdade para servir.*

Lembranças: o avô de um amigo, um funeral no Cemitério Nacional de Arlington. Churrascos de Quatro de Julho, seu pai atrás da churrasqueira, sua mãe de vestido vermelho. Uma música *country* sobre a bandeira, sobre liberdade e sobre vingança. Em sua turma na Universidade de Nova York, um veterano com um cão de serviço que se tornou mascote da classe. Palavras. Cinco delas. O que as pessoas diziam quando chegava a hora, em conversas, para reconhecer certas coisas.

Cinco palavras que Cecilia, que cresceu ouvindo a história de seu pai ter largado a faculdade para servir ao país, está esperando ouvir.

Você volta a pegar o garfo. Não consegue olhar para ele, então fixa os olhos em um ponto acima dos ombros do homem enquanto diz:

— Obrigada por servir ao país.

Ele acena com a cabeça. Sua boca se enche de ácido.

19
A MULHER NA CASA

As cólicas começaram em uma sexta-feira à tarde. Você não tem cólicas. Há anos não sente isso. A princípio, você imaginou que sua menstruação havia cessado devido ao estresse. Ele não é um homem descuidado. Ele usa camisinha. Por um tempo, ficou sem saber se seu ciclo recomeçaria. Depois, perdeu todo aquele peso e imaginou que fosse por isso. Talvez seu corpo soubesse que a vida no galpão ficaria mais fácil assim.

Logo você vai sangrar. Precisa de absorventes, precisa que ele compre para você. Vai ter que pedir. Só de pensar nisso, suas entranhas se contorcem ainda mais.

Você já o irritou pela manhã. No banheiro, enquanto se trocava, apontou para a cintura apertada de sua calça jeans, o botão marcando seu abdômen. Ele está te alimentando e você ganhou peso.

— Acha que seria possível… — você tentou falar, e então recomeçou: — Sinto muito. Mas seria possível comprar um número maior? Quando você puder?

Ele suspirou. Olhou para você como se tivesse feito de propósito, para o provocar.

Você não está em posição de fazer mais nenhum pedido. Pelo menos por um tempo.

Tenta se deitar em posição fetal, cabeça sobre a dobra do braço algemado. Tudo ali te causa desconforto. O aperto chato no abdômen, insistente. Seu corpo testando seus limites, te desafiando a lidar com mais dor.

NA HORA DO JANTAR, ele tira o celular do bolso. Essa é uma coisa que acontece dentro da casa: telefones aparecem do nada, a TV ganha vida, um carro passa enquanto você está na cozinha. A cada ocorrência, as pontas de seus dedos formigam.

— Vou até o mercado no fim de semana. — Um pai olha para a filha. — Precisa de alguma coisa?

Cecilia pensa. Menciona uma caneta de quatro cores, talvez xampu. Ele assente e digita no telefone.

— Mais alguma coisa?

Ele ainda está olhando fixamente para ela, que faz que não com a cabeça.

Seu abdômen está queimando. Durante toda a refeição, você se esforçou para se sentar direito. As cólicas são piores do que você se lembrava, dor irradiando do centro de seu corpo. Você trava o maxilar. Precisa de ajuda. Precisa de uma merda de um absorvente.

Ele está prestes a guardar o celular no bolso quando você diz:

— Na verdade, se você puder trazer alguns absorventes, externos ou internos, seria... ótimo. — Você dá uma risadinha como alguém que ainda tem vida privada e acabou de ceder uma parte dela.

Ele franze a testa. Por alguns instantes, o dedo paira sobre o telefone celular. Ele tenta ser gentil com você na frente da filha. É o que tem que ser feito. Ele te passa utensílios, às vezes coloca comida no seu prato em vez de deixar você se servir. Mas o que você acabou de dizer... ele não gosta nem um pouco. Guarda o celular no bolso sem digitar, se levanta e começa a tirar os pratos da mesa. Cecilia se levanta para ajudar.

— Pode subir — ele diz a ela. — Eu faço isso.

Ele fica atento à porta do quarto dela, esperando ser fechada. Antes que você possa pensar em se afastar, os dedos dele já estão sobre seu corpo, te puxando da mesa pelo braço e pressionando contra a parede da cozinha. Ele aperta seu pescoço a ponto de ficar difícil engolir. Você está de volta ao galpão. De volta a um mundo que pertence totalmente a ele, onde não entra luz. Quatro paredes, nenhuma janela. Uma refeição por dia. O único mundo que Rachel conhecia.

— Acha que foi uma boa ideia? Pedir para eu fazer comprinhas para você? Dar uma passadinha na farmácia?

Você tenta fazer que não com a cabeça. Não consegue se mexer. Não consegue falar. Não consegue se desculpar, dizer que não teve a intenção de fazer aquilo.

— É sempre alguma coisa. Calça nova isso, absorvente aquilo.

Sua garganta emite um som parecido com um gorgolejo. Ele te solta com um cutucão. Você permanece imóvel. Por mais que queira voltar para a sua cadeira, colocar a cabeça entre os joelhos, retomar o fôlego, sabe que não é um bom momento. O homem na cozinha ainda não terminou.

— Estou começando a achar que foi um erro trazer você para cá.

Você massageia a nuca, movimenta a cabeça para cima e para baixo, depois de um lado para o outro, como costumava fazer após passar um dia na frente do computador.

— Desculpe — você diz. — Eu não estava tentando... Mas você tem razão. Você tem toda a razão.

Ele se vira para a janela – com as persianas fechadas, sempre – de modo a ficar de costas para você. Não tem medo das coisas que você poderia fazer. Atacá-lo por trás, apertar o pescoço. Trata-se de um homem que não tem motivo nenhum para ter medo de você.

— Eu não pensei — você diz a ele. — Sinto muito.

Você tenta alcançar o braço dele, depois recua a mão. Volátil demais. O contato errado, no momento errado, e será seu fim.

— Venha — você oferece. — Vamos subir.

Ele se vira de repente. Você dá um passo para trás. Isso apenas o deixa mais irritado.

— Subir? — ele diz. A voz dele é um sussurro furioso. Os dedos apertam seu braço de novo. — Ótima ideia. Ótima mesmo. — Você não compreende até ele levantar o dedo para o teto. — Ela acabou de subir. Sua imbecil.

Cecilia. Ainda bem acordada no quarto. Essa menina. Você jura que ela ainda vai ser o motivo de sua morte.

Ele te empurra de volta para a cadeira.

— Sente-se aí e cale a boca — ele manda. — Pode fazer isso? Pode ficar calada por um segundo?

Você se senta, boca fechada, enquanto ele permanece debruçado sobre você por alguns instantes. Ele se apruma e fica olhando para um ponto distante – você não pode ver, mas consegue sentir a explosão da bota dele contra sua panturrilha sob a mesa da cozinha, o pé dele acertando sua perna. Você se encolhe. Morde os lábios, contém um gemido. Ele não é muito de chutar. Ele aperta e torce e puxa e faz todo tipo de coisa com muito mais facilidade. Chutar é uma coisa que ele faz apenas quando não consegue pensar em mais nada. Como aquela vez no início, quando ele te encontrou no galpão e soube – só de olhar para você, para a culpa em seus olhos, para a posição de seu corpo perto da porta – que havia mexido no cadeado. Houve chutes aquela noite. E algumas outras vezes também. Quando ele ataca, é sempre com os pés. Nunca com as mãos.

Ele volta para a bancada da cozinha, desviando os olhos dos seus. Há momentos em que ele não consegue olhar para você. Momentos que te dizem que a vergonha ainda vive em algum lugar dentro desse homem. Enterrada e abafada e ignorada, mas ainda é vergonha. Você gosta de acreditar que ela assume o controle de vez em quando. Gosta de acreditar que ela o queima.

MAIS TARDE, DEPOIS que a filha pega no sono, ele entra no quarto.

As cólicas ainda estão presentes, mas você ainda não está sangrando.

Depois que ele sai, uma nova onda de dor te abala de dentro para fora. Você se segura na estrutura da cama como uma pessoa que está se afogando e se agarra a um pedaço de madeira que boia.

Você morde o interior das bochechas e sente um gosto metálico.

Não luta contra isso. Deixa a dor tomar conta. Perde-se nela.

Você está aqui.

Você está sangrando.

Você está viva.

Assim que a onda diminui, um impulso de outra vida: você passa a mão livre pelas panturrilhas, a machucada e a intacta. Sente os ossos, não estão quebrados. Começa a flexionar os dedos dos pés.

20

EMILY

No dia da corrida de cinco quilômetros, acordo às seis horas e dirijo o Honda Civic de meu pai até o início do percurso. Eric e Yuwanda ficam dormindo até mais tarde. "Estou com uma ressaca muito forte para ficar vendo gente correr", Eric escreve no grupo de mensagens. "Mas divirta-se, gata. Dá um *oi* para o Viúvo por mim."

Paro na praça da cidade. Voluntários apareceram ao nascer do sol para organizar e liberar o percurso. Cerca de um quilômetro e meio adiante, me disseram, vai ficar a primeira barraca de bebidas e os gomos de laranja dos García. À minha volta, corredores se alongam, fazem aquecimento, falam sobre as corridas de que participaram e outras de que gostariam de participar. O juiz Byrne anda pela multidão, cumprimentando todo mundo.

Movimento os dedos no forro dos bolsos para aquecê-los. Meu plano original era montar a barraquinha de chocolate quente antes de a corrida começar, mas eu, como Eric, tomei alguns drinques na noite passada e sair da cama tão cedo foi uma impossibilidade física. E agora que estou aqui e as pessoas estão andando de um lado para o outro, posso dar uma circulada e ver se consigo avistar Aidan.

Ele estaciona a caminhonete branca. É injustamente bonito, até de longe. Mesmo com seu velho chapéu forrado com pelúcia e luvas de esqui e botas de neve. Ele não fechou o zíper do casaco até em cima e por baixo dá para ver uma camisa de flanela, o pescoço exposto. Estremeço por ele. A filha fica ao seu lado, enrolada em um casaco acolchoado em tom pastel, gorro branco, mãos enfiadas nos bolsos. Há uma seriedade nela, algo um pouco pesado demais. É difícil dizer se ela é tímida, triste ou ambos. Talvez essa seja a aparência normal das adolescentes e só agora estou notando. Pelo que me lembro, não é nada fácil ser menina. Principalmente uma menina que acabou de perder a mãe.

FINALMENTE, POR VOLTA das sete, o juiz Byrne pega um microfone. O eco da microfonia assusta os pássaros das árvores das redondezas.

As pessoas riem, o juiz se esforça para desligar aquela coisa e ligar de novo.

— Bom dia a todos — ele diz assim que consegue domar o microfone. — Gostaria de dizer algumas coisas antes de começarmos. — A multidão fica em silêncio. — Estamos aqui hoje para ajudar uma família muito, muito especial. Tenho muito orgulho de saber que faço parte dessa comunidade. Uma comunidade em que os membros cuidam uns dos outros.

Todos aplaudem. O juiz espera alguns segundos para continuar.

— Quero agradecer a todos que estão aqui hoje. Nossos voluntários, nossos espectadores e, é claro, nossos corredores. — Mais aplausos. Outra pausa até o silêncio se restabelecer. — Como vocês sabem, essa corrida é beneficente. Tenho muito prazer em anunciar que, graças às generosas doações de todos, já arrecadamos dois mil dólares para nossos vizinhos e amigos.

As pessoas vibram. Eu me encolho de constrangimento. Não sei como Aidan reage porque não consigo nem olhar para ele. Não sei quem eu estava enganando, esperando que essa cidade ajudasse sem fazer ele se sentir um projeto beneficente. Esperando que colocássemos ele no centro da questão, e não nós.

O juiz Byrne olha ao redor.

— Agora — ele diz no microfone, que começa a chiar de novo. — Onde está nosso convidado de honra?

Ai, meu Deus.

Tenho uma leve esperança de que ninguém consiga avistá-lo e o juiz dê continuidade ao evento, mas a sra. Cooper o dedura:

— Ele está aqui, juiz!

Aidan vai até o juiz e pega o microfone. Nada de microfonia. Parece que aquele homem sabe lidar com equipamentos eletrônicos.

— Não sou muito de falar em público — ele diz de um modo que me faz querer escondê-lo embaixo de meu casaco e levá-lo para longe da multidão. — Mas gostaria de dizer obrigado. E dizer que eu e Cecilia somos muito gratos por fazer parte dessa comunidade. Sentimos muita falta da mãe dela. Mais e mais a cada dia que passa. Ela ficaria muito comovida com tudo isso.

A multidão se exalta. Mais aplausos. Aidan agradece mais algumas vezes e devolve o microfone para o juiz Byrne.

O juiz se prepara para falar.

— Agora vamos às notícias não tão boas: se inscrever em uma corrida é uma coisa, mas vocês ainda precisam correr. — Algumas pessoas riem. — Corram em segurança. Aproveitem este dia lindo. E se ficarem com frio, não se esqueçam que tem chocolate quente esperando por vocês na linha de chegada.

Essa parte diz respeito a mim.

O sobrinho do juiz, que se formou na academia de polícia no verão passado, dispara um tiro de largada. A voz rouca de Jakob Dylan surge em um alto-falante cantando "One Headlight". Os corredores disparam.

Caminho até o restaurante, destranco a porta da frente, acendo a luz e faço o salão ganhar vida. O lugar ainda está quieto, silencioso. Todo meu.

Nos fundos, pego a mesa dobrável que guardamos na despensa para eventos. A linha de chegada fica a uma quadra de distância. Fecho tudo e carrego a mesa para armá-la um pouco depois do final do percurso, para dar aos corredores tempo para recuperarem o fôlego antes de chegarem até mim.

Estou agachada, verificando a trava da mesa, quando ouço:

— Oi.

Surpresa, viro a cabeça de uma vez e acerto a lateral da mesa. Uma dor forte irradia do alto de meu crânio.

Puta que pariu.

Ele cobre o ponto de impacto com os dedos, como se pudesse evitar retroativamente a colisão.

— Me desculpe — ele diz. — Não pretendia te assustar.

Eu me levanto, massageando a cabeça. Ele segura a lateral do meu braço, ajudando a me estabilizar.

— Você está bem?

Procuro nas profundezas do meu cérebro por alguma coisa, qualquer coisa, qualquer combinação de letras que servisse, mesmo vagamente.

— Oi — consigo dizer. — Estou bem. Mesmo. — Sorrio e paro de acariciar a cabeça, como se quisesse provar alguma coisa.

Ele olha para trás. Sua filha está ao lado do juiz Byrne, que tenta puxar conversa com ela – explicando um capítulo instigante da história de nossa cidade, eu presumiria.

— Obrigado por fazer isso — ele me diz, apontando para o que logo será uma barraquinha de chocolate quente. — Principalmente tão cedo em uma manhã de sábado.

Aceno com a cabeça.

— Não é trabalho algum. O restaurante fica logo ali na esquina.

Ele coloca a mão sobre a mesa dobrável.

— Deixe que eu ajudo. É o mínimo, depois de fazer você bater a cabeça daquele jeito.

— Não tem necessidade.

— Por favor.

Ele volta a olhar para o juiz rapidamente.

— Estou feliz em estar aqui. Estou mesmo. Mas... como posso dizer isso?

— Você não é muito fã de multidões.

Ele morde o lábio.

— Disfarço tão bem assim?

Algo se agita dentro de mim.

— Pensando bem — digo —, seria bom ter um *sous-chef*. Principalmente depois de meu ferimento recente.

— Não precisa dizer mais nada.

Ele encosta a mão na parte inferior de minhas costas, conduzindo-me na direção do restaurante.

— Cece — diz, virando-se para a filha. — Vou ajudar. Tudo bem você ficar aí com o pessoal um pouco? — Eu viro e a vejo fazendo que sim com a cabeça de forma pouco convincente.

Na frente do restaurante, procuro as chaves no bolso com uma percepção aguçada de meus próprios movimentos. Tenho dificuldade com a fechadura.

— Conseguiu? — ele pergunta. Respondo que sim, continuando a mexer ali por mais alguns segundos. Por fim, a porta abre e revela o salão vazio. As mesas estão organizadas para o jantar, garfos, facas e taças de vinho brilhando para uma multidão invisível. Aos sábados só abrimos para o jantar; aos domingos servimos *brunch*.

— Bem-vindo ao Amandine: só para convidados — digo a ele.

Ele olha em volta.

— Então é assim que fica quando nós vamos embora.

Seu olhar encontra o meu. Da última vez em que estivemos só nós dois em um cômodo, esse cômodo, por sinal, eu era adolescente e ele era casado.

— Me acompanhe.

Esse é o meu mundo. Eu que mostro o caminho a Aidan e posso usá-lo como eu quiser. Tiramos os casacos e eu o levo até a cozinha, acendo as luzes que iluminam as bancadas limpas, todas as superfícies muito bem esfregadas, todos os utensílios em seu devido lugar, todos os recipientes etiquetados e guardados. Cada pedacinho de metal está brilhante, todos os azulejos estão branquinhos. Ele dá um leve assobio.

— Ah, é verdade — digo, como se não fosse nada. — Faz um bom tempo que você não entra aqui atrás.

— Nunca mais ninguém me convidou.

Então você ficou imóvel, eu quis dizer, *como um vampiro na porta de alguém*. Guardo meus pensamentos sobre vampiros para mim mesma.

— Está... incrivelmente limpo — ele continua.

Sorrio como se ele tivesse acabado de me dar um Oscar.

— Acho que meu chefe de cozinha e eu só concordamos com uma única coisa no mundo, que não se deve ir para casa no fim do expediente até a cozinha estar limpa como no dia em que foi instalada.

Ele passa o dedo sobre a bancada mais próxima e volta a olhar ao redor.

— E então, o que posso fazer? — ele pergunta.

— Bem, primeiro pode lavar as mãos.

Mostro onde fica a pia. Ensaboamos as mãos em silêncio, revezando para enxaguar sob a água quente. Entrego um pano limpo a ele. Ele seca os dedos com muito cuidado, um por um.

— E agora?

— Por aqui.

Ele me acompanha até a despensa. Pego cacau em pó, baunilha, canela.

— Consegue encontrar um pote de plástico com uma etiqueta que diz "açúcar granulado"? — pergunto. — Deve estar aqui por perto.

Procuramos juntos.

— Aqui está — ele diz, e alcança o recipiente fechado a vácuo na prateleira de cima. A camisa de flanela dele sobe na parte do abdômen, mostrando rapidamente um pouco de pele na escuridão da despensa. Obrigo-me a desviar os olhos.

— Ótimo.

Digo isso como se estivesse tudo sob controle, como se eu não fosse capaz de dar um rim para ficar presa na despensa com esse homem para sempre.

O próximo passo é a câmara fria, onde pego um galão de leite em cada mão. Ele faz o mesmo.

— Veja só — digo. — Você nasceu para isso.

Ele ri. A sensação de saber que fui responsável por fazer aquilo acontecer é a mesma de dar a primeira mordida em um biscoito de chocolate recém-saído do forno, de tomar um banho quente depois de um dia chuvoso, de dar o primeiro gole em um dry martíni.

Voltamos para a cozinha com o leite. Pego o recipiente de aço inoxidável que guardamos em um canto. Aidan se inclina para me ajudar, mas digo que não precisa – ele não é pesado quando está vazio.

— Quando estiver cheio com quinze litros de chocolate quente, não se preocupe, vou ter um trabalho para você.

Ele ri de novo. É quase fácil demais ficar perto dele, confortável demais, um indício de como o mundo é complicado no resto do tempo.

Trabalhamos lado a lado, seus gestos refletindo os meus. Juntos, colocamos o leite para ferver em uma panela grande. Adicionamos cacau em pó, açúcar, baunilha, canela. Corro de volta para a despensa.

— Sinta o cheiro disso — digo a ele quando volto. Ele se aproxima para cheirar. — É pimenta ancho em pó — digo, e ele pergunta:

— Sério?

Respondo que sim, que meu pai insistia em usar, é a receita dele e depois que alguém experimenta, nunca mais faz diferente.

— Confio em você — ele diz. Isso me comove mais do que deveria.

Ele observa enquanto acrescento uma pitada de pimenta à panela e misturo. Quando estou prestes a pegar mais baunilha, algo – uma oscilação dele em minha direção, um movimento em minha visão periférica – me impede.

— O que é isso?

Ele estende o braço na direção da base de minha garganta, a pequena curva onde começam minhas cordas vocais. Seus dedos tocam o medalhão que coloquei no pescoço pela manhã. Uma corrente elétrica corre do meu pescoço até o estômago.

— Ah. Era da minha mãe — conto.

Levanto-o para que ele possa ver melhor. Três mulheres – três graças, segundo disse o joalheiro –, com vestidos esvoaçantes, de mãos dadas, e uma delas aponta para algo ao longe. Talvez para o céu. Na cabeça do designer, acho que as mulheres estavam apenas passeando, mas para mim sempre pareceu que estavam fazendo algum tipo de ritual. Lançando um feitiço.

— Não uso para trabalhar porque é um pouco... demais — digo a Aidan. — Minha mãe gostava porque era bem diferente de tudo o que ela tinha. E eu gosto porque me lembra de que ela tinha um lado divertido.

Ele toca o medalhão de novo, segura com dois dedos como se quisesse sentir o peso.

— Acho que é uma homenagem maravilhosa — ele diz.

Ele solta o pingente. Nossos respectivos fantasmas pairam na cozinha. Deixo que nos assombrem um pouco antes de romper o silêncio de novo.

— Você passa muito tempo na cozinha? Em casa? Ou é mais de comprar comida pronta?

Ele me diz que costuma cozinhar. Nada elaborado, afirma. Então, apontando para a cozinha:

— Nada parecido com o que acontece aqui. — Ele é um cozinheiro amador, funcional. Quer que a filha coma bem. E também não se importa de ficar na cozinha. Preparar a comida o relaxa. — Sempre esteve em minha lista de afazeres — ele afirma —, mesmo antes... — Ele para. O leite borbulha. Observo o conteúdo da panela, concentro-me na concha mergulhando no líquido. — Bem, você sabe — ele acrescenta.

Olho para ele. Custa-me um pouco deixar cair uma parte de mim, permitir que ele veja o que há por baixo, mas vale a pena. Uma corrente de conhecimento flui entre nós. O mundo me deu esse presente: este homem nesta cozinha, todo meu por alguns minutos. Espero que ele consiga ouvir as coisas que não posso dizer em voz alta.

Sinto um ardor no dorso da mão. Uma gota de chocolate quente, borbulhante, pulou da panela.

— Oops. — Abaixo o fogo, limpo a mão no pano que usamos antes. — Acho que está pronto.

Viro para ele.

— Quer experimentar?

— Só um idiota diria não.

Uma imagem pisca em meu cérebro – eu levando a concha aos lábios dele, uma mão por baixo para recolher o que pingar, inclinando a concha para trás, observando ele tomar. É demasiado. Muito na cara, muito arriscado. Abandono a concha, pego uma xícara branca no armário sobre a bancada. O chocolate é grosso, com a cor perfeita que reconheço da receita de meu pai. Nós fizemos. Fizemos juntos.

— Aqui está.

Os dedos dele roçam nos meus quando ele pega a xícara. Meu estômago revira. Ele toma um gole. Observo com expectativa quando seus olhos se fecham. Quando ele os abre de novo, sinto uma faísca.

— Puta merda — ele diz. — Desculpe. É que eu não sabia que chocolate quente podia ser tão bom.

Ele parte para o segundo gole. Eu sorrio. Não há nada a dizer, nada a acrescentar. É um momento perfeito, e até eu sei que a única coisa lógica a fazer é me afastar e saboreá-lo.

ELE INSISTE EM lavar a xícara vazia. Digo que eu mesma posso fazer isso, que tenho que lavar os outros utensílios de qualquer forma.

— Não se preocupe com isso — ele diz, e lava os utensílios também. Guardo os ingredientes secos e descarto as embalagens vazias de leite. Juntos, transferimos o chocolate quente para o recipiente de metal e o erguemos. Ele solta um grunhido.

— Viu? — digo. — Falei que ia ficar pesado.

Saímos da cozinha para o salão com passos cuidadosos, movimentando o corpo juntos. Quando chegamos à porta, ele encosta nela para abri-la. Uma rajada de vento bagunça seus cabelos e a luz atinge seu rosto ao mesmo tempo.

— Aí estão vocês!

O juiz Byrne observa enquanto ajeitamos o tonel sobre a mesa dobrável. Corro de volta para a cozinha para pegar copos descartáveis e guardanapos. Aidan vai atrás.

— Você não precisava ter vindo — afirmo.

— Eu sei. Mas faço parte da missão do chocolate quente agora. Não vou cair fora no último minuto.

Quando voltamos à linha de chegada, a sra. Cooper está se aproximando, gentil e elegante com calça legging azul-marinho e colete branco, o rabo de cavalo balançando a cada passo.

Junto as mãos ao redor da boca:

— Está quase lá, sra. Cooper! — Parece forçado, como uma performance atuada. Mas o que aconteceu na cozinha com Aidan levantou meu ânimo e estou disposta a colaborar. A sra. Cooper acena de leve. Menos de um minuto depois, ela é a vencedora oficial da primeira corrida de cinco quilômetros em prol da família Thomas.

O juiz Byrne aplaude e a parabeniza. Não há medalhas nem brindes da corrida. Apenas a promessa de chocolate quente, que sirvo em um copo descartável.

Aidan se materializa ao meu lado. Ele pressiona a alavanca quando posiciono o copo sob a torneira. Antes que dê tempo de dizer alguma coisa, chegam mais dois corredores – Seth, um dos alunos de minha antiga escola, e o pai dele, sr. Roberts, que trabalha na cidade. Juntos, servimos mais dois copos.

Logo os corredores começam a chegar em uma sucessão constante. Encontramos um ritmo. Eu fico encarregada dos copos descartáveis, ele cuida da alavanca. Entrego cada copo com palavras de admiração – *Muito bem, você foi incrível. Eu nunca seria capaz de fazer isso*. Aidan se concentra na tarefa que desempenha. Ele fica mexendo na pilha de copos, toca no recipiente para verificar se ainda está quente. Esse é o homem que se senta no meu bar: alérgico a atenção, ombros curvados, olhar fixo em qualquer coisa que não sejam os seus olhos. A filha dele está sentada em um banco do outro lado da rua, com os fios dos fones de ouvido saindo do bolso e chegando às orelhas. Não nega suas origens.

Depois de uns quarenta minutos, os corredores começam a chegar em intervalos mais espaçados. A sra. Cooper está conversando com o juiz Byrne, perguntando se ele poderia oficiar o casamento do primo dela em Poughkeepsie dali a três semanas. Aidan e eu esperamos a chegada do próximo corredor em silêncio. A dinâmica que havíamos criado no ápice da corrida havia esmorecido. Ficamos sem tarefas suficientes para manter as mãos ocupadas.

— E então, como vai o trabalho? — Tento puxar assunto.

Ele sorri.

— O trabalho vai bem.

— Posso te contar um segredo?

Ele responde que é claro que posso.

— Acho que não sei exatamente o que um guarda-fios faz. Sei que tem a ver com cabos de energia, é claro. Mas se resume a isso.

Ele ri.

— Ninguém sabe o que os guarda-fios fazem. — Ele revira os olhos. — Até alguns guarda-fios parecem confusos a respeito disso.

Basicamente, ele me conta, o trabalho deles é manter a eletricidade em funcionamento na casa das pessoas.

— É por isso que você nos vê lá em cima, mexendo nos cabos de energia. Consertamos os que estão quebrados, fazemos a manutenção dos que não estão. Se cai uma tempestade e os cabos são derrubados, consertamos eles. Às vezes vamos à casa das pessoas para atualizar as instalações.

Aceno com a cabeça.

— Então suponho que você não tem medo de altura.

Ele faz que não com a cabeça.

— Adoro ficar lá em cima. É tão... tranquilo. Faz sentido?

Respondo que compreendo. Trabalhar em um projeto com a cabeça literalmente nas nuvens e ninguém para perturbar: parece uma situação ideal para ele.

— Além disso — ele acrescenta —, dá para ter uma visão tão bonita de tudo lá de cima. O rio, as montanhas... Veja o que eu vi outro dia.

Ele tira o celular do bolso e se aproxima de mim. Sinto cheiro de pinho, sabão em pó e cabelo recém-lavado. Quero fechar os olhos e guardar a combinação na memória para poder lembrar à noite, procurar por ele da próxima vez que eu lavar minhas roupas ou for fazer uma caminhada ao ar livre. Mas ele quer me mostrar alguma coisa e eu preciso me concentrar. Ele passa uma série de imagens com o polegar. Tenho vislumbres de colinas, telhados, um print de tela de uma receita de lasanha de legumes, a filha dele fazendo uma trilha.

O dedo para na imagem que ele procurava: uma enorme ave de rapina, asas abertas, planando sobre as faias atrás da igreja.

— Uau.

É minha vez de chegar mais perto. Agora tenho uma desculpa. Preciso ver a ave. Posso fingir que isso não tem nada a ver com a proximidade do corpo dele, seus braços fortes e o abdômen firme, e o pescoço parecido com o de um cisne, longo e esguio e elegante e orgulhoso.

— É tão... majestoso — digo.

— Foi isso mesmo que eu pensei.

Ele contempla a ave e depois olha para mim. É como se estivesse guardando essa foto há semanas, até encontrar alguém capaz de apreciá-la tanto quanto ele.

— É um búteo-de-cauda-vermelha — ele explica. — Pelo menos de acordo com a internet.

— Ele é tão grande. Aposto que conseguiria pegar um cachorro pequeno.

Ele confirma.

Deslizo dois dedos pela tela do celular dele, aumentando a imagem da ave.

— Veja só ele — digo. — Inspecionando seu território. Procurando presas para caçar. É tão lindo.

Algo se forma entre nós, uma verdade mais profunda que nenhum dos dois saberia colocar em palavras.

— Com licença?

Bob, o marido da sra. Cooper, está parado na frente da mesa com o copo de papel na mão.

— Desculpe — digo, indo servir chocolate quente para ele. Aidan guarda o telefone.

Corredores se transformam em caminhantes. Três residentes de uma casa de repouso cruzam a linha de chegada juntos, de mãos dadas. Esperamos mais alguns segundos, mas o juiz Byrne confirma que aqueles são os últimos participantes. Depois de mais uma rodada de congratulações, as pessoas começam a se dispersar.

Empilho alguns copos descartáveis abandonados, limpo respingos de chocolate quente da mesa. Aidan me acompanha até o restaurante, ajuda a levar o recipiente e a mesa dobrável. Não digo que ele não precisava fazer isso. Cansei de fingir que não quero sua ajuda.

Depois que o recipiente está lavado e a mesa foi devolvida à despensa, Aidan tenta encontrar palavras.

— Obrigado por me deixar te fazer companhia — ele diz. — Foi muito... Bem. Eu gostei muito.

— Eu que deveria agradecer. — O momento é terno, com a leveza de um segredo guardado há muito tempo e finalmente revelado. — Não poderia pedir por um *sous-chef* melhor.

Ele sorri e diz que precisa procurar a filha. Peço que vá, vá, vá e faço gestos com a mão como se não temesse sua ausência iminente.

Tranco tudo e caminho até o Civic, onde coloco o casaco no banco de trás. Quando levanto os olhos novamente, meu corpo fica tenso. Afundo a chave do carro na palma da mão. Sinto as axilas formigarem com o suor.

Há uma silhueta do outro lado do carro, visível pela janela do lado do passageiro. Alguém está encostado ali. Alguém que não vi nem ouvi quando atravessei o estacionamento alguns segundos antes.

— Desculpe. Eu te assustei de novo?

Todos os músculos de meu corpo relaxam.

— Não — respondo. — Desculpe. A culpa foi minha. Não te reconheci.

Aidan tira o celular do bolso e dá uma balançadinha.

— Queria que você ficasse com o meu número. Caso precise de alguma coisa, sabe? Pode me mandar uma mensagem. Ligar.

Com o foco de uma cirurgiã abrindo a cavidade toráxica de um paciente, pego meu celular no bolso de trás da calça. Ele espera até eu estar pronta, tela desbloqueada, agenda de contatos aberta, e dita a série de números.

— Pronto — ele diz quando termino de digitar.

Ele começa a ir embora, mas para e olha para o Civic.

— Não me leve a mal, mas seu carro não é mais velho do que você?

Os olhos dele brilham, o sorriso é torto. Ele não está zombando de mim. Apenas provocando.

— Quase — respondo. — Era do meu pai. Espere até ouvir o rangido do cinto de segurança. E nem vou começar a falar do câmbio.

— Ruim?

— Terrível. E manual.

Ele torce o nariz em solidariedade.

— Não é tão ruim assim — digo, e dou um tapinha no teto do Civic. — Mas já passou por muita coisa.

Ele assente. Olho para o celular, onde o número dele ainda está aparecendo na tela, e clico em "novo contato". Quando termino de digitar seu nome, ele já foi embora.

Guardo o celular no bolso da frente da calça. Até chegar em casa, sinto o calor da tela em minha coxa.

21
A MULHER NA CASA

A manhã seguinte ao dia em que você começou a sangrar é um sábado. Com a ponta dos dedos do pé, você empurra a calcinha ensanguentada para um canto do banheiro. Ele te entrega uma nova. Você forra com papel higiênico, sua melhor opção no momento. Ele observa por um segundo, depois desvia o olhar.

No café da manhã, entre garfadas de ovos mexidos, Cecilia pergunta ao pai se o negócio é hoje. Ele pergunta se ela está se referindo à corrida e ela responde que sim, e ele também diz que sim. Ela resmunga.

— Vai ser tranquilo — ele diz a ela. — Não vai demorar muito.

Depois do café, ele te leva de volta para o quarto. Não explica. Você não pergunta. Espera ele sair e se encolhe como uma bola. A dor começou a diminuir, mas ainda está presente. Ainda faz você se dobrar ao meio.

Horas mais tarde, a porta abre e bate forte, então imediatamente abre de novo.

— Cecilia!

Você sorri quando ouve o grito irritado dele. Ela deve ter chegado um segundo antes e batido a porta na cara dele. Uma filha abertamente, explosivamente, zangada com o pai.

Passos furiosos sobem as escadas. Outra porta batendo, mais próxima a você – o quarto de Cecilia. Os passos dele – pesados, decididos, rápidos, mas nunca apressados – seguem.

— Cecilia!

Ele bate na porta. Uma voz abafada diz para ele ir embora. Silêncio, depois um suspiro. Ele volta para a outra ponta do corredor e desce as escadas.

Aquela menina. A filha dele. Nesse momento, você a ama muito.

Mais tarde no mesmo dia, você o ouve se ocupar na cozinha. Ele vai tirar suas algemas para o jantar. Ele e Cecilia comem em silêncio, com os olhos no macarrão com queijo. No meio da refeição, ele faz uma nova tentativa:

— Eu estava ajudando uma amiga. Só isso.

Ela continua mastigando a comida.

— Cecilia. Estou falando com você.

Ela levanta a cabeça, olhos semicerrados.

— Você estava me ignorando — ela diz. — Eu não queria ir, mas você me arrastou para esse negócio. E depois nos obrigou a ficar lá a manhã toda. E se esqueceu completamente de mim.

Você presume que eles estão falando da corrida que ele mencionou no café da manhã, aquela que ele prometeu que não demoraria muito. Cecilia enfia o garfo na tigela. Você conhece aquela combinação de expressões faciais – olhar baixo, dentes cerrados, testa franzida. Ela está segurando as lágrimas. Você sente um impulso de puxá-la para perto, dar um abraço forte. Acalentá-la como imagina que a mãe dela costumava fazer.

— Você faz ideia — ela pergunta a ele — de como aquele tal juiz é chato pra caralho?

Ele diz alguma coisa sobre o linguajar dela. Ela não ouve, não pede desculpas. Em vez disso, empurra a tigela de lado e se levanta. Ele vai segurar no braço dela, mas ela bate na mão dele e sobe as escadas correndo. Você observa com tanta atenção que se esquece de respirar. Ele vai explodir, você pensa. Vai correr atrás dela. Vai arrastá-la de volta para a cozinha pelos cabelos, se for preciso. Vai mostrar quem é que manda.

Mas ele nem se move. Acompanha a filha com o olhar, que vai parar sobre a cadeira vazia dela. Fica olhando fixamente para aquele lugar por alguns instantes, depois pega o celular no bolso. Desbloqueia a tela, verifica as mensagens e o guarda de novo. Um suspiro. Ele balança a perna para cima e para baixo. Está impaciente. Esperando, você imagina, alguma coisa que ainda não chegou.

Ele te leva de volta para cima depois do jantar. Vai voltar em algumas horas, quando a filha estiver dormindo e a casa estiver em silêncio. Por enquanto, quer que você permaneça onde não pode machucá-lo, no quarto, algemada ao aquecedor.

Você vai primeiro. É como ele prefere. Sempre te faz andar na frente dele, onde possa te ver. Ele abre a porta do quarto e te empurra para dentro.

Seu pé pisa sobre algo macio. No escuro, não dá para dizer o que é, mas você sabe que não quer que ele veja.

— O que foi isso? — você pergunta, inclinando a cabeça de lado como se estivesse tentando escutar. Não é nada sutil, mas é a única estratégia em que consegue pensar. Ele para, presta atenção. Com o pé, você empurra o item macio na direção da cama, torcendo para acertar a mira.

— Não estou ouvindo nada — ele diz.

— Deve ter sido um pássaro ou algo do tipo. Desculpe.

Ele suspira, continua te conduzindo para dentro, fecha a porta. Quando acende a luz, não dá mais para ver o item.

Você espera a parte pós-jantar da noite terminar. Algumas noites, consegue ouvir ele e Cecilia no andar de baixo, conversando. Hoje há apenas silêncio.

Você estreita os olhos, tenta espiar embaixo da cama, mas não consegue ver. Não consegue nem distinguir os contornos do que acabou de esconder ali.

Você ouve água correndo pelos canos, a descarga do vaso sanitário. Cecilia deve estar escovando os dentes, preparando-se para dormir. A porta do quarto dela se fecha pela última vez hoje.

Você aguarda o mundo ficar imóvel. A maçaneta se agita na porta. Um pai entra, fecha a porta. Faz com você as coisas que decidiu que devem ser feitas com alguém.

Depois, você inicia a rotina de sempre: deita-se ao lado da cama, acomoda-se para passar a noite. Ele pega seu braço e te algema à estrutura de ferro. Alguns puxões na corrente, e ele vai embora.

Você espera até ele ter ido para a cama também. Ouve os passos pelo corredor, a porta do quarto fechando. Então espera um pouco mais. Por fim, quando sabe que está o mais segura possível dentro das condições em que se encontra, sacode o pé sob a cama.

Nada. Vira a cabeça, tenta enxergar. Precisaria de uma lanterna. Precisaria não estar algemada à cama. Você muda de posição, vira o quadril para um lado, depois para o outro. Coloca pressão nos tendões do ombro. Seu corpo dói e se estica e se dobra em ângulos nada naturais. Finalmente, você sente.

Empurra o objeto na direção do calcanhar. Arrasta-o com os dedos dos pés. Trabalha em silêncio, faz intervalos para ouvir se há algum movimento no quarto dele. A casa permanece em silêncio. Enfim, consegue envolvê-lo entre os dedos da mão.

Você espera seus olhos absorverem um pouco mais a escuridão. Concentra o olhar, implora para que os esquadros pálidos de luar ao redor das persianas blecaute façam seu trabalho.

Entre seus dedos: invólucros de plástico, o que parece verde-claro e azul, um padrão geométrico. Algo flexível, macio, quase elástico. O contorno de uma logo que você costumava ver todo mês.

Absorventes higiênicos. Três, quatro unidades, unidas por um elástico.

Atrás da pilha, um pedaço de papel. Felizmente, ela escreveu com letras grandes e redondas, usando uma caneta roxa. Você decifra as palavras uma a uma: "Espero que isso ajude. Me avise se precisar de mais. Cecilia".

Ela ouviu. Ela prestou atenção. Depois do jantar de hoje – depois que saiu da mesa irritada –, ela pegou alguns de seus próprios absorventes. Escreveu o bilhete e passou o pacote por baixo de sua porta. O pai deve ter dito para ela ficar longe de seu quarto, mas ela não se importou. Sabe que ele ainda não foi ao mercado. Sabe que você precisa de ajuda. Ela resolveu te apoiar. Escolheu você, e não ele.

Você pressiona os absorventes junto ao peito. Não vai usá-los. Não pode. Ele notaria, exigiria saber de onde vieram. Você vai continuar forrando a calcinha com papel higiênico até ele ceder – se ceder – e voltar do mercado com a caixa mais barata de absorventes internos que encontrar.

Por enquanto, você sente os absorventes subindo e descendo junto com seu peito. Alguém se importa. Alguém ouviu que você precisava de alguma coisa e fez um esforço para te dar. Você se deleita com aquela sensação, a primeira gentileza verdadeira que recebe em cinco anos.

Então... você paralisa. Aperta os invólucros plásticos com os dedos. As câmeras. As malditas câmeras. Aquelas que ele disse que estavam em todos os lugares – *neste quarto, na porta da frente*. Você tem que acreditar no que ele disse. *Estou observando. Vou sempre estar observando.*

Você não fez nada de errado, diz a si mesma. Mas não vai importar. Nunca importa.

Não existem boas escolhas. Deixar os absorventes à vista é a pior de todas. Assim ele os veria com certeza. Se os esconder, entra no mundo do talvez. Talvez ele não assista ao vídeo. Talvez ele não descubra. Talvez você e Cecilia saiam ilesas de tudo isso.

Seus livros estão empilhados ao lado da cama. Você pega o volume grosso de *It: A coisa*. Enfia os absorventes entre dois capítulos. Coloca o bilhete em outro livro, a cópia surrada de *Uma árvore cresce no Brooklyn*. É melhor espalhar as provas. Os absorventes o deixariam nervoso, mas o bilhete... ele não suportaria. A filha agindo pelas costas dele. Seria o seu fim. O fim de tudo.

Você não adormece. Demora um bom tempo.

Está agitada de tanta expectativa, impressionada com uma percepção.
Eu estava ajudando uma amiga.
Foi o que ele disse a ela.
Uma amiga. Um homem na sociedade, criando vínculo com outras pessoas. Aproximando o coração do coração de outros.
As pessoas dizem amizade, mas querem dizer amor. É tudo amor, no fim das contas.
E agora, pela primeira vez em anos, você sabe o que é sentir isso também. Sabe, sem sombra de dúvida. Alguém te apoia. Alguém gosta de você.

22
NÚMERO TRÊS

Ele ia ser pai muito em breve.

Depois que descobriu, bem no início da gravidez, parou de beber.

De uma hora para a outra, ele disse. Não posso sair por aí e ficar desleixado. Não posso arriscar falar demais. Nunca, mas principalmente com um filho para chegar.

Menino ou menina, perguntei.

Menina, ele respondeu.

Pensei: um dia ela vai ter minha idade.

E se eu não conseguir fazer isso?, ele perguntou.

Questionei o que ele quis dizer.

Depois que ela nascer, ele disse. E se eu não conseguir fazer isso?

Eu estava quase perguntando se "isso" se referia a ser pai ou ao que ele estava prestes a fazer comigo.

E logo tive minha resposta, suponho, quando ele fez "isso". Tentando provar algo a si mesmo.

Era o grande enigma da vida dele, o que ele fez comigo, e não havia terminado de solucioná-lo.

Se ele tivesse deixado, eu teria dito para ele não se preocupar. Teria dito que, se fosse arriscar um palpite, ele continuaria fazendo isso por um bom tempo.

23
EMILY

Eu não ia mandar mensagem para ele tão rápido. Queria esperar um dia ou dois, talvez três.

Deitada em minha cama depois de ter acabado de voltar do restaurante, desbloqueei o celular e pesquisei fatos sobre os búteos-de-cauda-vermelha. Quando encontrei o que procurava, comecei a digitar. Parei. Hesitei. Voltei a digitar.

"Olá! Aqui é a Emily (sua parceira de chocolate quente). Obrigada mais uma vez pela ajuda hoje. Por sinal, você sabia que um búteo-de-cauda-vermelha consegue levantar um cachorro de até nove quilos?"

Acrescentei um ":O". Meu polegar pairou sobre a tecla *apagar*. Será que Aidan gostava de emoticons? Eu não tinha como adivinhar o que ele pensava a esse respeito e não estava preparada para errar. Apagar. Apagar.

Revisei a mensagem uma vez, depois outra, e mais algumas até as palavras pararem de fazer sentido. Mudei o "olá" para "oi", mais casual. Tirei o "sua parceira de chocolate quente". Agonizo um pouco mais. E se eu o incomodasse? E se ter me dado seu número não passou de um gesto profissional? E se, quando ele disse: "Caso precise de alguma coisa", quis dizer: *Caso precise de consertos elétricos, eu cuido disso em troca de dinheiro, pois esse é o meu trabalho?*

Fechei os olhos. Quando abri de novo, estava prendendo a respiração. Continuei prendendo até clicar em "enviar". A mensagem fez um barulhinho ao voar de meu celular para o dele.

Já se passaram quinze minutos. Nenhuma resposta. Nenhum aviso "lida". Só a notificação de que a mensagem havia sido entregue. Não sei nem dizer se me arrependo de ter mandado. Meu cérebro está esgotado pela ansiedade.

No banheiro, removo a maquiagem. Tiro o uniforme, jogo a camisa engomada e a calça preta sobre o piso de azulejos. O vapor preenche o espaço.

Não vou pensar nele. É o que digo a mim mesma quando entro debaixo do chuveiro. Quando passo as mãos nos cabelos. Quando meus dedos viajam sobre meus seios, descem pela cintura, entre as pernas. *Não vou pensar nele*, mas penso, o tempo todo. Carrego um desejo dentro de mim, e às vezes é boa a sensação de deixar esse desejo me engolir.

Acaricio as partes que me fazem esquecer de tudo. No chuveiro, no momento, não sou uma cadelinha apaixonada. Sou uma mulher que conhece seu corpo, sabe como fazer para se sentir bem. Minhas costelas se expandem e afundam. A palma da mão pressiona a parede. As coisas que vejo, rápidas e esquivas como mariposas: a camisa dele levantando quando foi pegar o pote de açúcar granulado; o ponto que eu quis beijar, onde o pescoço encontra a clavícula; as mãos dele sobre a mesa, chegando perto da minha; as mesmas mãos me agarrando, me tocando, me moldando à sua imagem. Todo o meu ser se enlaçando no dele. Estremeço, sussurro o nome dele para mim mesma. Meu cérebro registra a leve esperança de que a batida da água nos azulejos abafe minha voz.

Abro os olhos. Estou sozinha de novo. Me ensaboo, lavo e enxáguo o cabelo, vejo a espuma escorrer para o ralo. Quando saio do chuveiro, digo a mim mesma que não vou verificar as mensagens de imediato. Me enrolo na toalha, começo a pentear o cabelo até não aguentar mais. Que merda estou fazendo, aqui parada quando o celular está a poucos metros de distância? Tentando fingir que estou de boa diante de uma plateia que não existe? Saio logo do banheiro e volto para o quarto. O celular está sobre a cama, tela virada para baixo. Minhas mãos suam quando acendo a tela com o polegar sobre o botão.

"Nove quilos? Uau! E de nada. O prazer foi todo meu."

Tem um ":)", seguido da assinatura dele, um simples "A".

Vou para cama sentindo o coração pulsar em meus ouvidos.

24
A MULHER NA CASA

Você espera ele te interrogar sobre os absorventes. A mão dele em seu braço, te sacudindo. A urgência da voz dele exigindo respostas. Ele te leva para o andar de baixo para tomar café da manhã, depois para jantar. Você espera e espera e nada acontece.

Será que ele não sabe? Não viu?

Não tem câmera nenhuma, ou ele apenas não assistiu?

Ou está te testando? Será que ele sabe e está esperando para te desmascarar?

Mas a atenção dele não está em você. Quando Cecilia não está olhando, e mesmo quando está, ele fica pegando o celular e verificando debaixo da mesa. De vez em quando, digita algumas palavras e logo guarda o aparelho.

Vocês não estão nem na metade do jantar e ele já fez isso cinco vezes. Logo depois que colocou um frango assado no centro da mesa e chamou a filha. Depois que cortou o frango, meticulosamente, com um garfo e uma faca enormes. Depois que te perguntou – fez questão de perguntar em voz alta, para todos verem, na verdade – se preferia peito ou coxa. (Você disse coxa, por favor. Precisa consumir o máximo de calorias possível. Não tem espaço no estômago para desperdiçar com proteína magra.) E agora, toda vez que Cecilia olha para o prato, toda vez que ela pega a jarra de água, os olhos dele vão direto para a tela.

Depois do jantar, Cecilia pergunta se pode assistir a um filme. Ele responde que ela precisa acordar cedo para ir à escola no dia seguinte. Ela insiste um pouco. Diz por favor, o fim de semana ainda não acabou e ela já terminou toda a lição de casa. Ele suspira.

Será que ele sabe a sorte que tem? Uma menina de treze anos, neste século, cujo principal pedido é ver um filme no domingo à noite? Na idade dela, você estava dormindo na casa de várias amigas, negociando idas a shoppings, sempre expandindo o perímetro que tinha permissão para ocupar, sem seus pais, fora de casa.

— Tudo bem — ele diz. — Mas vá para cama às dez horas.

Ela olha para você.

— Quer assistir?

Você prende a respiração. Dá a ele alguns segundos para ele intervir. *Cecilia*, ele poderia dizer, *certamente a Rachel está ocupada agora à noite*. O bolso dele vibra. Ele pega o celular, olha para a tela, começa a digitar.

— É claro — você diz.

Ela ajuda a limpar a mesa. Depois disso, você não sabe o que fazer. Normalmente, o pai manda ela subir para escovar os dentes, remexer no armário para colocar papel higiênico no suporte – o que conseguir pensar para distraí-la enquanto te leva de volta para o quarto. Mas esta noite você vai ficar. Esta noite é noite de filme. Um grande desconhecido, um milhão de oportunidades para fazer merda pelo caminho.

Você os acompanha até a sala. Esconde o espasmo na perna, ignora a dor onde ele te chutou dois dias atrás. Ele se acomoda na poltrona. Enquanto Cecilia procura o controle remoto, ele faz um gesto para você se sentar no sofá. A filha dele se encolhe na almofada ao lado da sua. Aponta o controle para a tela, ignora a TV e seleciona um serviço de *streaming*. Você mal reconhece a interface, mas o logo continua o mesmo. Quando ele te levou, a plataforma estava se expandindo, aumentando seu catálogo e começando a produzir seus próprios programas. Cecilia passa por uma infinidade de séries e filmes – alguns antigos, alguns desconhecidos, alguns marcados como "original".

— Pode ser esse?

O cursor está sobre o que a plataforma descreve como uma comédia romântica adolescente, baseada em uma série de livros de mesmo nome.

— Está ótimo — você responde.

Ela se recosta no sofá com um sorriso tímido. Você lembra como era na idade dela, sempre com um pouco de vergonha das coisas de que gostava.

Faz o possível para se concentrar na tela. Faz tanto tempo. Todos esses sons e cores e pessoas e nomes. Seu cérebro se esforça para acompanhar. Você pula de uma subtrama para outra, esquece o que os roteiristas te disseram cinco minutos atrás. Seu coração bate mais rápido. Cerra os punhos de frustração, talvez pânico.

Uma luz azul pisca no canto de seu olho. O celular dele. Ele está ignorando completamente o filme, pescoço dobrado sobre a pequena tela, polegar pulando de um canto para o outro como uma aranha-de-água sobre a superfície de um lago.

Na tela grande, o interesse romântico diz algo engraçado. Cecilia ri. Ela se contém e olha em sua direção para verificar se você também reconhece o humor na cena. Uma menina desesperada por validação. Você volta a pensar nos absorventes, no bilhete que ela escreveu com caneta roxa. *Espero que isso ajude. Me avise se precisar de mais.* Você faz a única coisa humana. Ri.

Ela ri de novo e volta a olhar para a tela. Acomoda-se em uma posição mais relaxada no sofá, quase apoiando o lado direito do corpo em você.

Ela está aqui. Uma aliada, uma amiga. Você se sente tão sozinha ao lado dela, mais do que jamais se sentiu no galpão.

O interesse romântico faz outro comentário sarcástico. Cecilia te cutuca com o cotovelo. Você ri de novo. Obriga-se a rir. Por ela.

Ela fez isso com você. Sem querer, o mundo suave dela foi entrando no seu. Tirando de você suas partes mais equilibradas e resistentes. Aquelas que te ajudavam a sobreviver no galpão. Ela as está removendo, substituindo por sombras de seu antigo eu. Aquele que amava. Aquele que se abria para os outros.

O vulnerável. Aquele que se machucou.

25
A MULHER ANTES DA CASA, ANTES DO GALPÃO

Você escreve durante todo o ensino médio. Edita o jornal da escola. Entra em faculdades. Escolhe a Universidade de Nova York em vez da Columbia. Nasceu e cresceu na cidade e não está cansada dela. Seus amigos vão embora. Atravessam o país para verões na Califórnia, para o Vale do Silício, para a erva boa do Colorado. Você está feliz onde está. Suficientemente feliz.

Começa a correr, mesmo sabendo que, com o tempo, isso vai acabar com seu corpo. Trincar seus ossos, endurecer os músculos, corroer os tendões. Aprende a gostar disso, do fogo na caixa torácica, os pulmões como um canal para a tempestade que se agita em seu interior. Você corre, pois só sabe se destruir de maneiras saudáveis.

À sua volta, mulheres estão escrevendo. É um momento de colapso econômico, de serviços ocasionais, de reinvenção. As mulheres jovens escrevem para os melhores sites e trabalham em bares para pagar o aluguel. Aparecem cansadas nas aulas, com dores na lombar, os olhos fechando de sono.

Coisas estão acontecendo. Matérias assinadas, empregos de verão, estágios. Três de seus colegas de turma estagiam no conglomerado de revistas, aquele em que todos desejam trabalhar. Aquele que inspirou filmes e séries de TV.

Alguns publicam contos em revistas literárias. Ganham prêmios e elogios dos colegas. Você tenta acompanhar, mas todo mundo é bom. Todo mundo é melhor do que você. Você não passa de uma menina que cresceu em Nova York lendo muitos livros. Suas notas são boas. Tudo em você é apenas ok.

No primeiro dia do segundo semestre de seu último ano, a notícia se espalha: sua colega de turma conseguiu um contrato para publicar um livro. Há rumores. Números são citados, cinco zeros, talvez seis. Alguns conseguem ficar felizes pela colega. Outros desfiam a história até encontrarem coisas para criticar: o assunto do livro é fraco, o acordo é mais uma maldição do que uma bênção. Um sucesso tão grande, tão visível e tão rápido. Daqui em diante é só ladeira abaixo. Consegue imaginar?

Você não consegue. Do alto de sua vida bem ok, suas notas bem ok, sua escrita perfeitamente ok. Você nem consegue começar a imaginar.

Existe um site. Uma ramificação on-line de uma revista adolescente já extinta. A revista foi revolucionária na época, pois falava com as meninas como se elas tivessem cérebro. Você gosta do site. Lê as postagens todos os dias. Tem uma sessão chamada "Eu sobrevivi a isso". É exatamente o que parece: estranhos detalhando as coisas loucas a que sobreviveram. "Eu sobrevivi a isso: não havia piloto em meu avião." "Eu sobrevivi a isso: acordei de um coma de dois anos." "Eu sobrevivi a isso: criei uma seita."

Você lê esses artigos durante os intervalos para o almoço. Depois volta para a aula, na qual sua professora de escrita criativa te encoraja. Ela tem a idade de sua mãe, talvez seja mais velha. Gentil pessoalmente, brutal na página. Tem cinco livros e uma série de matérias publicadas em revistas. Você a admira de uma forma que parece amor.

Sua escrita é boa, a professora diz. Mas é silenciosa. É estranhamente dura. Você não é assim na vida real, a professora diz. Você é sensível e engraçada. É divertida. Ela diz que você é divertida e isso te satisfaz, apenas por um segundo.

Vou desenvolver esse lado, você diz a ela. Vou desenvolver minha voz.

Ela balança a cabeça. Não é a voz, ela diz, é sobre o que você escreve. Você não está escrevendo sobre o que importa. Está escondendo. Enquanto continuar escondendo, seu leitor não vai saber o que pensar de você.

Você lê os artigos das mulheres de novo. "Eu sobrevivi a isso: minha melhor amiga fugiu para se casar com meu irmão." "Eu sobrevivi a isso: fui trocada na maternidade." "Eu sobrevivi a isso: descobri que meu vizinho era um espião."

Você pensa nas coisas a que sobreviveu. Só consegue imaginar uma delas no site. Durante dias, evita pensar nisso. Então, uma noite, senta e escreve tudo. As palavras vão até você, ossos exigindo ser desenterrados. "Eu sobrevivi a isso: meu irmão me citou em sua carta de suicídio."

Você não sente que a história é sua. Aconteceu com seu irmão antes de acontecer com você. Foi ele que ingeriu os comprimidos, da primeira e da segunda vez. Foi ele que sobreviveu. Foi ele que escreveu a carta.

Não era para você ter visto. Você a encontrou por acaso na noite da segunda vez, quando foi para casa e seus pais ainda estavam no hospital, preenchendo a papelada.

"Como devo encontrar meu lugar no mundo", seu irmão escreveu, "quando tudo sempre me leva de volta a ela?"

Ele estava se referindo a você. Seu irmão, que se metia em confusão. Que não sabia amar sem se perder. Cuja adolescência turbulenta não te deu outra escolha além de se tornar a melhor filha possível. Você sabia como existir de formas recompensadas pela sociedade, ele não. Para você, a mente dele era uma coisa de gênio, um vulcão onde pedras preciosas eram feitas. Você se considerava a irmã desinteressante. Nunca te ocorreu que seu irmão pudesse enxergar as coisas de outra forma.

O artigo passa semanas em seu computador. Você não sabe o que fazer com ele. Pensa em mandar para a professora por e-mail, mas não tem coragem de clicar em "enviar". A escrita parece desordenada, autocentrada, imatura. Parece algo de que vai se arrepender um dia.

A colega de turma que conseguiu o contrato para publicar o livro compartilha uma foto no Facebook. É ela, caneta na mão, punho apoiado sobre uma pilha de papéis. "Ótima notícia", a colega escreve. "O contrato está assinado. É oficial: A CASINHA AZUL vai virar filme. Bem, talvez! Um dia! Se tudo der certo! Mas os direitos foram vendidos e isso já é um primeiro passo enorme. Sinto-me muito grata."

Coisas estão acontecendo. Você precisa que elas comecem a acontecer com você. Você encontra o artigo no laptop, digita um e-mail de cinco frases. Anexa. Envia.

Ele sai na semana seguinte.

A princípio, seu irmão não diz nada. Então, uma noite. Um domingo. A família toda em casa para comer frango assado e batatas com limão. Seus pais na sala de estar, vocês dois na cozinha, lavando louça.

— Sabe — seu irmão diz, esfregando um prato. — Eu li. Seu artigo.

Você é pega de surpresa. Concentra-se em polir uma taça de vinho com o pano de prato de sua mãe.

— Tudo bem — seu irmão diz. Você o analisa: dois anos mais velho, alto, mas frágil. Uma criança delicada, hipersensível; foi assim que sua mãe o descreveu para uma professora na escola uma vez. Queixo quadrado, sorriso torto. O jeito de andar de seu pai. Os olhos de sua mãe.

Ele pega outro prato, continua a lavar.

— Mas... — ele diz com uma amargura que você reconhece dos anos de adolescência — Você meio que provou que eu estava certo.

Mais tarde, quando é hora de vestir os casacos e ir para o metrô, seu irmão se despede de você. Normalmente, ele te abraçaria. Seu irmão, que te ensinou a brincar com brutalidade. A correr, a dar socos. Seu irmão, cujo amor era demonstrado em momentos ofegantes de bagunça e de brincadeiras. Manchas de lama em suas roupas, grama em seu cabelo. Aquela noite, seu irmão te dá apenas um tapinha leve e contido no ombro.

— Cuidado na volta para casa — ele diz. Equilibrado. Livre de você.

Seu irmão acena para você do outro lado da plataforma e você sabe. Sabe que o perdeu para sempre.

26
A MULHER NA CASA

Você se percebe querendo repetir a experiência do filme no domingo. Não é o filme que você deseja, mas todo o resto que o envolve. Cecilia ao seu lado no sofá. Uma mudança em sua rotina, uma parada entre a cozinha e o quarto. Uma calmaria entre o jantar e o silêncio da noite, as coisas que ele faz com você.

Então, quando Cecilia começa a se movimentar na direção da sala e te olha com ar de interrogação, você dá uma conferida no pai dela. Ele está olhando para o celular. Você acena com a cabeça para ela. Com seu apoio silencioso garantido, ela começa a negociar.

— Não precisa ser um filme inteiro — ela diz ao pai. — Pode ser uma série. Só um episódio. Vinte minutos.

Você faz o possível para capturar o olhar do pai dela. Olha para o celular dele, discretamente a princípio, depois sem hesitação. Uma mensagem subliminar. É ele que precisa se dar conta de que isso poderia ser bom. Que com os olhos da filha grudados na tela, ele vai ficar livre para continuar mandando mensagens.

Ele cede. Um episódio, diz. E o acordo está selado.

Uma noite, enquanto mudava da TV aberta para a plataforma de *streaming*, Cecilia para em uma matéria sobre um musical. Você entende que é sobre os Pais Fundadores dos Estados Unidos.

— Você também é fã? — ela pergunta com um sorriso empolgado. Na TV, duas pessoas falam sobre o espetáculo. Você ouve as palavras *história, turnê nacional, obra-prima*. Infere que o musical é importante não só para Cecilia, mas para o mundo em geral.

— Sou — você diz a ela. — É claro que sim.

Você amava teatro. A última peça que viu foi pouco antes de ele te levar, quando sua vida estava começando a degringolar, mas as coisas ainda pareciam recuperáveis. Julie, sua colega de quarto, tinha ingressos para um espetáculo off--Broadway. Ela insistiu para você ir junto.

— Você não sai do apartamento há três dias — ela disse. — Vai ser bom para você.

Você cedeu. Foi uma decisão acertada.

Cecilia ainda está falando sem parar sobre o musical. O que você achou do novo elenco?, ela quer saber. Quais suas músicas preferidas? Ao ouvir isso, o pai levanta os olhos e diz para ela começar logo a ver a série.

Toda noite, ele se senta na cadeira com a tela do celular brilhando sob os dedos. Quando vocês terminam de assistir ao que está passando, ele diz para Cecilia se preparar para dormir. É sua deixa para desejar boa-noite e voltar para o quarto. Ele entra alguns minutos depois com as algemas. Mais tarde, volta. Ele sempre volta.

As coisas começam a acontecer mais tarde que o usual. As visitas noturnas, as algemas presas à estrutura da cama. Talvez seja por isso que você começa a notar. Você costumava estar dormindo quando acontecia, mas agora está acordada, e não há como negar.

Toda noite, por volta do que você imagina ser o início da madrugada, há passos no corredor. A princípio, você acha que alguém está indo ao banheiro. Mas o padrão não bate. Você ouve, noite após noite. Uma porta abre e fecha. Alguém anda de um lugar a outro. Faz-se silêncio. E então acontece de novo. Passos, uma porta abrindo e fechando.

Surgem teorias em sua mente. Ela está com medo. Ela tem pesadelos, terror noturno. Ele vai confortá-la. Mas você nunca ouve vozes. Ninguém chamando pelo pai, ninguém gritando enquanto dorme. Só passos, portas e silêncio.

Você tenta ao máximo não pensar, mas pensa. Ele está indo ao quarto dela, noite após noite. Uma âncora pesa em seu estômago. Você quer gritar, arremessar coisas na parede, botar fogo na casa. Sente que vai vomitar.

Não dá para ter certeza, mas faz todo o sentido. Você não consegue imaginar um mundo em que ele saiba amar sem destruir.

Quer envolvê-la em seus braços e dizer que vai ficar tudo bem. Quer prometer a ela um lugar seguro, um novo mundo. Você vai construir para ela, se for preciso, mas vai levá-la até lá.

Talvez você esteja enganada. Talvez não seja o que você está pensando. Você fica acordada, esperando que algo prove que está errada. Tenta direcionar sua fé para outros cenários – talvez ela tenha medo do escuro e ele saiba disso, simplesmente saiba que deve ir até lá sem que ela precise chamá-lo. Talvez ele seja pai, e pais sabem quando as filhas precisam deles.

Mas você sabe que tipo de homem ele é. E se lembra de coisas do mundo de antes. Sabe como deve acontecer. Não importa o quanto procure, até onde contemple, não consegue pensar em um bom motivo para um homem como ele desaparecer dentro do quarto da filha todas as noites.

27
CECILIA

De repente, meu pai tem todos esses amigos.

Primeiro chegou a Rachel. E tudo bem. Deu para entender. Ela precisava de um lugar para ficar e de pessoas que a tratassem bem.

Mas essa outra mulher? Acho que não.

Não sei nem o nome dela, nem quero saber. Já a vi na cidade antes. Ela trabalha naquele restaurante de que meu pai gosta. Acho que é por isso que se conhecem. Mas isso não explica o que o convenceu a passar a manhã inteira daquela corrida idiota com ela.

Eu nem me importaria tanto se ele não tivesse me obrigado a ir. Mas se você me diz que tenho que ir a um lugar, pelo menos fale comigo uma ou duas vezes enquanto estivermos por lá. Acho que deveria ter uma regra para isso.

Meu pai compreende regras. Sempre gostou muito delas. *Não mexa nas coisas dos outros, não se meta nos assuntos dos outros.* Não quero mexer nas suas coisas, eu dizia a ele. Sem querer ofender, mas as suas coisas não me interessam. Então, um dia minha mãe me contou que ele ficou assim depois do tempo que passou com os fuzileiros navais, porque ninguém ali tinha limites e as coisas dele eram roubadas o tempo todo, então, agora ele é possessivo. E tudo bem. Se você serviu como fuzileiro naval, tem direito a algumas excentricidades.

No entanto eu ainda estava irritada por causa da corrida. E estava zangada em nome de Rachel também. O que é um pouco estranho, eu sei, mas eu estava. Se meu pai vai ter algum lance estranho com uma amiga, bem, a vaga já foi preenchida. Por Rachel.

Acho que foi por isso que dei os absorventes a ela. Meu pai foi inflexível quando disse que eu não deveria me aproximar do quarto de Rachel sob nenhuma circunstância, mas, depois da corrida, as regras dele não me importavam mais. Simplesmente fiz o que quis fazer.

E ela nem me agradeceu, veja só. Um agradecimento teria sido legal.

Então tem a Rachel e tem a Mulher do Restaurante, e depois começaram as mensagens.

As pessoas acham que adolescentes trocam mensagens o tempo todo. Elas deveriam ver o que meu pai anda fazendo nos últimos dias. Digitando sem parar, principalmente quando acha que não estou vendo.

Talvez seja a Mulher do Restaurante. Talvez seja uma terceira pessoa. Quem sabe, a essa altura? Durante quinze anos, meu pai só teve olhos para minha mãe. Se eu fosse maldosa, diria que ele está tentando compensar o tempo perdido.

Mas não sou maldosa. E não acho que seja verdade.

No entanto, devo dizer que o acordo não era esse. E acho que minha mãe não ficaria muito contente com a forma com que ele vem agindo. Fico muito triste de pensar assim, mas é a verdade.

Pouco antes de minha mãe morrer, ela me chamou para uma conversa. Esperou meu pai sair para falar com algum médico. Ele falava com muitos médicos naquela época, mesmo não adiantando muita coisa. Eles já não tinham mais ideias de como fazer ela melhorar.

Quando estávamos só nós duas, minha mãe fez sinal para eu me sentar ao lado dela na cama.

— Venha cá.

Foi estranho ficar tão perto dela próximo ao fim. Ela não se sentia mais ela mesma. Tinha perdido muito peso. O cabelo voltou a crescer depois que parou de fazer quimioterapia, mas mais fino que antes, com mechas grisalhas. Sempre que eu a abraçava, sentia só ossos.

Ela colocou o braço em volta dos meus ombros e me puxou mais para perto.

— Não estou com medo — ela disse. Estava olhando para o teto, como se estivesse com medo de olhar em meus olhos. — Bem, às vezes eu fico, mas não por você. Sei que estou te deixando com o melhor homem. — Ela engoliu em seco. — Sou muito grata pelo tempo que tivemos juntos. Nós três.

Foi uma despedida, e eu não queria uma despedida. Queria que minha mãe voltasse para casa. Sabia que não era possível, mas isso não me impedia de querer.

A verdade é que eu não queria ser filha de uma vítima de câncer. Não queria acordar todo dia e lembrar que ela tinha partido. Uma menina da escola, Cathy, teve um irmão que morreu de leucemia um ano atrás. Ela perdeu algumas semanas de aula e, quando voltou, todo mundo a tratou como se fosse uma coisinha frágil.

Não quero ser uma coisinha frágil.

Mas, estivesse eu preparada ou não, minha mãe estava se despedindo de mim. Ela me abraçou um pouco mais forte e continuou:

— Vai chegar um momento em que serão só vocês dois. Vai ficar tudo bem. Certo? Quero que você saiba que estou bem com isso. Ele vai cuidar muito bem de você. E você vai cuidar muito bem dele. Temos muita sorte de ter alguém como ele.

Ela esfregou os olhos com a mão que não estava me abraçando. Senti que deveria estar chorando também, mas muita coisa triste tinha acontecido em pouco tempo, e quando muita coisa triste acontece em pouco tempo, chega-se a um ponto em que não dá mais para chorar.

Minha mãe ainda estava olhando para o teto.

— Vocês vão ter que se ajudar. Falei a mesma coisa para ele. Certo? — Concordei com a cabeça. — A vovó e o vovô também vão estar à disposição — ela disse. — Sei que seu pai nem sempre se entende com eles, mas você pode contar com os dois. Espero que se lembre disso. — Ela ficou me encarando até eu confirmar de novo. — Mas você e seu pai vão ser uma equipe. Sempre vão ter um ao outro.

Não sei sobre o "sempre". Mas minha mãe estava certa sobre a outra parte. Três semanas depois, ela morreu e ficamos só eu e meu pai. As coisas em casa não mudaram muito. Espero que isso não pareça insensível. É que mesmo quando minha mãe estava saudável, ele fazia a maioria das tarefas domésticas. Cozinhar, limpar. Sempre preparando comida, levando a gente para sair.

Então ele continuou cozinhando. Eu ajudava com a limpeza. Ele voltou para o trabalho, e eu voltei para a escola. Estamos no início do ano, ele disse. Ter uma rotina poderia ajudar.

Sei que ele estava tentando facilitar as coisas para mim, mas odiei ele ter reagido tão bem. A casa nunca estava bagunçada. Depois do velório, as pessoas trouxeram travessas de comida de que nem precisávamos. Meu pai preservou minha vida da melhor forma possível. Foi como se ele tivesse lido um livro de autoajuda, algo como *Convivendo com um adolescente de luto*, e memorizado todos os capítulos.

Queria que ele parasse. Que deixasse as coisas ficarem bagunçadas, permitisse que ficássemos mal. Parecia desrespeitoso simplesmente seguir a vida, como se estivéssemos aceitando bem demais a ausência dela. Eu queria que a casa refletisse como eu me sentia por dentro. Queria caos.

E então, cerca de um mês depois que ela morreu, ele me pegou na escola – sempre digo que posso pegar o ônibus ou voltar de carona, mas ele nunca ouve – e anunciou que teríamos que nos mudar. Os pais da minha mãe estavam nos expulsando. Ele não usou essas palavras, mas a ideia era essa.

Não entendo tanto alvoroço em torno de avós. Os pais do meu pai morreram antes de eu nascer e ele nunca teve nada de especial para contar sobre eles. Os pais da minha mãe até gostavam de mim, mas não eram fãs do meu pai. Não sei muito bem o porquê. Minha mãe brincava, dizendo que eles só tinham ficado zangados porque ele levou a garotinha amada deles embora. Às vezes meu pai dizia que tinha a ver com dinheiro, porque minha mãe tinha algum e ele não tinha nada. Minha mãe sempre mandava ele parar. Ela dava um tapa no braço dele e dizia coisas como: *Ah, o que é isso, eles gostam de você, mas não sabem como demonstrar... É só isso.*

Antes de minha mãe morrer, mas depois que ela ficou doente de novo, ouvi uma conversa entre ela e meu pai. Era para eu estar dormindo, mas fui buscar um copo de água. As vozes vinham da cozinha.

— Não estou dizendo que deveríamos aceitar — minha mãe estava dizendo. — Só queria que você soubesse que eles ofereceram. Que se um dia você sentir que não está dando conta... sozinho... eles podem ficar com ela.

Meu pai ficou tão zangado.

— Não estou acreditando nessa merda — ele disse. Ouvi ele bater na mesa de jantar. No dia seguinte, tinha uma marca grande na madeira perto do lugar dele. — Ela é minha filha. Eles visitam... o quê? Duas vezes por ano? E acham que podem chegar e tirar ela da gente? De mim? — Ele estava andando de um lado para o outro. Dei alguns passos para trás para garantir que ele não me visse. — Sei que eles acham que sou um cretino que não sabe fazer nada direito, mas ela é minha filha. Eu que criei.

Ouvi uma cadeira sendo arrastada. Imaginei que minha mãe estivesse se levantando, colocando a mão sobre o braço dele, tentando acalmá-lo.

— Eu não quis te chatear — ela disse. — Desculpe. Só queria que você soubesse. Está tudo bem. Não vamos mais falar sobre isso.

Não sei o que aconteceu depois disso. A última vez que vi meus avós foi no velório. Eles se aproximaram de nós depois da cerimônia. Meu pai foi educado, costas eretas, ombros tão rígidos que achei que nunca mais fossem se mover. Ninguém disse muita coisa, só o que as pessoas costumam dizer nessas circunstâncias: *Como vocês estão passando?* e *Ela era uma pessoa tão bonita* e *Espero que agora ela esteja em paz.* Todos tínhamos perdido alguém que amávamos muito, mas aquilo não queria dizer que de repente passaríamos a gostar uns dos outros.

Depois meus avós nos obrigaram a sair da casa. Talvez tenham se dado conta, nas semanas que sucederam o funeral, de que nunca criaríamos laços tão fortes quanto esperavam e era hora de desistir. Talvez meu pai tenha dito para eles não se meterem em nossa vida, e para eles isso significava pegar a casa de volta. Não que quisessem morar nela. Eles têm outra casa bem longe de nós, lá para o norte. Só queriam vender essa. O resultado foi o mesmo. Tivemos que sair da casa em que vivi minha vida toda. A casa que guardava todas as lembranças que eu tinha de minha mãe.

Lá, eu ainda podia vê-la. Sentada ao meu lado no sofá quando eu era pequena, assistindo a desenhos animados aos sábados de manhã. Me ensinando, na frente do espelho do banheiro, a fazer um rabo de cavalo. Lendo os primeiros três livros do Harry Potter para mim e, mais tarde, deitada ao meu lado enquanto eu lia sozinha os outros quatro. Cantando a trilha sonora de *Hamilton* na cozinha, usando uma colher de pau ou uma espátula como microfone e vendo qual de nós conseguia cantar "My Shot" e "Non-Stop" até o final, sem errar a letra.

Na casa nova, minha mãe se foi. Ela não está aqui. Ela nunca esteve aqui.

Agora, somos só eu e meu pai de novo.

Bem, eu, meu pai e Rachel, e quem mais possa ser acrescentado à lista, já que, ao que parece, meu pai está aceitando inscrições.

Eis o que eu acho.

Acho que meu pai é uma pessoa complicada. Acho que ele não teve uma vida fácil. Nunca fala sobre sua infância e eu imagino que seja por ter sido bem terrível. Ele queria ser médico, mas virou fuzileiro naval porque sentiu que era seu dever para com o país e também porque… sei lá… é difícil se tornar médico, e as pessoas que conseguem se formar tendem a ter dinheiro e boas famílias. Meu pai não tinha nenhum dos dois.

Apesar de tudo isso, ele construiu uma boa vida para si. E com minha mãe, ele construiu uma boa vida para mim também. Sempre que brigávamos, eu e ele, e minha mãe tinha que restaurar a paz, ela me dizia: "Ele ama ser pai". E ama mesmo. Sei disso. Ele ama ser *meu* pai. Ele me leva de carro para os lugares. Ele compra roupas para mim. Ele cozinha para mim. Ele se preocupa com o que se passa em minha cabeça. Ele me ensina coisas. Ele quer que eu saiba o que ele sabe.

Mas, de certo modo, sinto que não é suficiente. Como se fôssemos para ser nós dois, mas eu falhei (não sei ao certo em quê) e agora ele tem que recrutar todas essas companheiras para preencher o vazio.

Talvez seja uma coisa doentia de se pensar. Sinto muito.

Sei que ele também a perdeu.

Então sou eu, meu pai e suas mulheres. E quanto mais pessoas orbitam à nossa volta, mais sozinha me sinto.

Talvez seja para ser assim. Talvez seja isso que aprendo com ele. Que, no fim das contas, a única pessoa com quem posso contar sou eu mesma.

28
EMILY

Ele é parte de minha vida. Não sei muito bem como isso aconteceu, mas é. E ele se sente à vontade nela.

Minha mensagem sobre os búteos-de-cauda-vermelha se desenvolveu lindamente. Não paramos de trocar mensagens. Agora, conversamos o dia todo. No trabalho, deixo o celular no bolso da frente do avental. Olho entre um cliente e outro, embaixo do balcão do bar. Olho no banheiro. Olho no banco de trás do carro de Eric. Olho enquanto escovo os dentes, antes de ir para a cama, logo que acordo. A mensagem mais recente dele se repete sem parar no fundo de minha cabeça.

Primeiro avançamos de búteos-de-cauda-vermelha para outras aves de rapina e, com o tempo, para o restante da fauna do Vale do rio Hudson. Expandimos nossos horizontes para falar sobre trabalho, a cidade, comida, clima. Ele me manda fotos de aves interessantes. Trocamos receitas. Ele me pergunta como estou toda manhã e me deseja boa-noite toda noite. Quer saber como estão as coisas no restaurante. Quer saber como estou segurando as pontas. Ele ouviu falar que o trabalho é pesado. Mas espera que eu esteja bem. Conto sobre um sonho que tive, uma série de portas em um corredor escuro, todas trancadas. Ele procura o significado na internet.

— Portas fechadas — diz — aparentemente significam que alguém ou alguma coisa está atrapalhando seu caminho. Uma porta aberta, por outro lado, significaria uma nova fase em sua vida, uma mudança positiva. Tem certeza de que todas as portas estavam fechadas?

Ele digita as palavras completas. Nada de "2" para "dois", nada de "blz" para "beleza", nada de "tb" para "também". As frases começam com letras maiúsculas e terminam com ponto-final. O uso de emoticons é moderado, um ou outro ":)" carregado de significado especial.

Ele não fala sobre certas coisas, e sei que não devo perguntar. Sua esposa. Sua filha. Mantenho as perguntas vagas: "Como você está? Como foi seu dia?". A porta está aberta. Se ele quiser falar, vai falar.

Ele vai ao bar às terças e quintas, como sempre. Preparo old-fashioneds virgens para ele. Sempre que tenho um tempo, conversamos. Somos menos falantes pessoalmente, nossos corpos ainda estão tentando alcançar a intimidade que desenvolvemos por mensagem.

Ele nem sempre responde rápido. Uma hora, duas, três podem se passar sem resposta. Nesse meio-tempo, releio nossas mensagens, avalio cada palavra em busca da possibilidade de um mal-entendido. Quando me convenço de que estraguei tudo, ele responde. Amigável. Aberto.

No restaurante, corro na cozinha para pegar azeitonas, uma colher limpa, um lanchinho, e diminuo o passo na volta. Eu o observo, o lindo homem na banqueta do bar.

A presença dele me deixa animada. Caminho de cabeça erguida, coluna mais reta. Minha voz se eleva, confiante, e abaixa direitinho no fim de cada frase. Carrego a certeza dessa corrente secreta entre nós, como um amuleto da sorte. Aninhado perto do coração o tempo todo.

E PRECISO DISSO. Dessa vitalidade extra nos passos, desse pequeno milagre. Preciso tanto.

A cidade ainda está se recuperando do desaparecimento da mulher. Ela era da região. Todos conhecem alguém que a conhecia. Ela não foi encontrada. Ninguém diz, mas nós sabemos. Simplesmente sabemos. Sabemos que quando for encontrada – se for encontrada –, não estará viva.

As pessoas têm sido um pouco mais gentis umas com as outras. Na rua, em lojas, até no restaurante. Há uma certa suavidade em nossas interações, embora, é claro, ela termine onde começa a cozinha. Mas as pessoas estão tentando. Mesmo Nick, à sua própria maneira. O fato de não haver muito movimento ajuda. O Dia de Ação de Graças está chegando, e a cidade começou a esvaziar. Os moradores estão emendando o feriado, viajando para visitar a família, iniciando a programação de fim de ano. Logo, a época mais frenética do ano vai começar, mas por enquanto as coisas estão preocupantemente calmas. A calmaria antes da tempestade.

Esta noite o turno do jantar termina cedo. Tranco a porta quando a última mesa desocupa, pais tentando colocar os filhos na cama antes das dez. Eric recolhe a louça que sobra. Cora já está colocando toalhas de mesa limpas e talheres brilhantes para o dia seguinte. Nick se ocupa na cozinha, reunindo panelas sujas, pinças e espátulas. Sophie esfrega algumas assadeiras de bolo com toda energia que lhe resta. Percorro o salão para recolher copos usados.

Sinto meu avental vibrar. Deixo de lado uma taça de vinho e verifico o celular.

"Ainda dá tempo de passar aí? Não tem problema se você já fechou. Só não queria deixar um old-fashioned virgem passar batido."

É sexta-feira. Não é quinta nem terça. Ele veio ontem, mantendo a programação usual. E agora quer mais.

Olho para a cozinha. Eric e Sophie quase terminaram de lavar a louça. Nick pegou um pano de prato e está ajudando os dois a secar tudo. Cora está contando a gorjeta que recebeu.

"Já fechei", respondo. "Mas acho que consigo te botar para dentro. Só me dê uns... vinte ou trinta minutos? Você pode tomar uma bebida depois do horário."

Ele responde: "Fico honrado", com um ":)" no final.

Entro na cozinha, um tridente de taças de vinho enfiadas entre os dedos.

— Gente. — Nick e Eric levantam os olhos. — Eu posso fechar. Ainda preciso polir um monte de copos, mas não me importo. Salvem-se todos.

Quinze minutos depois, tenho o espaço só para mim. A caminhonete dele estaciona na frente do restaurante. Meu avental vibra de novo.

"Tudo certo?"

Respiro fundo antes de responder. "Tudo certo." Quando vou abrir a porta, encontro-o esperando, mãos nos bolsos do casaco, cabelos escapando do chapéu forrado com pelúcia. O queixo está enfiado em um cachecol de lã grossa, deixando para fora apenas o suficiente para revelar um sorriso.

— Entre.

A sacola de lona está de volta também, batendo no quadril dele a cada passo. Ele estremece quando abre o zíper do casaco, esfrega as mãos antes de se acomodar na banqueta de sempre. A sacola fica a seus pés, como um cachorro obediente. Começo a preparar o drinque dele. Ficamos em silêncio. É um silêncio confortável, do tipo que floresce entre pessoas que não precisam ficar conversando a cada instante.

Dou uma mexida na bebida dele e completo com uma cereja.

— Como foi a noite de hoje? — ele pergunta.

— Ah, você sabe. Não teve tanto movimento. Semana que vem, no entanto... é aí que a loucura vai começar. E não vai parar até o fim do ano.

Escorrego o copo em sua direção. Ele toma um gole, inclina a cabeça mostrando apreciação.

— Obrigado por me deixar entrar.

— Para nosso cliente mais fiel, sempre damos um jeito.

Guardo os *bitters*, a laranja que usei para guarnecer. Ele aponta para a banqueta ao seu lado.

— Por que não vem se sentar?

Olho à minha volta com um nervosismo idiota. Ele lambe os lábios.

— Não quero te fazer violar o código dos bartenders. É só que... você deve ter ficado a noite inteira em pé. — Ele se inclina para a frente. — E não tem mais ninguém aqui para testemunhar essa... transgressão.

Eu rio. Digo que acho que ele tem razão. Dou a volta no balcão e subo na banqueta ao lado dele. Sem a estrutura de sempre – ele sentado, eu em pé, o balcão como barreira entre nossos dois mundos –, nós nos sentimos mais próximos do que nunca, empurrados para papéis que estamos desempenhando virtual mas não fisicamente há quase uma semana.

Ele empurra a bebida em minha direção.

— Tome um gole, se quiser. Me sinto grosseiro bebendo sozinho.

Penso em dizer que não, obrigada. Mas há uma vulnerabilidade na forma com que ele ofereceu que torna a recusa impossível. Meus dedos roçam nos dele ao envolverem o copo. Inclino a cabeça para trás e o cubo de gelo bate em meus dentes.

Sentados em um bar, compartilhando bebidas – já vi isso antes. Em um filme. O espião bebericando um martíni, uma mulher de vestido elegante tirando o drinque da mão dele.

— Sabe — eu disse. — Ouvi dizer que se alguém bebe do copo de outra pessoa, é capaz de ler seus pensamentos. Descobrir todos os seus segredos.

Ele ri.

— É mesmo?

Faço que sim com a cabeça. Apoio o copo no balcão. Ele me observa. Eu me obrigo a não desviar os olhos.

— Bem — ele diz. — Não seria interessante?

Um campo de força cresce à nossa volta. Empurra um na direção do outro, para dentro um do outro. Eu me afasto. Endireito as costas, pigarreio, enfio mechas de cabelo soltas atrás da orelha.

— Você vai fazer alguma coisa nas festas?

Eu me arrependo da pergunta no instante em que ela escapa de meus lábios. Tão banal. Tão medíocre. E tão inapropriada de se fazer a alguém que acabou de passar por uma grande perda.

Ele toma um gole de bebida, depois balança a cabeça.

— Este ano não. Seremos só eu e Cece. Temos alguns parentes em outro estado, mas as coisas estão... complicadas.

— Ah, nem me fale. Eu entendo.

Ele gira o cubo de gelo no fundo do copo.

— E você?

— Vou trabalhar. Vamos fazer três turnos só no Dia de Ação de Graças.

Ele se contrai em solidariedade.

— Não tem problema — digo a ele. — Não ligo muito para esses feriados. — E então decido falar, porque quando alguém está de luto, as pessoas não esperam que você fale de seus mortos, mas sei que ele vai entender. — Nem quando meus pais ainda estavam por aqui, eles não ligavam muito. Estavam sempre ocupados, sabe?

O que não digo a ele: meus pais não eram negligentes, mas sinto que passaram os primeiros dez anos de minha vida esperando para *entender* como funcionava essa coisa de serem pais, até que um dia tiveram que aceitar que era assim mesmo, que não tinha muito o que melhorar. Meu pai era um homem que amava à distância da sua cozinha, seus instintos carinhosos reservados apenas para os estranhos que se sentavam em seu restaurante. Meu plano sempre foi ficar no bar, porque achava que seria minha chance de amar as pessoas mais de perto. Não sabia, é claro, que a maioria das pessoas quer que o bartender as deixe em paz.

Levanto-me da banqueta e vou recolher o copo vazio de Aidan. Ele me impede segurando meu braço. Com suavidade, retira meus dedos do copo e os enlaça com os dele.

— Parece que nós dois estamos no mesmo barco, então.

Consigo apenas concordar com a cabeça. Sinto o calor da palma de sua mão na minha, nossos pulsos batem um junto ao outro. Ele desenlaça nossos dedos. Instantaneamente, sinto falta do contato de sua pele. A mão dele viaja até meu rosto. Com três dedos, ele afasta uma mecha de cabelo que escapou de meu rabo de cavalo.

Ele ergue as sobrancelhas, como se pedisse permissão. Faço que sim com a cabeça e, ao fazer isso, aproximo um pouco mais meu rosto do dele. É como vou me lembrar disso para sempre: sou eu que me aproximo primeiro. Eu o convido. Por um segundo, acho que entendi tudo errado. Que ele vai recuar, deixar uma nota de vinte sobre o balcão e sair. Mas em vez disso sou recompensada pela maciez de sua mão segurando meu rosto. Há um tremor microscópico em seu polegar quando ele encosta no canto de minha boca.

Nossos lábios se chocam. Um novo mundo se abre sob meus pés. É noite de sexta-feira e estou beijando Aidan Thomas no restaurante deserto. Parece carma, a vida recompensada por todo o desprezo pelo caminho – tudo que foi esquecido, tudo o que foi perdoado, tudo o que valeu a pena, agora que sei que levaria a este momento.

Ele ainda está sentado na banqueta do bar. Minhas mãos envolvem sua nuca. Seus dedos pegam em minha cintura.

Sua língua encontra a minha. Ele dá uma minúscula mordida em meu lábio superior, me causa um arrepio que desce pelas costas até os tornozelos. Ele me beija como não sou beijada desde o ensino médio, quando tudo era novo e corpos deviam ser explorados, cada centímetro deles era um mistério a ser resolvido. Há língua e lábios e dentes. É um pouco desordenado, um pouco ávido demais. Faz eu me sentir desejada. Celebrada. Amada.

Ele se levanta da banqueta, permitindo que nossos corpos se pressionem um contra o outro. Interrompemos o beijo por alguns segundos. Tempo o bastante para absorver o momento, assimilar tudo. Ele apoia a testa na minha. Um suspiro viaja entre nós. Não sei dizer se está vindo dele ou de mim, apenas que é quente e trêmulo e cheio de desejo.

Ele desliza a mão para baixo, pairando sobre a parte inferior de minhas costas. Sou eu que preencho o vão, que o puxo para mim. Mãos perto. Mais profundo. Meu corpo diz a ele o que eu nunca poderia dizer em voz alta: o quanto o desejo, quanto tempo esperei por isso, como fui dele esse tempo todo, desde antes de ele saber meu nome ou a cor de meus olhos.

Eu o beijo, lábios inchados, a barba dele pinicando minha pele. Nossas caixas torácicas se expandem e contraem uma contra a outra; nossas mãos abrem botões, tiram tecido do caminho, esgueiram-se sob roupas em uma busca desesperada pela pele.

Eu me obrigo a me afastar. Pego na mão dele.

— Aqui — murmuro. Eu o levo pela cozinha até a despensa.

Ele não faz perguntas. Só me acompanha. É tudo que importa. É tudo que sempre importou.

Nosso corpo se choca com as prateleiras, procurando um ponto de apoio. Desajeitadamente, nos levo para um pequeno trecho de parede vazia. Ele ajuda: usando a pressão de seu corpo contra o meu, ele me prende junto à superfície. Mantenho um pé no chão e engancho a outra perna em volta da cintura dele.

— Olha só pra você — ele sussurra. — É tão flexível.

Eu rio. Ele desamarra meu avental. É a coisa mais excitante que já fizeram comigo. Sua mão viaja sob minha camisa, aplica uma leve pressão em meu ventre. Eu gemo e me esqueço de ter vergonha.

Meus dedos procuram, procuram e não conseguem encontrar o que estão procurando. Ele sente que estou tateando e vem ao meu resgate. Finalmente, eu ouço uma porta se abrindo para um novo mundo: o clique da fivela do cinto dele se abrindo e o som da calça jeans caindo no chão.

29
A MULHER NA CASA

É tarde. Bem tarde. Hoje não teve jantar, e até agora ele não deu sinal de vida. Talvez tenha te abandonado de novo. Talvez tenha resolvido que seria bom te deixar sozinha por um tempo. Lembrar que foi ele que te manteve viva todos esses anos. Que sem ele você morreria de fome.

Então a maçaneta gira. Aqui está ele. O homem que nunca te esquece.

Ele abre suas algemas. Tira os sapatos primeiro, depois a calça, o suéter, a camiseta. Você permite que sua mente fuja do corpo. Seu cérebro repassa lembranças de uma viagem de trem feita há muito tempo, fileiras e mais fileiras de árvores passando rapidamente ao escurecer, um restinho de luz do sol atravessando os galhos.

A realidade está de volta. Você está no quarto, sobre o piso de madeira, sob o corpo dele. O ombro esquerdo dele se move sob seu queixo e você vê: quatro marcas vermelhas na pele. Meias-luas com um rastro vermelho. Você conhece essas marcas. De apertar a palma de suas próprias mãos, de gravar formas na pele clara de suas pernas, cuja dor te alivia temporariamente de alguma coisa. São as marcas que ficam quando alguém finca as unhas nas partes mais macias de seu corpo.

É a primeira vez que você vê isso nele. Mesmo depois de uma viagem, mesmo depois de *Você sabe o quê*. Ele sempre voltou sem nenhum arranhão.

Depois, quando ele está vestindo a calça, você o analisa. Ele não tem pressa de sair. Há uma tranquilidade nele, uma leveza. Ele está de bom humor.

— Então — você sussurra. — Está mais tarde do que de costume, não está?

Ele curva o canto da boca.

— Por quê? Você tem algum compromisso?

Você se obriga a rir.

— Não. Só estava me perguntando... Onde você estava?

Ele inclina a cabeça de lado.

— Sentiu a minha falta?

— Ele não espera sua resposta, veste a camiseta. — Só estava resolvendo umas coisas na rua — ele diz, coçando o nariz. — Já que perguntou.

Ele está mentindo – é claro que está mentindo –, mas você consegue decifrá-lo. Não tem *Você sabe o quê*. Não há brilho nos olhos dele, nem eletricidade correndo pelo corpo.

Quem quer que tenha arranhado as costas dele, você precisa acreditar que ela está bem. Você tem que acreditar que ela ainda está viva.

Por um instante, você está aliviada. Depois, sua garganta volta a se fechar. Se ele tem ela, será que precisa de você? Ou só está brincando com a comida?

O pensamento permanece com você depois que ele sai. Arranhar as costas de um homem, agarrar-se à pele, deixar uma marca nele, é algo que se faz apenas em circunstâncias muito específicas.

Você não gosta disso. Não gosta nem um pouco.

Não gosta por ela, não gosta por você.

Tem uma estranha lá fora. Uma estranha em perigo.

E ela pode significar seu fim também.

Regra número três para permanecer viva fora do galpão: se você tiver que estar no mundo dele, então precisa ser especial. Deve haver só uma de você.

30
A MULHER NA CASA

É a manhã seguinte aos arranhões vermelhos. Suas pálpebras estão pesadas, sua cabeça está confusa. Ele, por outro lado, está bem acordado. O olhar é de orgulho. Você poderia jurar que a pele dele está brilhando. Será que ele já a matou, afinal?

Primeiro vem o café da manhã. Vocês três, todos quietos. Os olhos de Cecilia estão vagos. Ela mais mexe no cereal do que come. Ele fica usando o celular embaixo da mesa. Logo, você está de volta ao quarto. Ele entra, te algema ao aquecedor e sai. Tudo normal. Tudo como de costume.

A caminhonete deixa a frente da casa. Você sente uma dorzinha na lombar. Muda de posição para chegar o mais perto possível de estar deitada. É quando você sente.

As algemas. Como goma de mascar em volta de seu pulso. Inútil. Você senta. Toca o metal com a mão esquerda. O anel se solta, se desenrola de seu braço.

Do nada.

Você está livre.

Você está livre?

Há alguma coisa. Flutuando no ar à sua volta, arranhando o fundo de seu cérebro. Está bem aqui, mas você não consegue alcançar. Suas pernas começam a tremer. Você deveria tirar a algema. Levantar-se. Ficar de pé, sair correndo.

É este o momento em que você começa a correr?

Você sempre achou que, quando chegasse a hora, teria certeza.

Você está com medo?

Você é covarde?

Mulheres como você deveriam ser corajosas. É o que você ouvia antes. No noticiário, em matérias de revistas. Longos perfis sobre garotas que desapareceram e conseguiram voltar para casa. Sobre mulheres que trabalhavam para homens horríveis e conseguiram encontrar uma saída. *Ela foi tão corajosa.* Como um prêmio de consolação: *Desculpe, não conseguimos te salvar, mas agora estamos fingindo idolatrar o chão que você pisa.*

Você visualiza tudo.

Em sua cabeça, você se levanta. É essa a sensação de estar livre? Você vai até a porta do quarto. É preciso coragem, mas você é uma mulher corajosa, lembra? É corajosa e não se esquece disso. Nessa visão, você abre a porta e espia lá fora. Ele não está. Não tem ninguém aqui. Você sabe disso. Sabe que ele e a filha acabaram de sair. Você desce alguns degraus da escada. Então, a ficha cai. Você começa a correr. Corre até a sala, até a porta da frente. Olha à sua volta uma última vez e faz o que precisa ser feito. Você abre a porta.

E depois o quê?

O que acontece depois que você abre a porta?

Imagine. Você está lá fora. Sozinha. Não sabe onde está, em que rua, em que cidade, em que estado. Não faz ideia. Não sabe onde mora o vizinho mais próximo, ou se vai ter alguém em casa. Os vizinhos são estranhos. Não é fácil para você – você nem sequer cogita hoje em dia – confiar em estranhos. Confiar sua vida a eles. Confiar que te salvem.

Esqueça os vizinhos, então. Você poderia continuar correndo, sozinha. Para onde? O centro de uma cidade? Uma delegacia? Um mercadinho? Esses lugares também estão cheios de estranhos, mas pelo menos não são a casa de alguém. Haveria muita gente em volta. Testemunhas.

E onde ele está durante tudo isso?

Onde está a filha dele?

As câmeras.

Você se lembra das câmeras.

Mas ele não viu os absorventes. Nada aconteceu aquele dia.

Há câmeras?

Você não tem como saber ao certo.

E quanto ao trabalho dele nas nuvens?

Te olhando de cima.

Pronto para pular sobre você.

Talvez você corra. Procure a casa de alguém, um comércio. Uma porta aberta. Alguém que te escute.

E enquanto isso? Ele recebe um alerta no celular. Assiste ao vídeo ao vivo no aplicativo. Ele te vê, te ouve. Ele corre para casa. Ele está furioso. Você o traiu, traiu a confiança dele. Não tem volta depois disso.

Ele te encontra antes que você encontre um lugar seguro. Te leva para o meio do mato e faz o que deveria ter feito cinco anos atrás. Tudo fica preto. Você não consegue acreditar que é assim que termina. Ninguém vai ficar sabendo que você esteve viva todo esse tempo. Ninguém vai entender que você poderia ter sido salva.

Ou ele não vê nada no celular. Chega em casa e se dá conta de que você fugiu. Ele sabe o que está por vir. Sirenes de polícia, prisão, ajuste de contas. Ele não quer estar aqui para nada disso. Coloca a arma na cabeça e atira.

Outra possibilidade: ele coloca a filha dentro do carro. Diz a ela que eles precisam ir embora imediatamente, não há tempo para fazer as malas. Ele dirige, dirige, dirige e nunca é encontrado. Ele e Cecilia passam a ser retratos falados envelhecidos no site do FBI.

Ou ele pega a arma, coloca a filha no carro e vai para um lugar remoto. Talvez ele a mate antes de se matar. Você viu, naquela primeira noite que passou na casa, o terror nos olhos dele quando ela o chamou, quando quase o pegou no flagra. Você ouviu sons à noite, passos em um corredor. A menina olha para ele como se ele fosse um certo tipo de homem. Ele vai fazer de tudo para manter viva aquela versão de si mesmo.

Você não quer que ele morra. Isso te deixa confusa, mas você sabe que não quer. E também não quer que a filha dele morra.

Você sempre achou que, quando chegasse a hora, teria certeza.

Se essa não é a hora, qual é?

Se não é agora, quando você sai?

Sua mãe e seu pai e seu irmão.

Julie, a amiga que você nunca mereceu. Matt.

Por cinco anos, eles esperaram.

Eles precisam de você viva.

Você precisa de si mesma viva.

Você sempre achou que, quando chegasse a hora, teria certeza.

Esta não é a hora.

Você está no quarto, sentada de pernas cruzadas ao lado do aquecedor.

Isso quer dizer que você acredita que terá uma segunda chance? Você confia que terá outra oportunidade? Melhor, mais segura?

Esta é sua vida. Você se salvou no primeiro dia e vem se salvando todos os dias desde então. Ninguém foi ao seu resgate. Você vem fazendo isso sozinha e vai sair disso sozinha.

Esta não é a hora.

E o que isso significa?

Você não consegue acreditar em si mesma. Morde os lábios, puxa a pele delicada, morde com mais e mais força até a pele sair. Você sente o gosto metálico. Sente o gosto quente. Uma fúria cresce dentro de você, ameaça te engolir. Você quer gritar, berrar, uivar. Invocar uma tempestade com os poderes de sua mente. Quer torpor. Quer flutuar sobre tudo isso. Quer parar de sentir suas muitas partes sendo destroçadas.

Outra coisa.

Se ele chegar em casa e vir a algema aberta, vai se dar conta de que está se descuidando. Por fora, vai te culpar, mas no fundo vai saber. Vai deixar de confiar em si mesmo. Vai voltar a ficar mais atento.

Você precisa dele descuidado, distraído. Precisa que a autoconfiança dele se mantenha intacta.

Faça logo.

É a maior das traições. É um ato de fé.

Você não se levanta. Apenas envolve a algema com os dedos e junta as pontas metálicas.

O mecanismo fecha com um clique.

31
NÚMERO QUATRO

A filha dele tinha acabado de dar os primeiros passos.

Logo ela não vai mais precisar de mim, ele disse.

O que ele queria que eu fizesse? Jurasse para ele que não era verdade?

Eu mesma tinha três filhos.

Poderia ter mentido sobre qualquer coisa, menos sobre meus bebês.

Então eu disse:

— Talvez não precise. Talvez um dia ela não precise de você para nada.

Isso o magoou.

Era a coisa errada a se dizer, é óbvio. Mas era tudo o que eu tinha.

Ele faria isso, não importava o que acontecesse. Disso eu tinha certeza. Ele precisava fazer. Ainda mais: precisava se ver fazendo. Eu o vi, quando estava acontecendo. Olhando para si mesmo. Vendo partes de si mesmo no espelho retrovisor do meu carro.

Como se quisesse verificar se ainda era capaz. Como se precisasse ver para acreditar.

Não me arrependo do que disse sobre a filha dele. Isso provavelmente encurtou minha vida em um minuto, mais ou menos, mas não me arrependo de ter acertado aquele único tiro.

Como eu disse, era tudo o que eu tinha.

32
EMILY

Suspenderam a busca pela mulher desaparecida. O caso ainda está aberto, segundo a matéria da página quatro do jornal local, mas todos sabemos o que isso significa. Os investigadores já procuraram em todos os lugares e seguiram todas as pistas. Não descobriram nada.

Seguimos com nossa vida. De maneira egoísta. Idiota. O que mais podemos fazer? As festas estão quase chegando. Espera-se que todos estejam felizes.

O Dia de Ação de Graças é brutal. Eu me preparo para o meu turno como aqueles personagens de *Jogos Vorazes*, só que minhas armas são sapatos confortáveis, um prendedor extra para meu rabo de cavalo, uma camada generosa de spray para o cabelo e o batom mate que só sai quando esfrego com azeite.

Apesar de todas as precauções, meus pés estão gritando por um intervalo ao fim do turno das seis horas. Uma olhada no espelho atrás do bar me informa que minhas bochechas estão cheias de manchas, minha testa está oleosa e o cabelo perfeito não passa de uma lembrança. Meus braços estão doloridos de tanto preparar martínis de sidra de maçã e de café. Sinto a lombar pesada. Todo passo que dou, sinto uma dor pungente subir por minhas pernas.

A dor é o de menos. A dor faz parte do plano. Dei meus primeiros passos no chão do restaurante do meu pai. Passei a infância recolhendo gorjetas, entregando contas, enchendo copos de água, queimando as mãos em pratos quentes. A dor eu aguento.

O que me quebra em pedacinhos é o resto – as vezes em que faço besteira, as injustiças que permito que aconteçam. Eric erra as entradas de uma mesa de quatro pessoas e não consigo ter coragem de dizer para ele prestar mais atenção. Um sidecar é devolvido, "fraco demais". E então vem o fiasco do Shirley Temple. Nick sugere a receita à tarde — *refrigerante alcoólico, creme de cassis, uma casquinha de limão, uma espécie de Shirley Temple para adultos, sabe?* Faço um teste antes do primeiro turno. Dá certo. Entra no menu.

Só no segundo turno que Cora se manifesta a respeito dos drinques, após ver três deles enfileirados sobre o balcão do bar.

— Foi ideia minha — ela diz.

— O quê?

— A receita. Eu que criei. Contei para o Nick sobre ela na hora do almoço.

Ela nem está zangada, apenas se vê presa entre o choque e aceitação. Ele roubou a ideia dela. Como um vilão de desenho animado, como um valentão de série de TV. Ele simplesmente roubou. E eu não fazia a mínima ideia.

— Sinto muito — digo a ela.

— Tudo bem. — Não está tudo bem, mas sou chefe dela, então finjo que está. Ela se retira antes que eu possa me desculpar de novo.

As pessoas gostam de pensar que profissional é o oposto de pessoal. Qualquer um que já gostou de seu trabalho, mesmo que só um pouco, vai dizer que isso é bobagem. O que fazemos aqui é uma coisa muito pessoal. E quando cometo erros, pessoas sofrem. Não importa se é um ambiente profissional. No fim das contas, tudo se metaboliza como tristeza.

O DIA DE AÇÃO DE GRAÇAS nos engole como a gigantesca nuvem de uma explosão nuclear, mas termina cedo. É uma comemoração familiar. Ninguém quer ficar na rua depois das onze da noite. O restaurante acalma. Por alguns minutos, ficamos em suspensão, sem saber como existir depois do caos. Suspiramos. Massageamos o pescoço, assoamos o nariz, bebemos água. Como acontece após um furacão, começamos a limpar.

— Alguém quer levar isso para casa?

Sophie está segurando uma caixa de papelão com saquinhos de biscoitos — metade trufa de chocolate, metade amanteigado com lavanda. Passamos a noite distribuindo-os junto com a conta. Sobraram uns dez.

Ninguém diz nada. Não somos tímidos quando se trata de ganhar coisas de graça, mas todos já estão fartos do restaurante por uma noite. Ninguém quer levar lembretes do trabalho para casa.

Sophie passa os olhos pelo salão.

— Vamos, pessoal. Não vou deixar isso ir para o lixo e também não vou comer.

Ela olha para mim.

— Chefe?

Você não diz não a Sophie.

— Sim, está bem.

Pego a caixa e agradeço. Quando terminamos de limpar tudo, digo para Eric e Yuwanda irem embora na frente.

— Para onde você vai? — Yuwanda quer saber. — Já é quase meia-noite.

Invento qualquer coisa, digo que preciso passar na farmácia. Yuwanda me olha com ceticismo. Espero ela continuar sondando – que diga que a farmácia fecha às dez e certamente não vai estar aberta no Dia de Ação de Graças –, mas ela está cansada demais para isso. Sabe, desde o primeiro instante após a morte de meus pais, que às vezes preciso ficar sozinha e não adianta ficar questionando.

— Dirija com cuidado.

Dentro do Civic, pego o celular. Depois da noite na despensa, Aidan e eu não trocamos mensagens por vinte e quatro horas, como se estivéssemos surpresos demais para conversar. Então, quando eu estava prestes a ir para a cama, ele escreveu: "Pensando em você :)".

"Ah, é?", escrevi em resposta. "Sim", ele disse. Respondi: "Eu também :)", e voltamos à programação normal de troca de mensagens desde então. Ele também voltou ao restaurante na terça-feira. Passei o dia em um deslumbramento eletrizante, olhando para a porta mesmo sabendo que ainda não estava na hora. Quando ele finalmente entrou, senti um buraco no estômago. Nossos olhares se encontraram. Ele sorriu. Eu retribuí o sorriso. Por alguns segundos, só havia nós dois. Dois idiotas felizes, compartilhando o segredo mais delicioso do mundo.

Não renovamos nossas façanhas na despensa. Mas houve olhares de reconhecimento, uma leve carícia em meu pulso quando ele pegou a conta, um apertão em minha cintura quando ninguém estava olhando. E, pouco antes da hora de fechar, um milagre. Ele esperou até o salão esvaziar e me disse para fechar os olhos e estender a mão. Quando fiz isso, ele depositou algo e fechou minha mão.

— Pronto — ele disse. — Abra os olhos. Dê uma olhada.

Desdobrei os dedos e encontrei um pequeno colar prateado. O símbolo do infinito pendia de uma corrente fina, com um quartzo rosa cravejado na parte de trás do pingente.

— Ai, meu Deus — sussurrei. — Onde conseguiu isso?

Ele não respondeu. Pediu para eu me virar.

— Espero que esse não seja demais para usar no trabalho.

Respondi que era perfeito. Ele juntou meus cabelos e colocou de lado com cuidado. Fiquei imóvel enquanto ele prendia o fecho, estremeci quando os ossinhos de seus dedos tocaram minha nuca.

E agora é minha vez. Não é uma joia, mas os biscoitos de Sophie são a melhor coisa que tenho para oferecer no momento.

Pego o telefone e digito:

— Ei, tenho uma surpresa para você.

Clico em "enviar" e ligo o motor do Civic. A casa do juiz não fica longe do centro da cidade, talvez fique a uns dez minutos de carro do restaurante, indo pela estrada principal. É melhor eu já seguir para lá. Cerca de cinco minutos depois, meu celular vibra. Desacelero e verifico a tela.

"O que é?", ele escreveu.

Digito com uma mão só: "Você logo vai saber. Estou fazendo uma entrega domiciliar :)".

Estou quase pisando firme no acelerador quando meu telefone vibra de novo.

"Quando?"

"Daqui a... uns dois minutos? Estou quase no fim da sua rua. Rs."

Olho para a mensagem, depois apago o "Rs" e envio. Os três pontos que indicam que ele está digitando aparecem de imediato.

"Ok. Não se mexa. Eu vou até você. Cece está dormindo e não quero que ela acorde. É o primeiro Dia de Ação de Graças sem a mãe, você sabe como é."

Encosto a cabeça no apoio do assento. Como não pensei nisso? Trocamos mensagens pela manhã, só o "Oi" e o "Tenha um bom dia" de sempre. Depois, o frenesi do Dia de Ação de Graças me manteve ocupada demais para olhar o celular com a frequência que desejava. Só consegui mandar um conciso – e, agora percebo, estúpido – "Feliz Dia de Ação de Graças!" durante um intervalo para usar o banheiro, enquanto Eric esmurrava a porta e gritava alguma coisa sobre a vodca Grey Goose.

"É claro", respondi. "Sinto muito por passar sem avisar. Vou esperar do outro lado do quarteirão."

Ele não responde. Droga. O que estava passando em minha cabeça quando resolvi vir sem avisar?

É tarde demais para voltar. Ele já deve estar a caminho. Continuo seguindo pela rua, viro à esquerda e desligo o motor.

Alguns segundos depois, ele dá uma corridinha na direção do carro. Eu saio. Ele não está usando casaco, só um suéter bege mais grosso. Também está sem gorro e sem luvas.

Quando ele chega até mim, dou uma risadinha e aponto para seu pescoço e mãos descobertos.

— Por acaso você saiu às pressas?

Antes de responder, ele olha à nossa volta, como se quisesse ver se estamos sozinhos. Então leva os lábios aos meus, primeiro um selinho de leve, depois um beijo mais longo.

— Acho que estava com pressa de te ver. — Ele desliza as mãos sob meu casaco e encontra meus quadris. Com cuidado, pressiona meu corpo contra o Civic. Coloco os braços em seus ombros e me permito derreter junto ao corpo dele.

Por um momento, esqueço o Dia de Ação de Graças. Esqueço o restaurante. Esqueço as margens de lucro, os sidecars fracos, as ideias roubadas – o aperto na garganta quando penso no futuro, a água congelada nos pulmões quando tento me imaginar daqui a cinco, dez, vinte anos.

Por mais que me mate, afasto-me por um tempo suficiente para entregar a ele a caixa de biscoitos.

— Cortesia de Sophie para nosso cliente preferido.

Ele levanta um dos saquinhos diante de um feixe de luz do poste.

— Biscoitos. Ah, que amável. Obrigado. E, por favor, transmita meus agradecimentos a Sophie.

Digo que ele não precisa agradecer e reitero que sinto muito, muito mesmo, por aparecer assim. Digo que eu deveria ter imaginado, que não parei para pensar, que espero não ter incomodado.

— Não se preocupe com isso. — Ele coloca a caixa no teto do carro. — Eu preciso voltar — ele diz, mas não volta. Algo o prende aqui. Uma tentação. Um momento melhor do que ele havia imaginado, suplicando para ser prolongado.

Ele me toca de novo. Coloca a mão atrás de minha cabeça, dando uma leve puxada em meu cabelo. Uma rápida mordiscada em meu lábio inferior. Meu abdômen fica em chamas.

Minha respiração se aprofunda. Puxo-o para mais perto de mim com o máximo de força que meus braços doloridos me permitem. Eu o desejo por inteiro e quero que ele me possua por inteiro também. Ele tateia meu suéter, minha camisa. Dedos ávidos tocam minha pele. Seu frio junto ao meu calor. Fecho os olhos.

Talvez ele tenha sentido antes de escutarmos. Seus lábios se afastam. As mãos me deixam. Antes que todas essas coisas possam ser registradas – antes que eu possa começar a sentir falta dele –, chega até nós.

Um grito tão agudo que rasga a noite ao meio.

33
A MULHER NA CASA

Ele te diz como mentir para Cecilia sobre o Dia de Ação de Graças.

— Diga que não vai passar com sua família — ele te instrui uma noite. — Diga que eles vão viajar. Que trabalharam muito a vida toda e agora passam todos os feriados em um navio de cruzeiro.

Cecilia não se importa muito com seus planos para o Dia de Ação de Graças. Ela te conta o que costumava fazer com a mãe nessa época do ano. O pai dela cozinhava quase toda noite, mas o Dia de Ação de Graças... era a praia da minha mãe, ela diz. Havia uma receita específica para a salmoura do peru, purê de batatas com só um pouquinho da casca, biscoitos com gotas de caramelo que elas faziam juntas e levavam para os vizinhos.

O pai dela range os dentes enquanto ela fala sobre as lembranças. Há uma rigidez nele, uma tensão em seus ombros. Ele é pai. É pai solo.

À noite, ele tenta. Mais ou menos. Ele arruma a mesa, guardanapos de verdade em vez do papel-toalha de sempre, dispostos em argolas em forma de peru que Cecilia grampeou muito tempo atrás. Velas laranja, pratos de papel dourados com borda vermelha.

Em vez de peru, ele assa um ganso. Um cara do trabalho que caçou, ele diz. Congelou e vendeu para ele há alguns dias. Bile sobe no fundo de sua garganta. Você espeta a carne no prato, branca e irregular. Obriga-se a mastigar e engolir, mastigar e engolir. Não é natural para você se alimentar de uma criatura capturada e morta.

Cenouras com alecrim. Batatinhas. Molho de cranberry enlatado, do jeito que Cecilia gosta. Ele está se esforçando. Essa é a garotinha dele, e ele precisa que ela o ame. Ele precisa dela obediente, cega e amável. Ele precisa que ela veja tudo o que fez para fazê-la feliz.

Depois do jantar tem filme. Cecilia não gosta muito dos clássicos dessa época do ano. Nem você. Ninguém está no clima de ver grandes famílias felizes.

Cecilia passeia pelas sugestões. Escolhe uma comédia romântica de Natal. Uma jovem atriz inglesa faz o papel de uma mulher que perdeu o controle da própria vida, está presa em um trabalho sem futuro, não fala com a irmã. Aparece um cara novo, nitidamente um anjo que voltou dos mortos para resgatá-la. Ele a leva para viver aventuras em Londres, mostra todas as coisas peculiares e charmosas que ela perdeu.

— Alguém já te disse — a jovem atriz inglesa pergunta enquanto acompanha o anjo por uma viela escura — que você tem um quê de assassino em série?

O belo anjo diz que não.

— Pelo menos não mais de uma vez.

A fala provoca risos em Cecilia. O pai não reage. Talvez nem tenha ouvido, ou talvez esteja mandando mensagens. Você não sabe. Está concentrada na tela.

Sua mente viaja de volta para o primeiro Dia de Ação de Graças desde que ele te levou. Foi mais ou menos nessa época que você se deu conta de que ainda teria uma longa jornada pela frente. Que seu tempo no galpão seria contado em anos, não meses. Você tenta não pensar em sua família – seus pais à mesa do jantar, mantendo as aparências. Será que seu irmão tinha vindo do Maine para visitá-los ou pulado todas as festividades de uma vez?

Você fazia parte de um todo maior. Com frequência você os mantinha juntos, seu pai, sua mãe, seu irmão. Deixando o clima mais leve depois de uma briga, chegando em casa com boas notas, notícias alegres, material para fazer o cartão de Natal da família. Será que eles continuaram sem você? Ou sua família se partiu, os laços se desintegraram como costuma acontecer após uma perda terrível?

— Merda.

Ele para de olhar para o telefone. Seus olhos se estreitam.

— Tenho que sair por um segundo — ele diz por cima do filme. — Fique aqui.

Ele se dirige a Cecilia, mas você sabe que o recado é para você. O celular dele vibra. Ele olha para baixo, depois volta a olhar para a frente.

— Já volto. Só preciso pegar uma coisa.

Ele digita rápido e coloca o telefone no braço da poltrona para calçar as botas. Cecilia pausa o filme.

— O que está acontecendo?

Ele olha para ela, uma bota no pé e outra na mão.

— Nada. Só uma amiga que quer me dar uma coisa.

A expressão dele é a mesma da noite em que ele te trouxe para casa, quando a voz da filha soou na outra ponta do corredor. É tão raro você o ver assim. Pego desprevenido, tentando impedir que suas duas vidas colidam.

— Eu já volto. — Ele pega a chave de casa. — Não vou muito longe. — Lenta e propositalmente ele acrescenta para você ouvir: — Só vou até a esquina. — Ele aponta para uma localização desconhecida a oeste da casa. — Só vou ficar fora por alguns minutos.

Cecilia dá um tchau para ele, ansiosa para voltar a assistir ao filme. Você dá um leve aceno de cabeça para o pai dela.

Ele salta para a porta e, depois de dar mais uma olhada para você, sai. A fechadura trava por fora, uma precaução inútil que impede que intrusos entrem, mas – você está bem ciente disso – não impede ninguém de sair da casa.

Seu cérebro se agita. Pensamentos circulam à sua volta como mosquitos, queixosos, rápidos demais para você. Você tenta agarrá-los, tenta colocá-los em foco, um de cada vez.

Ele saiu. Não por muito tempo, pelo que disse, mas saiu. Só ficaram vocês duas. Você e Cecilia. Você se mexe no sofá, sentindo uma pressão no estômago, e é quando vê.

O celular dele.

Ele saiu com tanta pressa que deixou o celular sobre o braço da poltrona. Você olha em volta. A chave da caminhonete está pendurada perto da porta. Mas e ele? Onde ele está?

Se você sair – se você sair correndo –, ele vai te ver?

Cecilia se encolhe perto de você. Você luta para manter o foco. Seu cérebro, arrastando-se em farinha de milho, nadando em melaço. Você é capaz de deixá-la?

É como se houvesse um punho apertando sua caixa torácica.

Você ficou por ela. O dia em que ele não te algemou direito. Disse a si mesma que estava ficando por causa das câmeras. Porque não tinha certeza. Porque estava com medo. Mas poderia ter se convencido. Poderia ter criado coragem.

Foi a menina. Você ficou pela menina. Agora sabe disso.

Independentemente da forma que encontrar para sair dessa, ela terá que ser incluída. Você quer vê-la em segurança. Quer ficar de olho nela o tempo todo.

Pouco antes de sair, o pai dela apontou para o oeste. Na primeira noite, quando ele te trouxe para casa, vocês vieram da direção oposta. Você acha. Precisa confiar em suas lembranças da estrada, das marcas de pneu, do lado de que presumiu que vocês vieram. Você poderia dirigir sentido leste e seguir as mesmas estradas. Ele te obrigou a fechar os olhos, mas você sentiu sob o corpo os movimentos suaves da caminhonete que indicavam asfalto.

Você estava esperando ele cometer um erro. Tem sido cuidadosa. Esperou até ter certeza.

Tem que ser isso.

Se você não fugir agora – com ele fora de casa, celular e chave do carro à sua disposição e o esboço de um plano de fuga –, quando vai ser?

Seus ouvidos começam a zumbir. Quanto tempo você já perdeu pensando nisso... dois minutos, três?

Tem que ser agora.

Você poderia passar o Natal em casa. Isso resolve. É o pensamento final de que necessitava para chegar ao limite. Você pega o controle remoto e pausa o filme. Cecilia arregala os olhos para você, como se perguntasse: *Aconteceu alguma coisa?*

Você não sabe como sugerir isso a ela. Como dizer que vocês duas precisam ir embora. Que você sabe de coisas que ela desconhece e ela precisa confiar em você.

Você também precisa confiar em si mesma.

— Eu vou sair — você diz. — Vou dar uma volta.

Ela franze a testa.

— Agora?

— É. — Você engole em seco. Tenta falar no tom claro e estável de alguém que sai para dar voltas o tempo todo, que deixa o carro estacionado ali na esquina. — Eu acabei de me lembrar... de uma coisa. Preciso ir. — Parece tão real em sua boca, *preciso ir preciso ir preciso ir.* — Não vai demorar.

Ela dá de ombros. Está acostumada, você se dá conta, com adultos saindo a qualquer hora da noite, desaparecendo por motivos desconhecidos, voltando como se fosse a coisa mais natural do mundo.

Então você diz a ela:

— Você tem que ir comigo.

Ela franze a testa. Fica parecida com ele quando está irritado. Quando você fala com ele, pede coisas. Ela é Cecilia. Não nega suas origens.

— Apenas venha comigo — você diz.

Ela volta a olhar para a tela.

— Não posso, mesmo. Teria que pedir para o meu pai. E, hum, estou vendo o filme.

Ela é tão doce e educada. Cheia de rodeios para poupar seus sentimentos. Inventando desculpas em vez de declarar o óbvio: *Não posso desaparecer com uma estranha no meio da noite.*

— Está tudo bem — você diz. — Seu pai não vai se importar.

Ela franze a testa. Você está mentindo e ela sabe muito bem disso.

Você insiste:

— Vai ficar tudo bem. — Você não tem argumentos para convencê-la, nem tempo para pensar em nenhum. Ele pode voltar a qualquer momento.

Você precisa ir.

— Vamos.

Você se levanta. Ela não se mexe. Tem treze anos. Não dez nem seis. Não vai sair só porque você mandou.

Você a cutuca com o cotovelo.

— Venha.

Ela se encolhe um pouco. Você a está perturbando, assustando. Ela quer que você a deixe em paz.

Agora não é hora de recuar. Você vai explicar depois. Por enquanto, Cecilia só precisa saber que você está do lado dela e que a vida será melhor se ela for com você.

— Não precisa se preocupar com nada. É só um passeio de carro. Certo? Só vamos dar uma volta.

Você quer tranquilizá-la, mas sua voz assume um tom que te assusta. Você está perdendo a paciência.

Será que tenta fugir sozinha?

Se ela não quer deixar que você a salve, deve salvar a si mesma sem olhar para trás?

Uma última tentativa.

Você volta a se sentar ao lado dela. Olha naqueles olhos que são metade dele.

— Ouça — você fala em voz baixa, seu hálito é quente e úmido como névoa em uma janela invisível. — Não é nada de mais. Só um pequeno passeio. Não tem problema, sabe? Querer passar um tempo sem ele. Está tudo bem.

Ela se encolhe como uma bola, cruza os braços diante das canelas.

— Você não sabe do que está falando.

Você não quer contar a ela suas teorias sobre o que acontece à noite. Sabe que pode estar errada. Sabe que não sabe de nada.

Você suaviza a voz ao máximo:

— Eu gostava de ficar com os meus pais também — diz. — Quando tinha a sua idade. — Sua garganta lateja. Ela está aqui, te prendendo como um crustáceo em uma pedra. Você precisa se afastar da casa. Afastá-la dele. Abri-la como uma ostra, um estalo e a concha abre, solta os fios.

— Eu também amava meus pais — você diz a ela. — Ainda amo. Mas não tem nada de errado em ser independente. Não faz mal sair de perto dele. Só por um tempinho.

Ela olha para você. As bochechas estão bem vermelhas, os olhos estão pretos de fúria. É a filhinha do papai.

— Você não entende. Você não entende nada. — Custa a ela ser grosseira com você. Ela torce os dedos de ansiedade, pele vermelha e ossinhos brancos. — Você não tem ideia de como é. — Ela olha para o teto e seu coração se quebra em um milhão de pedacinhos. Ela está segurando as lágrimas. — Ninguém sabe — ela diz. A voz treme como um avião caindo do céu. — Ninguém entende.

— Ouça. — Você tem que dizer. Tem que arriscar. — Eu sei, ok? Sei o que ele faz com você.

Ela olha para você sem entender.

— O quê?

Não há mais nada que você possa fazer para enganá-la. Essa menina esperta, intensamente leal. Tudo o que ela quer é amar e ser amada. E você a encurralou. Está obrigando-a a escolher, e ela te odeia por isso. Você não a culpa.

Todas as fibras de seu corpo te puxam para o mundo exterior, e todas as fibras de seu corpo te puxam de volta para ela.

Você não consegue. Por mais que deseje ser capaz, não consegue partir sem ela.

Precisa escolher o que é o melhor para ela.

— Certo. — Você se levanta. Agarra o braço dela e começa a puxar. — Vamos.

Você tenta conferir à sua voz o peso da autoridade. Tenta não apertar demais, puxar de uma forma que não machuque o ombro dela. Você não quer feri-la. Nem agora nem nunca.

Você consegue, em parte. Ela é obrigada a se levantar do sofá. Mas resiste e puxa na direção oposta.

— O que você está fazendo?

O tom dela é mais de indignação do que de pânico. Você agarra o outro braço dela com a mão esquerda e duplica os esforços.

Você é mais forte do que pensava. Talvez seja toda a comida que vem comendo. Talvez seus músculos tenham crescido. Talvez esteja cansada de ser frágil. O mais provável é a adrenalina que corre por suas veias e o chamado do ar noturno do lado de fora, do asfalto sobre o qual logo vai dirigir.

Você reúne forças e puxa os braços dela mais uma vez. Algo dá errado, um erro de cálculo – o tornozelo dela bate com tudo na mesa de centro. Ela te olha como se você a tivesse traído de tal forma que você tem que desviar os olhos. Você machucou a menina. A última coisa que você queria fazer, nessa vida e em todas as outras que vierem.

    Antes que você possa se desculpar, um som ecoa pela casa, ferido, primitivo. Parece que toda sua raiva e dor, o equivalente a todos os cinco anos, estão passando de sua pele para a dela como uma corrente elétrica. Ela grita e grita e grita. A boca está escancarada e os olhos estão bem fechados e ela grita mais alto, por mais tempo e com mais fúria do que qualquer grito que você já tenha ouvido. Você quer que ela pare e ainda está com ela, bem próxima a ela durante esse momento. Quando você acha que ela vai ficar sem fôlego, algo se abre, um novo fluxo de ar, e ela começa de novo. Ela grita de um jeito que te assusta, mas também, secretamente, momentaneamente, te liberta. Ela grita o bastante por vocês duas.

34
EMILY

Estamos próximos um do outro. Por alguns instantes, só noto a ausência das mãos dele em meus cabelos, do peito colado ao meu, ainda ofegante depois de termos sido separados. A respiração dele se eleva, gotículas quentes no ar gelado.

A realidade me atinge como um banho de água fria. Aquele grito. Direto de um filme violento, quando as cortinas deslizam e revelam uma silhueta escura, o brilho de uma faca de açougueiro.

Estamos parados no meio de uma rua vazia. O que quer que tenha provocado aquele grito não pode estar a mais de duzentos metros de distância. Fico paralisada.

— O que foi isso?

Minha voz treme. Ele virou o corpo na direção do grito, que, agora me dou conta, veio de sua casa. Seu rosto fica tenso. Então, ele parece processar algo e as feições relaxam.

— Deve ser minha filha.

Franzo a testa. Como isso pode ser uma boa notícia?

— Ela tem pesadelos. Terror noturno. Ela estava dormindo quando você me mandou a mensagem, lembra?

É claro. Encosto no carro com as pernas trêmulas de alívio. A filha de treze anos dele, despertada por um sonho ruim.

— Vou ver como ela está — ele diz.

Estou tão aliviada que preciso conter o riso. Meu coração está leve como um balão de hélio dentro do peito.

— É claro — digo, voltando a ficar séria. — Vá.

Abro o carro e me sento no banco do motorista. Ele espera até eu fechar a porta, acena rapidamente para mim e começa a correr de volta para casa. Um pai com uma missão.

Dou ré rapidamente. Ouço uma pancada. Piso no freio, coração na garganta de novo. Será que acertei alguma coisa? Não vi nada. Um esquilo, talvez?

Ou uma pessoa?

Será que acertei alguém? As ruas são escuras pra cacete por aqui. O próprio juiz vive reclamando disso, implorando para o conselho municipal gastar com a instalação de mais alguns postes.

Paro, pronta para vomitar e verifico os pneus da frente.

Outra onda de alívio toma conta de mim. É a caixa de biscoitos, a mesma que ele deixou sobre o teto do carro e acabou esquecendo quando saiu às pressas.

Continuo dirigindo. Mesmo sabendo que o grito não era nada, não estou a fim de ficar parada em uma estrada vazia sozinha. Vou direto para casa.

35

A MULHER NA CASA

No instante em que Cecilia começa a gritar, você a solta. Abre os dedos. Liberta-a no mundo. Suplica para que ela pare, faz shhhh shhhh shhhh, mas é tarde demais. Ela grita até ele entrar, um borrão furioso vindo diretamente na direção de nós duas.

Esse é o maior erro que você cometeu em cinco anos. Sabe imediatamente, com uma clareza ofuscante.

O que ele vê: sua menina, sua criança preciosa, sua única filha, que de repente para de gritar e você, encurvada ao lado dela, implorando, com os braços erguidos em vão.

A porta bate quando ele entra. Um, dois, três passos bastam. Ele se coloca entre você e a filha dele, agarra um pulso seu e um dela.

Cecilia tenta explicar, tropeçando nas palavras. Está tudo bem, ela diz, está tudo certo, só pensei que tinha visto uma coisa, eu me assustei, então gritei, mas não era nada, não estou machucada, ninguém se machucou, pai, Rachel só estava tentando... ela só estava tentando ajudar.

Intuitivamente, ela sabe como fazer. Mente na esperança de te poupar.

Ele solta um longo suspiro. Solta o braço de Cecilia e o seu. O peito dele se movimenta para cima e para baixo enquanto ele tentar desacelerar a respiração. Ele sorri. É tudo fachada. Você ainda consegue sentir a fúria pulsando no interior. Ele está com as narinas dilatadas, os olhos dispersos.

— Você está bem? — ele pergunta em tom calmo. Com voz de pai.

Ela faz que sim com a cabeça.

Ele se vira para você, esperando que responda a mesma pergunta. Tudo fingimento. Tudo por Cecilia.

Você também confirma.

Ele volta a olhar para a filha.

— Por que você não vai para o seu quarto um pouco?

Ela diz que tudo bem, sai às pressas, sem olhar para trás. Fez o que pôde.

No andar de cima, a porta do quarto de Cecilia fecha.

— Desculpe — você sussurra. — Foi aquilo mesmo, ela pensou que tivesse visto alguma coisa e se assustou e...

— Cale a boca.

— Sinto muito — você diz, e repete: — Sinto muito mesmo.

Ele não te ouve.

— Que porra você fez?

As mãos dele estão sobre você. Agarrando, sacudindo. Antes dele, você não conhecia, nunca havia compreendido totalmente o conceito, a simplicidade avassaladora, de alguém com mais força física do que você. Você nunca tinha sido reduzida a nada pelos punhos cerrados de outra pessoa. Nunca teve os ombros sacudidos com tanta força a ponto de sentir o efeito chicote no pescoço em tempo real.

— Foi um mal-entendido — você diz. — Eu só estava tentando...

— Eu disse para calar a boca.

Ele te empurra contra a parede com o cotovelo, em silêncio, de maneira fatal.

Se você pudesse, correria para o seu quarto como Cecilia. Desapareceria da vida dele, deixaria que ele te esquecesse por um momento. Mas não pode, porque o quarto pertence a ele, e o mundo pertence a ele, e ele quer que você suma, mas também te quer aqui, bem aqui, onde ele possa te ver.

Ele afunda o braço em seu pescoço. Pressiona e pressiona e pressiona até pontinhos pretos começarem a dançar diante de seus olhos.

Ele já fez isso antes, mas sempre te soltou no último instante. Dessa vez, não solta.

Você não consegue respirar. Parece que nunca soube como. Você tenta e tenta e tenta, mas as paredes de sua traqueia se contraíram e nada consegue passar.

Sons preocupantes saem de você. Gorgolejos. Tentativas de lamento. Sons dos últimos minutos. Sons de morte.

Dez segundos. Você ouviu em um podcast uma vez. São dez segundos antes de perder a consciência. Antes de seu corpo se perder para sempre, sem restar chance de salvá-lo.

Você não pede para seus braços se moverem, nem suas pernas. Eles simplesmente se movem. Não compreende até sentir ele afrouxar a pressão dos dedos muito rapidamente. Você se ouve puxando o ar antes de poder senti-lo, finalmente, desobstruindo sua traqueia. Você tosse. Engasga. Respira fundo mais uma vez.

Está tão concentrada em voltar à vida que esquece, por cerca de um segundo, que ele está aqui.

Ele te lembra.

Você acabou de empurrá-lo. Reagiu, só um pouquinho. E ele não gostou. Ele não gostou nada.

Ele te encontra de novo. Coloca um braço em sua cintura, a mão sobre sua boca e nariz. Silenciando sua tosse. Roubando o ar de você mais uma vez.

— Cale essa maldita boca — ele sussurra em seu ouvido. Ele está atrás de você, jogando todo o peso contra suas costas. — Só cale. Essa maldita. Boca.

Tudo o que esse homem quer, tudo o que esse homem sempre quis, é que você pare de falar. Que pare de se mexer. Ele só quer que você pare.

Regra número quatro para permanecer viva fora do galpão:

Você não sabe.

Seja qual for, acabou de violá-la.

Com grande esforço, puxa a cabeça alguns centímetros para a esquerda. Seu olhar encontra o dele por um segundo. Este homem. Ele devia ter te matado há muito tempo. Agora ele entende isso, você entende isso. Tão óbvio, tão inegável. Você sempre foi um problema.

Ele envolve seu pescoço com o braço esquerdo. Você sente uma pressão atrás da cabeça – a mão direita dele, provavelmente. Um mata-leão. Ele está te dando um mata-leão.

Você não consegue se mexer. Mal consegue pensar.

Você não sabe se está respirando. Esse conhecimento não te pertence. O que te pertence é sua visão borrada, seus membros enfraquecidos e a palpitação nos ouvidos – seu sangue, cada contração de seu coração é como uma guitarra sendo dedilhada.

O som te preenche.

Ele desacelera.

Uma batida após a outra, espaçadas.

Há uma última tentativa, uma onda de intensidade batendo suas costas contra o peito dele.

Depois mais nada.

Tudo fica preto.

36
CECILIA

Quando eu era pequena, meu pai me ensinou a ler. Toda noite, ele me perguntava: que som tem um *I* e um *N*, juntos? E dois *Ss*? E dois *Rs*? Depois, ele me ensinou palavras. Palavras relacionadas a comidas, a plantas, construção, medicina, eletricidade. Uma vez, passamos por um monte de porcos na lateral da estrada – eu devia ter uns seis ou sete anos – e ele me disse que aquilo se chamava vara, uma vara de porcos.

Fiquei obcecada. Passei por uma fase em que queria saber qual era o coletivo de vários animais. Um enxame de abelhas, um baleal de baleias. Ele imprimiu uma lista da internet e todo dia me ensinava um novo. Uma nuvem de gafanhotos, ou gafanhotada, ou onda. Uma alcateia de lobos. Uma cáfila de camelos. Uma matilha de cachorros. Transformávamos isso em jogo sempre que ele me levava de carro para algum lugar. Ele dizia falcões e eu dizia falcoada, uma falcoada de falcões. Peixes? Um cardume de peixes. Elefantes? Manada. Borboletas? Panapaná. Corvos? Bando. Corvos são aves tão soturnas. O coletivo deveria ser algo mais sinistro.

Nós brigamos, meu pai e eu.

É claro que brigamos. Ele é meu pai. Mas sei que ele me ama.

Algumas filhas nunca vão saber como é ser amada dessa forma. Ouço pessoas na escola. Na história da vida delas, o pai está sempre em segundo plano, trabalhando até tarde, aparecendo para os jogos e feriados como se fosse um convidado, e não um pai de verdade.

Eu sempre vou saber. Às vezes acho que é a única coisa de que tenho certeza em toda minha vida. Independentemente do que aconteça, se eu morrer velha ou jovem, doente ou saudável, feliz ou triste, casada ou não. Se alguém perguntar – tipo, se eu ficar famosa e de repente todo mundo quiser saber como era ser eu antes de meu nome ficar conhecido –, só tem uma coisa que vou poder dizer com toda certeza.

Vou dizer ao mundo que meu pai me amou.

37
A MULHER EM PERIGO

Ele te leva para o mato.

É assim que acontece: ele deixa seu corpo escorregar, frouxo como o de uma boneca de pano, para o chão da sala. Ferida, mas respirando. Aí é que está: você nunca para de respirar.

Ele desliza um braço sob suas costas, encaixa o outro atrás de seus joelhos. Talvez tenha te carregado assim para a caminhonete. Ou talvez tenha te pendurado no ombro, como um saco de batatas. Você não é nenhuma coisinha delicada. Você sabe o que é: uma tarefa a ser cumprida. Um problema para resolver.

Ou talvez ele tenha te cutucado e você abriu os olhos, não muito consciente, mas acordada o suficiente para ser posta em pé. Vocês podem ter capengado juntos até a caminhonete, seu braço sobre o ombro dele, os dedos dele apertando forte seu pulso, a mão em sua cintura. Talvez parecessem amigos depois de uma noitada – você perdeu a mão na bebida e ele está cuidando de sua segurança.

Uma porta abre. Ar frio em seu rosto. Você ouve o farfalhar de galhos de árvore sacudindo com o vento, mas não consegue ver nada. Nem uma única folha. Alguém apagou as luzes de sua cabeça e seu cérebro é uma confusão de lâmpadas quebradas. Você precisa que as raízes te estabilizem, que o balanço suave das folhas embale seu sono.

Ele te coloca sentada no banco do passageiro. Sua cabeça rola e bate na janela, o vidro é como um sincelo junto à sua pele. Ele te segura para passar o cinto de segurança por seu peito. Para que isso?, você quer perguntar. Quem se importa se o carro derrapar na estrada e você sair voando pelo para-brisa? Você estaria morta e ele não teria nem que levantar um dedo.

Mas ele não é um homem que deixa as coisas a cargo do destino. Ele bate sua porta e caminha até o outro lado.

Se chegou sua hora, ele vai ser a última pessoa a te ver viva. A última pessoa a te ver piscar, engolir. A última a ver seu peito se movimentar para cima e para baixo como um metrônomo.

Se você resolver falar, ele vai ser a última pessoa a ouvir o som da sua voz.

Tem alguma coisa que você precisa desabafar? Algo que precisa que alguém ouça antes que seja tarde demais?

Ele dá a partida no motor.

Eu tinha mãe, você poderia dizer a ele. *Eu tinha pai. Como sua filha. Eu tinha pai. Eu tinha irmão. Nasci em uma noite de verão tempestuosa. Minha mãe estava tão cansada de estar grávida, que ficou aliviada quando vim ao mundo. Feliz também, mas principalmente aliviada. Meu nascimento marcou o fim de um período muito desagradável.*

Você nunca viu, mas eu amava minha vida. Não era perfeita. Era confortável, mas nem sempre era fácil. Meu primeiro namorado me machucou e eu dei o troco, deixei um recado na secretária eletrônica dele, um ponto de exclamação furioso pondo um fim em um amor jovem. Meu irmão se machucou duas vezes, e depois eu o machuquei também.

Eu buscava meu lugar no mundo. Às vezes tinha a impressão de ter encontrado, mas logo me preocupava que fosse tirado de mim. Um estranho me machucou – não você, um outro, antes. Você não foi o único. Você não sabe disso. Você nunca perguntou e eu nunca te contei. Mas eu já sabia como era, antes de você me encontrar. Sabia como era quando alguém que você não conhece, alguém que nunca encontrou, decide que uma parte de você vai pertencer a ele para sempre.

Esse foi seu único erro, no dia em que te encontrei. Você achou que fosse me surpreender. Achou que seria a primeira coisa ruim a acontecer comigo. Mas eu já sabia como funcionava. Nasci na cidade que assassinou Kitty Genovese; algumas pessoas ouviram os gritos dela, mas ficaram com medo de falar com a polícia, ou ficaram confusas, ou acharam que não adiantaria nada ligar. O que Kitty Genovese me ensinou: quando o mundo não cuida de você, você não pode cuidar dos outros.

Dei meus primeiros passos em um parque onde, em uma manhã de agosto de 1986, o corpo de uma garota de dezoito anos foi encontrado, horas depois de ela sair de um bar com um garoto que conhecia. Foi do outro lado da rua do mesmo parque que o cantor foi baleado e morto em 1980, por um homem que tinha no bolso uma cópia de meu livro favorito da adolescência.

Então não, quando você me encontrou, não me surpreendi. É claro que você me encontrou. Você tinha que acontecer a alguém, e aconteceu comigo.

A caminhonete para de repente. O motor é desligado.

O ano de meu nascimento: 1991. Um dia, pesquisei na Wikipedia as coisas que aconteceram naquele ano. Como um horóscopo. Queria saber sob quais auspícios eu havia nascido.

Talvez você se lembre. Os Giants venceram o Super Bowl. Dick Cheney cancelou um contrato de 57 bilhões de dólares para um tipo de aeronave militar. Um jato assassino, um bombardeiro furtivo, uma máquina projetada para aniquilar. Percebe aonde estou querendo chegar?

Aquele ano, a mulher – você sabe qual é: Charlize Theron fez o papel dela em um filme – confessou ter matado sete homens. Eles a espancaram, ela disse. Tentaram estuprá-la. Ela não teve escolha.

Foi uma época turbulenta. Operação Tempestade no Deserto ao fundo. Mike Tyson foi condenado pela justiça. A polícia prendeu Jeffrey Dahmer. Na Europa, a União Soviética chegou ao fim.

O mundo estava tão miserável. Tão caótico. Eu o amava naquela época e o amo agora. Essa é uma coisa que você nunca tirou de mim. Deixei de amar os outros. Deixei de me amar. Deixei de amar minha família, quando amá-los se tornou demais. Mas nunca deixei de amar esse grande, absurdo e belo conjunto que todos formamos juntos.

Não sei por que você levou tanto para o pessoal, como uma ofensa a você e a suas crenças – a improbabilidade estatística da vida humana na Terra.

Há um suspiro e o clique do cinto de segurança. Passos do lado de fora, dando a volta na caminhonete. A porta do passageiro abre. Ele te liberta do veículo. Você não consegue ver, mas se lembra do bosque – seu lugar preferido antes de ele te levar, as árvores mais altas, a grama mais macia.

O chão não é macio. Você pisa nele com um baque. Seu crânio bate com tudo em alguma coisa – raízes, um toco de árvore, talvez uma pedra. Você só sabe que sua cabeça está queimando e o couro cabeludo está sangrando e tudo dói demais.

Parece desnecessário provocar tanta dor.

Mas você não faz as regras. Nunca fez.

É aqui que termina, você é uma forma trêmula no chão. Logo tudo vai terminar. Ele vai fazer o que tem que fazer e você vai partir. Finalmente.

Até então, você nunca se deu conta de quanta energia é necessária para permanecer viva. O quanto está cansada de se apegar ao seu coração que bate, aos pulmões que respiram, quando os elementos não param de conspirar contra você.

É hora de ir.

Você ouve o clique de uma arma. A grama ondula ao seu lado. Ele segura a parte de trás de sua cabeça. Você sente o calor do corpo dele próximo ao seu, o metal frio encostado em sua têmpora.

É assim que acontece? Você sempre achou que a arma era só para intimidar. Imaginou que ele utilizasse as mãos, pressionando, esperando, observando, escutando a respiração faltar, o som sibilante do ar deixando um corpo, para nunca mais voltar.

É possível que você o tenha deixado tão zangado que ele não tem paciência para isso. Talvez ele também queira que isso termine o mais rápido possível.

Ele se mexe. A respiração dele, quente e cansada, encontra seu ouvido. Sussurra alguma coisa que você não consegue entender. Você espera acontecer. Imagina um estrondo, fogos de artifício atrás de suas pálpebras, um lampejo de dor partindo seu crânio em dois. Você espera e espera e isso não acontece.

Há uma pancada. As duas mãos dele estão sobre você.

Um pensamento lhe ocorre.

Ele acabou de soltar a arma?

Os dedos dele correm pela parte de trás de sua cabeça, onde seu crânio se abriu. Uma onda de dor se irradia por seu corpo, causando arrepios e náusea e um gemido, e você não consegue sentir os dedos do pé e não consegue sentir as mãos e não consegue sentir os braços e mais nada.

Está perdida na escuridão.

38
A MULHER, MUITO TEMPO ATRÁS

Depois que seu irmão te deixa de lado, você começa a fazer uma aula de psicologia. Seu professor tratava de veteranos com transtorno de estresse pós-traumático. Um dia, ele explica que trauma é o que acontece depois que você se vê morrer. Você testemunha a história de sua própria morte e ela parece tão verdadeira que você nunca volta a ser o mesmo.

Você não entende, até entender.

Um sábado à noite, Julie te convence a sair. Ela está de namorada nova. Na pista de dança, ela a beija na sua frente. Pela primeira vez, sua amiga – sua melhor amiga, a única pessoa com quem poderia imaginar morar – está apaixonada. Você recebe esse conhecimento como um presente precioso.

Seus dedos ficam dormentes. Você não percebe de imediato o que está acontecendo. É assim que funciona: você está escapando, mas não percebe, e quando consegue entender, é tarde demais. Uma calma estranha te envolve. Você flutua sobre a pista de dança, separada da multidão por um véu invisível. Halos azuis formam ondas ao redor de todas as luzes. Por alguns minutos, você se sente em paz, e logo se sente estranha.

Você sai da pista de dança. Coloca o copo sobre a mesa mais próxima. Sua bebida... você não largou o copo em nenhum lugar. Mas não o tampou com a mão o tempo todo. O copo não tinha tampa. Você estava dançando. Você deixou uma fresta da porta aberta, uma fresta minúscula pela qual um estranho poderia entrar para te machucar.

Você vai para fora. O que precisa é de um pouco de vento, um golpe de ar gelado para melhorar. O vento batendo em seu rosto, dizendo que ainda está viva. Mas o ar noturno está quente e pegajoso, sua cabeça se enche de xarope.

Você chama um táxi. O fato de ser capaz de fazer isso te deixa ao mesmo tempo chocada e aliviada.

Dentro do táxi, você alterna entre consciente e inconsciente. Nada dói, mas tudo está errado.

— Senhor — você chama o motorista. — Por favor, senhor.

Ele olha para você pelo espelho retrovisor. Você não se lembra do rosto dele. Nunca vai se lembrar do rosto dele.

Você pede a ele:

— Por favor, senhor, pode ligar para minha amiga? Acho que alguém colocou alguma coisa em minha bebida.

Você não acredita em suas próprias palavras. O taxista para o carro – você acha que ele para. Ele te entrega o celular dele.

Você digita o telefone de Julie o mais rápido que pode, antes que ele escape de seu cérebro para sempre. *Rápido*, seu corpo te diz, *você precisa digitar todos os números antes de eu desligar*. Você pensa: *Desligar*, e seu corpo diz: *É, desli...* e tudo escurece.

Você acorda em uma cama de pronto-socorro, como em uma daquelas séries de médicos. O rosto preocupado de Julie flutua sobre o seu.

— Está me ouvindo? — ela pergunta, e acontece que você está mais ou menos acordada há algum tempo, só que não consegue se lembrar. Tem um buraco negro onde deveriam estar as memórias. Ele nunca vai ser preenchido. No grande filme de sua vida, a tela fica preta durante vários minutos. Você sente que foi roubada, que algo de grande valor foi levado.

Mãos enluvadas tocam em seu ombro. Você precisa se sentar. Precisa levantar a blusa para colocarem eletrodos em seu peito. Você precisa estender o braço para colherem sangue para exames.

— Não quero fazer exames de sangue — você diz a eles. — Mesmo em um dia bom, eu desmaio quando tiro sangue. — Eles insistem, e quanto mais você diz não, menos eles ouvem. Você chegou em uma maca com hálito de bebida alcoólica. Nada do que diz importa. — Eu não consinto — você diz. — Não autorizo esses exames. — Um homem com roupa de médico revira os olhos para você.

Você diz a Julie que vai vomitar. Um saco plástico se materializa. Já está pela metade; você deve ter vomitado antes. Você põe para fora um jato de bile. Seu estômago está vazio, mas os músculos de seu abdômen continuam se contraindo. Sons terríveis saem de você, todos guturais, nada de voz. Você faz tanta força para vomitar que seu abdômen vai ficar dolorido no dia seguinte.

Entre uma ânsia de vômito e outra, você explica o que aconteceu. Formula de diferentes maneiras. *Fui drogada. Minha bebida foi batizada. Alguém colocou alguma coisa em minha bebida.* Várias horas depois, quando você está pronta para receber alta, alguém te entrega um papel com o diagnóstico. Ele diz, sempre vai dizer, "embriaguez".

Ninguém acredita em você.

Julie chama um Uber. De volta ao apartamento, ela diz que você vai se sentir melhor depois de tomar um banho.

— Tirar o cheiro do pronto-socorro — ela diz.

Você lava o corpo, mas está cansada demais para lavar o cabelo.

— Amanhã — você diz a Julie. — Amanhã eu lavo.

Sua cabeça toca o travesseiro. Aqui, uma dissonância – tudo normal, tudo excepcional. Você tem tanta sorte de estar viva. Tanta sorte de estar dormindo em sua própria cama.

O dia seguinte é um borrão. Você acorda com dor de cabeça. Mastiga um bagel. Sai para caminhar. Há uma grande separação entre você e o mundo. Está aqui, mas você não consegue tocar nele. Não sabe mais ao certo como existir.

Você ainda não sabe, mas partes de você estão quebradas e nunca mais vão parecer inteiras.

Você ainda não sabe, mas essa não é a grande tragédia da sua vida.

Essa é a parte que ele não previu. Aquele dia perto do bosque, ele precisava que você ficasse surpresa, chocada com a mera possibilidade de alguém poder querer te machucar.

O que aconteceu na casa noturna mudou você. Quando ele te encontrou, a única parte sua que restava era aquela que sabia sobreviver.

39
A MULHER NA CASA

Uma superfície fria e dura em suas costas. Um leve clangor de metais sobre sua cabeça. A parte de trás de seu crânio arde. Suas pálpebras estão pesadas. Seu corpo é uma grande ferida.

Tudo é um borrão. Paredes escuras e formas escuras. Mobília?

Caixas.

Pilhas de caixas. A silhueta de uma cadeira. Você acha que aquilo é uma bancada de trabalho, um painel na parede com ferramentas.

Sons vindo de cima – uma voz, depois outra.

Você está na casa. Nas entranhas dela.

O porão. Só pode ser isso.

Você se mexe só um pouquinho e se contrai. Tudo dói.

Mas você está viva.

40
A MULHER NA CASA

Você não sabe quantos dias se passam. Não sabe o que ele diz à filha. Não é tarefa sua saber. Está tão cansada de ter que lidar com tudo isso. De sustentar as mentiras dele, de cooperar.

Nunca foram tão honestos assim um com o outro.

Ele entra e não diz nada. Traz água para você, às vezes sopa. Ele te alimenta. Leva copos de água e colheradas de caldo de frango aos seus lábios. Apoia seu corpo na dobra do cotovelo dele. Quando você engasga, ele dá um tapinha em suas costas, entre as escápulas.

Às vezes, você acha que isso é tudo o que ele quer. Possuir alguém, total e absolutamente. Que alguém precise dele, só dele.

Deve ser por isso que ele não foi em frente. No bosque. Ele viu algo em você que era mais interessante do que a morte. Dor, e sua capacidade infinita de senti-la, de demonstrá-la. Ele vai considerar a possibilidade de você voltar a ficar inteira, contanto que seja ele o responsável por te consertar.

Regra número cinco para permanecer viva fora do galpão: ele deve precisar de você pelo menos na mesma medida em que você precisa dele.

Uma manhã, depois que Cecilia vai para a escola, ele te leva até o banheiro e te inclina sobre a banheira. Água cai sobre sua cabeça, entra em seus ouvidos e em sua boca. Você sente o gosto de sangue. Ele lava seu cabelo com xampu, com movimentos cuidadosos no couro cabeludo. Mesmo assim arde. Você se contrai e ele diz: Não se mexa, não se mexa. Vai ser mais rápido se você ficar quieta.

Depois, você vomita. Ele te pega pelos ombros, te direciona para o vaso sanitário. Segura seus cabelos para trás como se você estivesse de ressaca e ele fosse uma amiga, como se você estivesse doente e ele fosse sua mãe. Os músculos de seu estômago se contraem tanto que você fica sem fôlego. Fica tentando vomitar mesmo quando não resta mais nada, reflexos barulhentos e dolorosos ecoando no vaso sanitário. É involuntário. Você não sabe o que está fazendo até que ele reage com um leve aperto.

Vocês passam por isso juntos.

Ele te leva de volta para o quarto e te deita na cama. Chega de chão de madeira. Você se permite afundar no colchão, sentir os lençóis macios junto ao rosto. Se for preciso, o edredom vai te engolir. O quarto vai desmoronar sobre você. Você vai deixar tudo acontecer.

Já cansou de lutar.

Ele coloca a palma da mão em sua testa. Você está com febre. Sua visão fica embaçada. Toda vez que tenta se sentar, o chão se abre sob você. Você diz a ele que precisa de ajuda, de um médico, de qualquer um. Ele diz para você não se preocupar. Vai ficar tudo bem, ele diz, contanto que você se acalme.

Seu cérebro está pegando fogo. Você está ferida e ele está aqui e você sente frio, tanto frio, mesmo quando ele coloca mais um cobertor sobre você. O sofrimento te congela por dentro. Você começa a chorar. Chora por si mesma, por Cecilia, pela falecida mãe dela, pelas mulheres de quem ele está atrás agora. Vem tudo de uma vez, uma tristeza após a outra, até ele te perguntar o que está acontecendo.

— Sua esposa — você diz entre soluços de choro. — Sua pobre esposa. — É tudo o que você consegue dizer. Ele para e olha atentamente para você.

— O que tem minha esposa?

Você tenta explicar, arrastá-lo para baixo de sua onda de dor.

— Ela era tão jovem — você diz. — As duas eram. Sua esposa e sua filha. Eu sinto muito por sua filha. — E você sente mesmo. Sente a perda dela com a mesma intensidade que sente a ausência de sua própria mãe. Será que você ainda tem mãe? E se ela estiver viva, será que ela ainda tem esperança de que você também esteja?

— Câncer — ele diz. — Uma coisa horrível.

Câncer, você deseja perguntar. *Sério?*

Apesar do atordoamento da febre, você franze a testa para ele. Achou que a culpa pudesse ser dele. Que talvez ele a tivesse matado. Mas ele está dizendo a verdade. Vocês dois nunca foram tão próximos, tão diretos um com o outro.

Ele alisa a coberta sobre suas pernas.

— Às vezes é só má sorte — ele diz. — Ela venceu uma vez, mas ele voltou cinco anos atrás.

VOCÊ PARA de sentir medo. Está tão cansada de maquinar, de planejar como passar por mais um dia.

Então você conta a ele. À noite, naquele mesmo dia, quando ele volta, você diz:

— Você cometeu um erro. Outro dia. Você não olhou direito as algemas.

Ele está sentado na cama ao seu lado. Passa o frasco de Tylenol entre uma mão e outra.

— Estavam abertas — você continua. — Bem abertas. Eu poderia ter fugido, sabia? Mas não fugi.

Ele solta o Tylenol. Suspira. Você sente o hálito em seu rosto, em seu pescoço, em seu peito. Ele se inclina sobre você e sussurra em seu ouvido:

— Eu sei.

Por uma fração de segundos você vê a luz. Um pensamento trágico te perfura, ferimento de entrada, ferimento de saída. Te acorda com um solavanco. Ele te desfaz, toda sua geometria, suas linhas retas e suas curvas e ângulos fazem barulho ao cair no chão.

Ele não se descuidou.

ELA VENCEU UMA VEZ, mas ele voltou cinco anos atrás.

A informação viaja através de você a noite toda.

Demora para chegar a você, mas, quando te encontra, se espalha por todo seu ser como uma infecção.

Cinco anos.

Você pensa.

Foi quando ele te encontrou.

Ele ia te matar, mas não matou.

Estavam acontecendo coisas com ele. Coisas que ele não podia conter.

A morte estava acontecendo a ele, à família que ele havia construído. E não havia nada que ele pudesse fazer a esse respeito.

Isso deve ter desestabilizado ele.

Ele precisava de controle. É disso que se trata para ele. Decidir onde uma mulher começa e onde ela termina. Decidir tudo e sair ileso.

Ele te pegou. Você estava na caminhonete.

Ele ia te matar, mas não matou.

41
A MULHER SEM NÚMERO

Você procura por ele. A pessoa que te drogou. Presume que se trate de um homem. Qual seria a probabilidade? Você tenta descobrir. Pega o notebook e pesquisa "bebidas batizadas estatísticas", "quem batiza bebidas", "pessoas que drogam a bebida das outras". Não consegue encontrar o que quer. Pessoas como você não relatam o que aconteceu com elas.

Todos na rua são suspeitos. O cara na sua frente na fila da cafeteria. O instrutor de ioga, o motorista de ônibus, seus professores. Ninguém está acima de qualquer suspeita.

Você para de dormir à noite. Toda noite, por volta das sete, uma sombra recai sobre você. Antes de ir para a cama, verifica se a porta está trancada. Depois confirma de novo e mais uma vez. Olha dentro dos armários. Verifica o banheiro. Debaixo da cama. Você procura e procura e procura pela ameaça que te segue como uma sombra.

Ouve histórias. Lê. Escuta podcasts, postagens on-line desvendando os mistérios para você. Você aprende sobre a estudante que saiu com amigos e nunca mais voltou para casa. A esposa que desapareceu e o culpado certamente era o marido, mas ele nunca foi preso. A garota que viajou nas férias de primavera. A mulher que bateu o carro e desapareceu antes de o socorro chegar ao local.

Se você absorvesse tantas histórias, talvez elas acabassem te absorvendo também.

Você perde a capacidade de se concentrar. As aulas de seus professores somem em um pano de fundo. Você adormece nas aulas e fica olhando para o teto à noite. Suas notas despencam. Você para de beber de repente. Para de sair com seus amigos. Para de mandar mensagens para Matt, seu quase namorado. Simplesmente para.

Depois de um tempo restam só você, Julie e os fantasmas. Julie nunca desiste de você.

— Estou preocupada com você — ela diz depois que você é expulsa da matéria de Direito de Mídia por dormir na aula.

— Estou bem — você responde a ela.

— Não, não está — ela diz. — Não tem problema assumir.

— Acho que só preciso de um tempo — você afirma.

Julie diz que não há problema nenhum em dar um tempo. Então é isso que você faz. Fala com sua orientadora acadêmica e entra na internet à procura de árvores, ar puro e silêncio. O oposto da cidade grande.

O CHALÉ é pequeno. Rústico, um quarto. O fato de ele pertencer a uma europeia que instalou persianas em todas as janelas foi crucial. A mulher acredita em trancas, em um sistema de segurança robusto. Lá, você estará segura.

A casa fechada fica a duas horas de Manhattan. Você pega o que restou de suas poucas economias – quatro anos de empregos de verão, de estágios indo buscar café e fazendo compras para editores que nem se deram o trabalho de aprender seu nome – para alugar um carro. Um domingo à noite, você enche uma mala de calças legging, suéteres confortáveis e livrinhos peculiares. Dirige para o norte. Arruma suas roupas nas gavetas da senhora europeia. Finalmente, respira fundo.

Sair da cidade é como uma massagem em seu cérebro. Aquela semana, você vai para a cama cedo e acorda quando os passarinhos começam a cantar. Tenta colocar os estudos em dia até certo ponto, mas o que mais faz é tomar chá, ler seus livrinhos engraçados e tirar muitas sonecas. Você encontra um livro sobre a natureza e estuda o canto dos pássaros. Começa a acreditar em um novo mundo.

TEM UM LUGAR de que você gosta. No bosque. Não muito longe da estrada principal. Você caminha até lá pela manhã, depois que o sol nasce, mas antes de começar a ficar quente demais.

Seu lugar é uma espécie de clareira. Grama cercada de árvores. Árvores em um círculo. Seu lugar é verde, depois marrom, depois verde de novo e depois azul. É sempre silencioso, à exceção de sons muito suaves. O vento balançando as folhas das árvores, passando pela grama. Pica-paus e esquilos. Pássaros que você não é capaz de identificar, mesmo se esforçando muito.

Você gosta de se sentar e fechar os olhos. Sentir a umidade se infiltrando em sua calça e deixar o solo te sustentar. Desconectar-se do mundo para se sentir existindo nele.

Uma manhã, você está voltando da clareira. Não está exatamente no bosque, mas também não está no centro da cidade. É uma via rural. Não tem movimento suficiente para justificar uma calçada. É um lugar onde ninguém consegue te ver. Se você fosse gritar – isso ocorreu algumas vezes –, ninguém te escutaria.

Aquele dia, há um carro. Ele liga a sirene. Uma reação pavloviana é provocada em você – ao ouvir uma sirene, acha que a pessoa que está dirigindo está no comando.

Você olha para trás. Não é um carro de polícia. É uma caminhonete branca. Policiais fazem isso, você pensa. Dirigem carros comuns o tempo todo.

Pelo para-brisa, o homem que está no volante faz sinal para você parar no acostamento da estrada. Você para. Uma regra de segurança ensinada desde a infância vem à tona: você mantém certa distância do veículo.

O homem desce. Você o observa. Seu cérebro o analisa. Amigo ou inimigo, aliado ou agressor? Apertar a mão dele ou sair correndo?

O homem parece limpo. Ele sorri. Linhas de expressão se formam no canto de seus olhos. Dentes brancos, parca, jeans. Cabelo recém-cortado. Mãos limpas.

Nesse momento, você está pronta para confiar nele. Nesse momento, você não teme.

O HOMEM SE aproxima. Ele é cheiroso. Nunca se espera que o mal seja cheiroso. Que tipo de demônio usa perfume?

Mais tarde, você pensa nas plantas carnívoras. Em como elas brilham para atrair insetos. Em como elas os enganam com néctares irresistíveis antes de se banquetearem com eles.

Você leva um segundo para ver a arma, pistola preta, silenciador preto. Você vê e logo sente. Pela primeira vez na vida, uma arma encostada em sua escápula.

— Não se mexa — ele diz. — Se tentar correr, vou te machucar. Entendeu?

Você faz que sim com a cabeça.

— Carteira? Celular?

Você entrega todas as suas posses a ele. Já havia pensado sobre o que faria se fosse assaltada à mão armada e prometeu que entregaria tudo em troca de sua vida.

— Arma? Spray de pimenta? Faca?

Você faz que não com a cabeça.

— Vou verificar e se descobrir que mentiu para mim, não vou ficar feliz.

Ele te revista. Você fica imóvel. Esse é o primeiro teste e você passou. Não mentiu para ele.

— Joias?

— Só o que estou usando.

Ele espera você tirar o colar, o coloca no bolso. Em uma outra realidade, é aí que termina. É aí que ele volta para a caminhonete e você se afasta devagar, depois sai correndo, volta para a casa e para a cidade. É aí que você encontra pessoas e conta o que aconteceu.

Em sua realidade, o homem armado joga seu telefone no chão e o esmaga com a bota. Aponta com a arma na direção do veículo.

— Entre — ele diz.

É essa a sensação no momento em que sua vida se transforma em uma tragédia. O momento que você previu. Em que sua vida deixa de ser sua e vira uma história de crime.

A sensação é de que suas pernas viraram chumbo, sua caixa torácica está paralisada, seu cérebro avalia uma lista de possibilidades – correr, gritar, obedecer. Mas, principalmente, a sensação é de nada. Não se abre um buraco na terra. Você ainda é você. É o mundo à sua volta que muda. Tudo muda, menos você.

Correr, gritar, obedecer. Correr está fora de cogitação. Você até poderia ser mais rápida que ele, mas não se corre de um homem armado. Não se houver qualquer chance de ele te alcançar. Gritar? Só grite se souber que alguém pode ouvir. Você está em uma estrada calma, sem mais ninguém à vista. Você não grita.

Obedecer. Você não sabe, a essa altura, o que o homem quer. Se obedecer, existe uma chance de ele te deixar ir.

Você entra na caminhonete.

Ele volta para o lado do motorista. Calmo e tranquilo. Com o olhar suave de um homem acostumado a ser obedecido pelo mundo.

Ele guarda a arma no que você imagina ser um coldre preso na cintura. Não olha diretamente para ele; contato visual parece ser uma ideia letal. Você fica olhando para a frente pelo para-brisa. Enquanto tenta se concentrar nos arredores, algo se agita no fundo de seu cérebro. Você viu alguma coisa. Poucos segundos antes, quando estava se inclinando para entrar na caminhonete. Seu olhar passou pelo banco traseiro e você viu. Uma pá, corda, algemas. Um rolo de sacos de lixo.

O homem aperta um botão. Tranca as portas dos dois lados.

Todas as suas partes esperançosas morrem juntas.

Ele fica em silêncio, olhos na estrada. Concentrado. Um homem realizando um procedimento. Alguém que já fez isso antes.

Falar. A única coisa que você pode fazer. Você não pode correr, não pode gritar. Mas pode falar. Acha que pode falar.

Você engole em seco. Procura as palavras, afáveis, mas pessoais. Uma ponte entre você e ele. Uma rota de fuga sob um monte de folhas.

— Você é dessa região?

É o melhor que consegue, e não arranca nada dele.

Você tira os olhos da estrada e olha para ele. *Jovem*, você pensa. *Não é feio*. Um homem que você poderia ter encontrado no mercadinho, na fila de uma cafeteria.

— Sabe — você diz —, você não precisa fazer isso.

Ele continua te ignorando.

— Olhe só para você — você insiste. Depois, timidamente, com a voz falha: — Olhe para mim.

Ele não olha.

Você pensa nas histórias. Nos podcasts. Nos artigos de jornal. Nas manchetes dos tabloides, longas e confusas, com as PALAVRAS mais chocantes em letras maiúsculas. Algumas matérias vinham com dicas. *Humanize-se para seu sequestrador. Segure as chaves entre os dedos e use-as como arma. Acerte nos olhos dele. Dê um golpe no nariz. Dê um chute no saco. Grite. Não grite. Surpreenda-o. Não o surpreenda.*

O que as matérias nunca diziam: no fim das contas, se um homem quiser te matar, ele te mata. Não depende de você convencê-lo do contrário.

Você olha pela janela. Pensa: *Quase. Uma coisa ruim aconteceu comigo e eu pensei que ia morrer, mas não morri e quase consegui. Simplesmente não era para ser.*

Você não quer morrer, mas a morte faz sentido para você.

Alguma coisa toma conta de você. Talvez tenha deixado de sentir medo. Talvez esteja mais assustada do que nunca e isso destrave sua parte imprudente. Você continua falando. Diz um monte de bobagens como se não se importasse mais. Falar é a única coisa que te pertence e você vai usar esse recurso até onde puder.

— O clima é tão agradável aqui no norte — você afirma. — Assisti a um filme outro dia e achei que terminaria bem, mas não terminou. Você não detesta quando isso acontece?

Ele ergue uma sobrancelha para você, apenas de leve.

— Nem vejo tanto filme — você continua — exatamente por isso. Não gosto de investir duas, três horas do meu tempo para acabar decepcionada. Ou triste.

Ele tira com o dedo uma mancha de poeira inexistente do volante. Dedos longos, mãos fortes. Más notícias por toda parte.

— Cale a boca — ele diz.

Ou o quê? Você vai me matar?

Você volta a olhar para fora. Ele está dirigindo por um trecho de estrada que você não reconhece. Há árvores e lama até onde você enxerga.

Então, um cervo. Ele o vê chegando de longe e desacelera, espera ele cruzar a estrada. Um motorista responsável. Agora não é hora de bater ou deixar o carro enguiçar. O que ele faria, chamaria um guincho? Como explicaria a garota trêmula no banco do passageiro e todas aquelas coisas no banco de trás?

Você fica olhando até o cervo passar. Ele não veio te salvar. Mas, atrás dele, você os vê: pássaros pretos, pelo menos dez, bicando o tronco de uma árvore.

— Dizem que é sinal de mau agouro — você diz.

A caminhonete passa pelos pássaros. Eles viram os olhinhos brilhantes em sua direção, como se sua presença os forçasse a acreditar em alguma coisa.

Ele tira o pé do acelerador. O carro para. Ele olha para você. Olha de verdade, pela primeira vez.

Olhos azuis, você pensa. *Como você ousa ter olhos azuis? Como ousa estragar isso para todo mundo?*

— O que você disse? — ele pergunta.

Você aponta com a cabeça na direção dos pássaros.

— Os corvos. Dizem que passar por um bando assim é sinal de mau agouro, que eles simbolizam a morte.

O pomo de adão dele sobe e desce. O que você acabou de dizer deve ter significado alguma coisa para ele. Você não sabe se é bom ou ruim. Não sabe se é algo de valor.

Você ainda não sabe, mas esse homem tem família. Tem uma filha e uma esposa, que luta contra um câncer reincidente.

Você ainda não sabe, mas esse homem tem dificuldade de acreditar em qualquer coisa. Pela primeira vez desde que começou a matar, ele tem dificuldade de acreditar em si mesmo.

Ele vira o rosto para a estrada. Agarra o volante com força, dedos brancos sobre poliuretano preto.

Do lado de fora da caminhonete, um corvo sai voando.

Ele liga o motor. Pisa no acelerador e vira à direita. O carro para de repente. Ele vira para o outro lado, atravessa a estrada e pisa de novo no acelerador. Seu corpo sacode no assento, deslocado pela manobra.

Um retorno.

Um maldito retorno.

Você não faz ideia do que isso significa.

Ele tira uma mão do volante e vasculha o porta-luvas até encontrar uma bandana.

— Coloque isso — ele diz.

Você não se mexe.

— Sobre os olhos — ele diz com impaciência, como se dissesse: *Não me faça mudar de ideia.*

Você venda seus olhos com a bandana.

Ele dirige e dirige e dirige. Poderiam ser quarenta minutos, sessenta ou duzentos. Você ouve a respiração dele, lenta, com um ou outro suspiro. A batida dos dedos no volante. Pedais rangendo sob os pés.

Algumas sacudidas, seguidas por uma linha reta sem fim. A caminhonete desacelera. Você ouve freios, a mudança de marcha chiando dessa e daquela forma. O motor silencia.

Um puxão atrás de sua cabeça. A bandana escorrega de seu rosto. Você tenta olhar ao redor, mas ele segura seu queixo de forma que você é forçada a se concentrar nele.

— Vamos fazer isso bem rápido — ele diz a você. Está segurando a arma de novo, agitando-a diante de seu rosto. — Vamos sair daqui e caminhar juntos.

Então, as regras:

— Se você tentar alguma coisa, qualquer coisa, vamos voltar para o carro. — Ele espera, como se perguntasse: *Entendeu o que eu disse?*

Você confirma com a cabeça. Ele desce da caminhonete, pega alguns itens no banco de trás – as algemas, a corda, pelo que você consegue ver – e vai te buscar do outro lado.

— Não olhe para os lados — ele diz. — Fique olhando para o chão. — Ele agarra seu braço esquerdo com tanta força que você sente os hematomas se formando.

Ele te leva para longe do veículo e vocês descem um longo e sinuoso trecho de terra. Você dá umas olhadas. Já está aprendendo a aceitar o que pode. Consegue ver rapidamente a casa e as construções complementares que a cercam no terreno. Nenhum vizinho. O jardim dele é adorável e bem-cuidado. Você quer se apegar a tudo isso, mas ele é um homem com um propósito, subindo uma colina. É um homem te levando para um galpão.

A porta se fecha. Você ainda não sabe, mas é nesse momento que acontece. É nesse momento que seu mundo se congela em uma nova forma.

Nesse ponto, o galpão é um trabalho em andamento. Há ferramentas espalhadas pelo chão, um saco de adubo no canto. Uma cadeira e uma mesa dobráveis, uma pilha de revistas – sobre armas ou pornografia, não dá para ter certeza. Provavelmente um pouco de cada.

Esse é o espaço. Você vai descobrir mais tarde que ele começou a prepará-lo para a fraca, distante, totalmente teórica possibilidade de aparecer alguém como você. Alguém que ele pudesse querer manter. Ele fez isolamento acústico. Revestiu o piso com um carpete emborrachado, passou as mãos pelas paredes e calafetou todos os mínimos vãos com selante. Mas não está finalizado. Não era você que ele queria manter. Você foi uma decisão de última hora, uma compra por impulso.

Ele vai voltar no dia seguinte para terminar o serviço. Vai fixar uma corrente à parede. Vai levar as coisas dele embora, liberar o espaço. Vai torná-lo seu. Por enquanto, junta suas mãos atrás das costas e te algema. Amarra a corda em volta de seus tornozelos e prende com um nó na maçaneta da porta.

— Preciso passar em casa — ele diz. — Não tem ninguém lá. Se você gritar, só eu vou te ouvir e não vou ficar feliz. Acredite.

Você acredita.

Assim que ele sai e fecha a porta, você tenta. Você se contorce, gira os tornozelos, tenta alcançar ferramentas. Mas ele sabe como algemar uma pessoa. Sabe como dar um nó. E sabe que deve manter as ferramentas fora do alcance da mulher que acabou de amarrar no galpão de seu jardim.

Você precisa confiar que as pessoas vão te procurar. Sua foto vai circular nas redes sociais. Seus pais e Julie – sua garganta aperta ao pensar neles – vão espalhar pôsteres. Vão dar entrevistas, suplicar para que você retorne em segurança.

Você precisa confiar que isso é temporário, que um dia o mundo vai te encontrar.

Mas existem coisas que você sabe e ele não. Coisas que vão dar vantagem a ele. Qualquer um que te conheça vai dizer que você andava estranha. Que, antes de seu desaparecimento, estava retraída. Dormiu nas aulas. Suas notas caíram. Você fez as malas, deixou a cidade que amava e as pessoas que conhecia.

Uma nova história vai surgir. Dias vão se passar, semanas, meses. As pessoas vão dizer para si mesmas a princípio, e depois, ao ficarem mais confortáveis, vão dizer umas para as outras que talvez você tenha desaparecido de propósito. Talvez tenha dirigido para algum lugar e se permitiu desaparecer. Pulou de um penhasco, caiu na água. Talvez tenha recomeçado em outro lugar. Talvez esteja, finalmente, livre de seus demônios.

Ninguém espera seus mortos voltarem à vida.

Com o tempo, as pessoas vão parar de te procurar. Vão parar de mostrar sua foto. Vão te deixar desaparecer. Vão parar de contar sua história, até que um dia só restará você para se lembrar dela.

42
A MULHER NA CASA

A febre cede. Você para de vomitar. Ele continua trazendo comida, mas não cuida de você. O interesse dele está minguando.

O mundo volta a entrar em foco. As reentrâncias atrás de sua cabeça se nivelam. Os ferimentos começam a sarar. Quando você acorda, seu travesseiro não está cheio de sangue ressecado.

Uma noite, ele aparece de mãos vazias. É hora de voltar lá para baixo, ele te diz. O jantar está pronto.

Você se levanta. O chão é água. O chão é mar bravo. Você está em um navio, balançando. Ele diz: Vamos, vamos. Você se estabiliza, apoia a mão na parede. *Não sei se estou pronta*, você quer dizer a ele. *Perdi peso. Ainda estou tão cansada.* Mas ele sabe o que quer. Suas pernas de marinheira terão que te carregar até o andar de baixo.

Ela está aqui.

Cecilia.

Ela arrisca um sorriso tímido. Deve estar se perguntando como estão as coisas entre vocês duas. Talvez tenha noção de que te colocou em algum tipo de confusão. Ela deve se lembrar tão bem quanto você dos últimos momentos que passaram juntas, antes de o pai dela irromper na sala.

O que será que ele disse a ela? Você tenta reconstruir a narrativa confusa. Ele ouviu o grito dela. Achou que ela estivesse com medo, ou ferida. Quis chegar até ela o mais rápido possível. Então se colocou entre vocês duas. Agarrou o braço dela e o seu. Ela não viu o que aconteceu em seguida. Mas viu alguma coisa e precisa encontrar uma forma para dar sentido a isso.

Ele escondeu dela a raiva que estava sentindo. Tentou esconder. Mesmo que ela tenha notado, você imagina que ela deva estar acostumada a isso – ao temperamento dele, aos ataques de raiva imprevisíveis. E então, a intensidade de tudo diminuindo com a mesma rapidez que começou. Basta esperar terminar e ele retorna. O pai que ela conhece. O pai em quem confia.

Ela também estava zangada com você. Antes de ele entrar na sala. Mas agora está tentando se redimir. O sorriso é como uma mão estendida na outra ponta da mesa. Ela é solitária demais para ficar zangada com você por muito tempo.

Mas você não retribui o sorriso. Não consegue se obrigar.

Você poderia ter ido embora.

O pensamento não sai de sua cabeça enquanto você repassa suas emoções. Você poderia ter ido embora. Poderia ter fugido, poderia ter se salvado. Seu corpo estava ficando mais forte. E agora isso.

Você se convenceu de que não poderia ir embora sem ela, mas ela não se deixou ser salva. Ela estragou tudo. Estragou tudo para você.

E agora você a odeia.

Ele te pega de surpresa, esse fluxo de hostilidade, mas está aqui. Um tipo de ódio que se alastra dentro de você como um incêndio. Você sente o ódio aumentar cada vez mais e fica com medo que ele perceba. Ele está sentado ao seu lado. Como pode não sentir essa nova força, esse calor que irradia de cada centímetro de seu ser?

Os pensamentos mais terríveis passam por sua cabeça. Não parece natural odiar uma menina. Em sua vida passada, você sempre dava a mulheres e meninas o benefício da dúvida. Fazia questão disso. Mesmo em casos objetivamente repreensíveis, você nunca se juntava ao coro de acusação. Nunca era capaz de dizer: *Que vaca, que piranha, que puta*. Havia algo de profano naquelas palavras. Você não queria que saíssem de sua boca.

Mas agora você a vê, a filha dele. Estaria longe daqui se não fosse por ela. Teria conseguido escapar. Teria dado a partida na caminhonete. Ele teria ouvido o barulho do motor, mas já seria tarde demais. Você teria dirigido e dirigido e dirigido até encontrar alguma coisa, qualquer coisa – uma loja de conveniência, um posto de gasolina, algum lugar com câmeras de segurança e testemunhas.

À mesa do jantar, Cecilia tenta alcançar o saleiro. Está a apenas alguns centímetros à esquerda de sua mão, mas você nem se mexe. Ela não ousa pedir. Existe crueldades espetaculares e existe isto: pequenos gestos, repletos de negação plausível, tão mínimos que se ela fosse dizer alguma coisa, pareceria louca. Paranoica. Autocentrada. Mas você sabe e ela sabe, e você se sente bem fazendo com que ela se sinta pequena, com que saiba o quanto te decepcionou, o pouco que significa para você.

Ela se levanta para pegar o sal, olhos sobre a mesa.

Você fica olhando para a sopa. Está ciente de que compartilha algumas energias com Cecilia. Que uma parte de você sente prazer, de vez em quando, em machucar os outros.

Você nunca disse que era perfeita.

Ela remexe a sopa por um tempo, até finalmente largar a colher, olhar para o pai e perguntar se pode voltar para o quarto. Diz que não está com fome. Que não está se sentindo muito bem. Ele permite. Você a vê subindo as escadas, um passo pesado após o outro. Nada de filme à noite. Nada de sofá. Nenhum amor perdido.

A casa. Fechando-se à sua volta como uma armadilha para lobos. Nessa narrativa, desse ponto de vista, você será o lobo.

À NOITE, VOCÊ não dorme. Sua própria raiva se volta contra você.

Você decidiu que não poderia ir embora sem ela. Você se distraiu. Você os traiu, todos que deixou para trás. Sua mãe. Seu pai. Seu irmão. Julie. Matt. Você é um grande ponto de interrogação na vida deles e teve uma chance de acabar com isso. A dúvida, o não saber. O lugar vazio à mesa, o espaço extra debaixo da árvore de Natal.

Você imagina que eles encontraram formas de seguir em frente. Ninguém deixa a vida em suspenso para sempre. Mas ainda deve incomodá-los. Os pensamentos devem pegá-los de surpresa em uma manhã quente de segunda-feira, enquanto esperam para atravessar a rua na frente do escritório. Noite de sábado no cinema, com os dedos em um balde de pipoca amanteigada. Tentando viver normalmente, tentando desfrutar de seu tempo na terra, sempre com aquela questão mordiscando um canto de seus cérebros: *O que aconteceu com ela?*

Devem achar que você está morta. Devem achar, inevitavelmente, que tirou a própria vida. Sempre que pensa sobre isso, um grito silencioso te rasga por dentro. Eles estão, em termos relativos, incrivelmente próximos de você – todos no mesmo planeta, mesmo país, mesmo plano de existência. Ainda assim, você está perdida. Você é Ulisses. Você estava tentando resolver algumas coisas. Saiu em uma jornada e agora não consegue voltar para casa.

Você poderia estar contando a verdade a eles agora mesmo. Eles não entenderiam – não tudo, não de imediato. Você sabe como essas coisas acontecem. Já leu artigos e livros. Assistiu a filmes. Sabe que não é fácil voltar para o mundo. As pessoas fazem as perguntas erradas. Não fazem ideia. Mas tentam.

Vocês poderiam estar todos fazendo o trabalho juntos, nesse exato momento, se não fosse por essa menina. Se não fosse por você, e essa garota, e seu coração.

Seu coração gentil e idiota que, depois de tudo isso – depois de cinco anos disso – viu uma menina e te disse: *Não vamos embora sem ela*.

NA NOITE SEGUINTE, ele te leva de novo para o andar de baixo. As palavras te encontram à mesa. Duas palavras que ele nunca te disse.

Ele se senta, se levanta de novo, tira um envelope do bolso de trás da calça. Joga-o sobre a mesa e se senta.

Imediatamente, você passa os olhos sobre o envelope. Basta um segundo para ele se dar conta do erro – talvez ele não achasse que você ousaria, talvez tivesse esquecido, talvez pensasse que você ainda estava muito lenta, muito ferida. Ele pega o envelope de volta e enfia no bolso da frente.

Não deu para ver o endereço, o nome da cidade. Mas você viu outra coisa.

Ela preenche seu cérebro como água jorrando de um hidrante. Informação novinha em folha. Um mundo para explorar. O nome de um pai.

Aidan Thomas.

Ele nunca disse. Você nunca perguntou. Nem precisava dizer que ele não queria te contar. De que adiantaria, no galpão, um nome? Mas agora. Agora você está na casa e o homem que te mantém prisioneira tem um nome.

Aidan Thomas.

Mais tarde, no escuro, você forma as sílabas com os lábios, silenciosamente. Ai-dan Tho-mas. A-i-d-a-n-T-h-o-m-a-s. Você saboreia. Bate os dedos no chão, uma batida por letra. Um início e um fim. Um nascimento e uma morte. A palavra final de um mito. A primeira palavra de uma história verdadeira.

Em sua vida anterior, quando ouvia podcasts e frequentava fóruns on-line, quando era a amiga que curtia crimes bizarros, você aprendia os detalhes, as teorias, os apelidos. Sabia sobre o Assassino do Estado Dourado. O Unabomber. Filho de Sam. O Grim Sleeper, o Assassino de Green River, o Padeiro Açougueiro. Sempre a mesma história: homens sem nome, sem rosto. Até serem pegos. Até terem nome, empregos e biografias. Até policiais entregarem a eles placas com data e local e tirarem fotos para a ficha criminal.

O nome sempre foi a primeira coisa a aproximá-los da realidade.

Você se agarra a duas palavras, onze letras, como a uma boia. Aidan Thomas.

O homem no galpão começava e terminava com você. Mas durante anos Aidan Thomas existiu sem você. Em cartões de crédito, declarações de imposto, documentos. Na certidão de casamento dele, na certidão de nascimento da filha. Ele fazia parte do mundo e isso não tinha nada a ver com você.

Um dia, Aidan Thomas vai existir sem você de novo.

43
EMILY

No dia seguinte ao grito, mandei uma mensagem para ele. "Espero que esteja tudo bem" – hesitei e acrescentei um ":)". *É o que fazemos*, disse a mim mesma. *Nós nos beijamos. Nós nos agarramos. Trocamos presentes secretos. Colocamos carinhas sorrindo no fim das mensagens.*

Guardei o celular no bolso do avental, protegido perto da coxa. Durante todo o turno no restaurante, fiquei esperando ele vibrar. Nada. Fazendo acordos comigo mesma: *Depois que eu preparar mais um drinque, ele vai responder. Depois que eu fizer dois drinques. Depois que eu fizer cinco. Se eu fizer um intervalo para ir ao banheiro, a contagem vai recomeçar e ele vai responder. Se eu parar de checar o celular por cinco minutos. Talvez dez. Se eu desligar o celular e ligar de novo.*

Ele não respondeu.

Ele sempre responde.

Homens fazem essas coisas, disse a mim mesma. *Pessoas fazem essas coisas. Ele está ocupado. Ele trabalha. Talvez um poste de energia tenha caído. Centenas de pessoas em uma cidade próxima sem energia e eu preocupada com uma mensagem. Talvez a filha tenha precisado dele. Talvez ela esteja doente. Talvez ele esteja doente. Em resumo, as pessoas às vezes não respondem mensagens e isso não significa que há algo errado. A vida simplesmente acontece.*

Não com ele, no entanto. Com ele foi especial – é especial.

Faz quase uma semana. Não o vi nem no restaurante, nem na cidade.

Sei o que aconteceu. As mãos dele em minha pele, seu hálito em minha boca. A correntinha prateada, fria ao redor de meu pescoço. O presente que ele me deu. Aquilo era real. Tenho prova.

TURNO DO JANTAR. É quinta-feira. Fico atenta à chegada dele. A qualquer segundo, ele vai aparecer. Vai sorrir para mim do outro lado do salão e todas as minhas preocupações vão desaparecer. Ele vai ter uma explicação perfeitamente válida. Nem vou precisar perguntar. Você não acredita no que aconteceu, ele vai dizer. Minha caminhonete quebrou e meu celular foi roubado. Não está funcionando. Caiu no vaso sanitário. Você não tentou mandar mensagem para mim, tentou?

A porta abre e fecha. É o juiz Byrne. É a sra. Cooper. É meu ex-professor da escola. É todo mundo, menos ele. A noite está bem movimentada e digo a mim mesma que pelo menos estou prestando menos atenção ao telefone e isso vai fazer com que ele vibre.

Não vibra.

Eric nos leva para casa. Ele ajusta o espelho retrovisor para dar uma olhada em mim no banco de trás.

— O que foi, gata? — ele pergunta. — Você passou a noite toda quieta.

— Só estou cansada. — Abro um sorriso com lábios franzidos e imito alguém dormindo sobre o dorso da mão. Ele acena com a cabeça e volta a prestar atenção na estrada.

Apoio a testa na janela. Está tão gelada que machuca, e eu pressiono cada vez mais forte, até a pele ficar dormente. Acolho a dor e o vazio que se seguem.

Estamos a algumas ruas de distância da casa de Aidan. Como eu gostaria de pedir para Eric me deixar lá. Eu bateria à porta ou tocaria a campainha. Ele abriria a cortina, olharia para fora. Seu rosto se iluminaria. Ele diria: "Estou tão feliz por você ter vindo". Depois me envolveria com os braços e eu sentiria seu perfume, celebrando com o corpo todo.

Em casa, aviso Eric e Yuwanda que vou para a cama. São os feriados, digo. Sempre fico exausta nessa época das festas de fim de ano. Deviam se chamar "tarefas de fim de ano", né?

Sob o edredom, pego meu celular. Ainda nada. Bato com ele no colchão. Suspiro. Depois pego o celular de volta e leio a mensagem mais recente dele. "Ok. Não se mexa. Eu vou até você. Cece está dormindo e não quero que ela acorde. É o primeiro Dia de Ação de Graças sem a mãe, você sabe como é."

Não foi nem uma mensagem boa. Nada de ":)", nada de *Boa noite*, nada de *Bom dia*, nem *Vou ficar pensando em você hoje*. Ou *Espero que o trabalho tenha corrido bem, espero que tenha bons sonhos, espero que esteja tudo ok*.

Repasso nossas conversas até chegar às primeiras mensagens que trocamos, até "Oi! Aqui é a Emily. Obrigada mais uma vez pela ajuda hoje". Até nossas conversas sobre búteos-de-cauda-vermelha e pesadelos sobre portas fechadas e corredores escuros.

Foi real. Tenho tudo aqui, todo nosso histórico. Ele gosta de mim. Ele abriu espaço para mim mesmo quando sua vida estava turbulenta.

Eu poderia mandar uma mensagem para ele. Não preciso esperar ele entrar em contato comigo. Sei disso. Já tentei, mas cada tentativa de escrever a mensagem perfeita acabou com a tecla *apagar* sendo pressionada. *Como você est...* apagar. *Só queria saber se está tudo b...* apagar. *Não quero incomodar, mas só espero qu...* apagar, apagar, apagar.

Levo a mão ao colar prateado, cerro o punho ao redor do pingente, seguro até o metal atingir a temperatura de minha pele. Eu vi. Eu vivi. Ele me deu todas essas coisas e ninguém o obrigou a nada. Ele fez porque quis.

Fez porque gosta de mim.

SEXTA-FEIRA, no Aranha Peluda. Eu me obrigo a ir. Pela equipe, digo a mim mesma. Como se eles se importassem.

Ainda sem sinal dele.

Se ele quisesse fazer isso de propósito... se quisesse me deixar louca, faria exatamente desse jeito.

Apenas um drinque esta noite. Eu sabia que Eric ia querer ficar na rua e sabia que eu não estaria com ânimo para isso, então fui dirigindo.

No caminho de volta para o carro, uma alucinação.

Mas eu juro que vi. A caminhonete branca dele, estacionada no fundo de uma ruazinha, refletindo a luz de leve por entre os arbustos do Aranha Peluda.

Olho à minha volta, viro para a entrada do bar.

Ele não está aqui.

Mais uma olhada. Nada.

Ligo o motor, ajusto os espelhos, começo a sair da vaga e...

Desapareceu.

A caminhonete não está mais lá.

Meus ombros ficam tensos. Olho pelas janelas. Viro o corpo no assento, giro a cabeça. Olho para os arbustos. Nada.

Mas o que...?

Como se ele estivesse esperando alguma coisa, tivesse visto essa coisa e partido. Rio comigo mesma, de mim mesma, porque o conceito é tão ridículo, mas ainda assim é o que parece.

Como se ele estivesse esperando para me ver e tivesse ido embora assim que me viu.

44
A MULHER NA CASA

Você se acostuma com essa fornalha dentro do peito, sugando todo o oxigênio. Ela te consome. Vai te engolir — você, ele, a filha dele — se você não conseguir controlá-la. Você vai cometer erros. Se tem uma coisa que ele te ensinou, é que pessoas cometem erros quando deixam a fornalha assumir o controle.

Regra número seis para permanecer viva fora do galpão: você não pode se deixar consumir pelas chamas.

No jantar, você ouve um som. Ele percebe primeiro. É um homem sintonizado com os arredores, tem olhos e ouvidos por todo lado, sempre. Então você nota, depois Cecilia. Vocês três viram a cabeça para a porta dos fundos, franzindo a testa. Um arranhão, algo — alguém — choramingando.

Cecilia aponta na direção do som.

— Está vindo lá de fora.

— Deve ser algum bicho — ele diz.

Ela balança a cabeça e se levanta. Com dois dedos, levanta um pouco a persiana.

— Cecilia, não...

Antes que ele possa dizer para ela voltar para a mesa, a menina já está na porta, girando a maçaneta. Por um breve momento, ficam você, ele e a porta aberta, o vento frio soprando entre os corpos. Ele olha para você. *Ah, dá um tempo*, você quer dizer a ele. *Acha mesmo que vou fugir? Aqui? Agora? Ainda posso sentir a ferida cicatrizando, o tecido macio e grosso na parte de trás de minha cabeça. Ainda posso sentir o que você fez comigo da última vez.*

Cecilia volta. Você contém o susto. A camiseta dela está vermelha de sangue. Ela está com os braços diante do corpo. Junto ao peito há uma pequena massa preta e trêmula.

O pai dela fica horrorizado.

— Cecilia, mas que porr... — Aqui, ele lembra que não é homem de falar palavrão, pelo menos não na frente de pessoas que não são você e certamente não na frente da filha. — O que você está fazendo?

Ela agacha e coloca com cuidado a bola de pelos preta no chão da cozinha. É uma cachorra. Uma cachorrinha ferida, com um corte grande e aberto na perna esquerda, vertendo sangue nos ladrilhos.

Seu rosto esquenta. Você perde a sensibilidade nos dedos das mãos. Costumava amar cachorros. Você teve um na infância – uma mistura de bernese e terra-nova. Enorme. Uma montanha de amor e baba o tempo todo.

Esta cachorra é pequena. Se pudesse ficar em pé, você imagina que teria cerca de trinta centímetros de altura. Você distingue orelhas pontudas, focinho comprido. Uma pequena terrier, ofegante, com grandes olhos castanhos que pulam freneticamente de um canto da cozinha para o outro.

— Cecilia, a porta.

Ela corre para fechar. O primeiro item da lista dele, sempre: separar você do mundo. Depois ele se ajoelha ao lado da filha, debruçando-se sobre a cachorra.

A filha olha para ele. O olhar de uma criancinha, olhos redondos e uma fé sem limites na capacidade do pai para tornar tudo melhor.

— Temos que ajudar ela — Cecilia diz.

Você também se levanta, vai até o outro lado da mesa da cozinha. Ele ergue uma sobrancelha para você, dizendo: *Já chega. Pode parar agora*.

Você cruza os braços diante do peito. Cecilia insiste:

— Temos que ajudar ela. Ela pode ter sido atropelada por um carro. Alguém deve ter deixado ela no acostamento da rodovia. — Você sente um choque elétrico no cérebro. *Rodovia?* A voz de Cecilia tremula. — Vamos. Ela deve ter andado quilômetros para chegar até aqui. Temos que fazer alguma coisa.

Quilômetros. Quantos? Oito? Dezesseis? Vinte? Dá para ir a pé? Dá para ir correndo?

À sua direita, um pai suspira, aperta as têmporas entre o polegar e o dedo médio.

— Não sei se podemos fazer alguma coisa.

Ela balança a cabeça.

— Podemos ajudar. Levar ao veterinário. Ela está sem coleira. — A voz dela volta a ficar trêmula: — Ninguém quer a cachorrinha. Não podemos deixar ela assim.

Ele esfrega a mão no rosto. A cachorra ainda está vertendo sangue. Uma parte suja a sola das botas dele. Ele vai limpar depois. Deve ser bom nisso, de tirar esse tipo de coisa das roupas, da pele, de cada partícula do corpo. Tem que ser.

— Cecilia.

Ele olha para a cachorra. É assim que eles começam, você lembra. Pessoas como ele. Você viu na TV quando era pequena, ouviu em podcasts depois de adulta. Começa quando são crianças, às vezes adolescentes. Por volta da idade da filha dele, entre a infância e a idade adulta. Uma criança prende borboletas em uma caixa sem ventilação. Animais de estimação começam a desaparecer. Esquilos aparecem mortos ao pé de uma árvore. É assim que praticam. É assim que vão experimentando, vão testando o lado sombrio.

— É tarde demais — ele diz a ela.

Ela diz que não, que não é tarde demais, veja só, a cachorra ainda está respirando. Mas ele não escuta. Ele se levanta, leva a mão à cintura. Você não tinha notado ela ali – a arma no coldre. Ele não costuma andar com ela pela casa. Deve ser uma nova precaução, decidida após o quase desastre na sala.

Cecilia levanta os olhos.

— O que você está fazendo?

A mesma pergunta está presa em sua garganta. Não é possível que ele esteja considerando fazer isso. Na sua frente, ele faria. Mas na frente da filha?

Ele envolve a arma com os dedos. Você sente todos os músculos de seu corpo ficarem tensos.

— Às vezes é a coisa mais humana a se fazer — ele diz. — A cachorra está sofrendo. Não tem como ser ajudada.

Ela coloca as mãos sobre o animal. Com a palma, aplica pressão sobre o ferimento. Tanto sangue – nas mãos dela, sob os dedos, até os cotovelos.

— Ela ainda está respirando — ela diz, e a caixa torácica da cachorra se expande para confirmar. — Por favor, pai. Por favor.

Uma lágrima escorre pelo rosto dela. Ela a seca imediatamente. Fica com sangue no canto do olho, no queixo.

Ele suspira mais uma vez, ainda com a mão sobre a arma.

— Eu também não queria fazer isso — ele diz. — Mas veja. É isso que acontece quando um animal se machuca. Sei que não parece, mas é a coisa mais compassiva a se fazer.

Ele ajoelha ao lado da filha.

— Me deixe levar ela lá para fora.

Isso vai mesmo acontecer? E você vai deixar? Vai ficar olhando enquanto a cachorra – essa cachorrinha fofa, gordinha, de dentes brancos e patinhas minúsculas – é morta a tiros?

Cecilia pega a cachorra mais uma vez. A filhotinha solta um ganido, como se suplicasse por sua intervenção.

— Coloque-a no chão, Cecilia — ele diz em voz baixa. É o mesmo murmúrio, quase um rom-rom, que ele usou no dia em que te levou.

Talvez seja isso que te incita a agir. Talvez você leve para o lado pessoal a ideia de que isso – qualquer parte disso – possa se comparar com o que ele sentiu quando estava prestes a te matar.

— Ela ainda está respirando.

Ele vira a cabeça em sua direção. Olha para você com intensidade, como se dissesse: *Como ousa?* Você dá de ombros. *Só estou dizendo.* Ele mexe no coldre.

Você insiste:

— Ela não está morta.

Cecilia olha para você. É a primeira vez que seus olhares se encontram desde aquela noite na sala. Desde que você tentou salvá-la e tudo o que ela te deu em retribuição foi um grito. Algo te pega pela garganta – uma garota, aguerrida e amedrontada e decidida. Indo contra a vontade do pai.

A vergonha se eleva em seu estômago, densa e quente. Você esqueceu. Estava tão ocupada a odiando, desprezando todas as células do corpo dela, que esqueceu de tudo o que sabia sobre ela e o pai. Passos pelo corredor à noite. O controle ferrenho dele sobre a vida dela. Tudo o que ele faz, tudo o que ele esconde dela.

E agora aqui está ela, agachada sobre os ladrilhos da cozinha com um animal ensanguentado nos braços. E ela só tem treze anos, é doce e gentil e só quer resgatar essa cachorra. A mãe dela morreu há poucos meses, a vida dela foi virada de cabeça para baixo e, ainda assim, essa menina quer fazer o bem. Talvez ela queira algo para amar. Ela tem se sentido solitária. Você sabe disso. Talvez ela queira uma companhia, algo a que se apegar. Algo que retribua seu amor. Algo que não a machuque.

Você dá um passo à frente, se coloca entre Cecilia e o pai. Deixa seu olhar encontrar o dele: *Calma.* Você se abaixa para olhar melhor o ferimento. Está horrível. Será que um cachorro pode sobreviver depois de perder tanto sangue? Você não sabe dizer. Mas vale a pena tentar.

Algo se acende em seu interior. Você precisa disso, desesperadamente, da possibilidade de um renascimento nessa casa. Prova de que os feridos podem voltar à vida entre essas paredes.

As engrenagens em seu cérebro giram violentamente, tentando transformar isso em uma situação que permita que ele saia como vencedor.

— Você poderia ajudar ela — você diz.

Ele olha feio para você. Acha que está sendo rebelde, imprudente. Mas você sabe aonde quer chegar com isso.

— Não aprendeu o que fazer em situações assim? — você continua.

Ele franze a testa. Está perto, muito perto, de se divertir um pouco e você fica atrapalhando. Porém, à sua esquerda, Cecilia fica animada. Ela olha mais uma vez para ele com os olhos cheios de determinação.

— É, pai — ela diz. — Quando foi fuzileiro naval?

Ele revira os olhos, ainda sem se convencer.

O mais discretamente possível, você tenta captar o olhar dele e então aponta com a cabeça na direção da menina. Seus olhos viajam até a cachorra e depois de volta para ele. *Esta é sua chance*, você quer dizer a ele. *Lembra-se das brigas que vocês andam tendo, dos jantares turbulentos e dos passos furiosos dela ao subir as escadas? Sua garotinha está crescendo, mas você ainda precisa que ela te considere um herói.*

Salve a cachorra. Seja um herói. Não faça isso por ela. Não faça pela cachorra. Faça por você mesmo.

Ele se abaixa. Você mal pode acreditar. Com a mão livre, ele abre um armário sob a pia, começa a procurar alguma coisa e tira um kit de primeiros socorros. Depois faz sinal para Cecilia colocar a cachorra de volta no chão. Ele solta o coldre. Cecilia larga a cachorra. Com gestos rápidos e precisos, o pai abre o kit e tira um frasco de antisséptico.

Um cutucão em sua perna.

— Coloque a mão embaixo do queixo dela. A outra no quadril. Ela precisa ficar imóvel. — Você hesita um segundo, mas logo posiciona as mãos sobre a cachorra conforme foi instruída. Ele sacode o frasco de antisséptico. — O principal é você garantir que ela não me morda.

Tentador, você pensa, mas está torcendo pela cachorra, por Cecilia, por si própria, para vocês três não terem problemas. Há um leve tremor nos dedos dele quando se aproximam da cachorra para desinfetar o ferimento. Ele recua, toca levemente a pele rasgada com uma compressa.

— Coloque a mão aqui — ele diz. Você aplica pressão ao corte. Juntos, vocês três aguardam o sangramento cessar. Cecilia faz menção de ajudar, mas ele diz para ela se afastar.

Você deseja que a cachorra viva sob suas mãos, convence a si mesma de que pode realizar milagres. A menina está assistindo. Você não vai deixar a cachorra morrer na frente dela. Nunca mais vai decepcioná-la.

O sangramento diminui. Vocês esperam um pouco mais e, quando já está quase cessando, ele começa a fazer um curativo, colocar ataduras. A cachorra está arfando. Está com dor, certamente, mas está viva. Ela está viva.

Cecilia se oferece para ir buscar um travesseiro velho lá embaixo. A cachorra pode usar como cama, ela diz. O pai diz para ela ficar onde está, que ele mesmo vai buscar.

Lá embaixo.

Aonde ele te levou depois do bosque. Onde as ferramentas dele vivem. Aonde, a julgar pela rapidez com que ele se levanta, ele realmente não quer que a filha vá.

Você permanece na cozinha com a menina, as duas debruçadas sobre a cachorra. Ela olha para você e morde o lábio, como se tivesse alguma coisa para dizer, mas não soubesse como. Antes que você consiga pensar em uma forma de articular os próprios pensamentos, o pai dela volta com o que parece uma almofada de sofá velha. Ele a coloca no chão, em um canto da cozinha. Cecilia pega a cachorra e a acomoda com cuidado. Ela solta um gemido, depois um longo suspiro. Finalmente, se acalma e se deita com as patas da frente nas laterais do focinho.

Ele suspira.

— Vamos ver se ela sobrevive até amanhã cedo — ele diz.

Cecilia vai acariciar a cabeça da cachorra, mas muda de ideia.

— Poderíamos... — ela começa a dizer. O restante da frase não é dito. Ela provavelmente pretendia sugerir que a levassem ao veterinário, agora que o sangramento está controlado. Ver se tem alguma coisa que um profissional de verdade possa fazer. Dar pontos, para começar. Mas ela conhece o pai que tem. Sabe aceitar a vitória e deixar o resto de lado.

Ele se levanta, guarda o antisséptico e o restante da gaze no kit de primeiros socorros e começa a limpar a cozinha.

Pelas costas dele, alguém segura sua mão. Você prende a respiração. Ela aperta seus dedos com cuidado. *Obrigada.* Um gesto silencioso, alto como um tambor para você. *Obrigada.*

Você espera o pai dela se ocupar com um esfregão e um balde. Um pai, concentrado, limpando casualmente sangue do chão de sua cozinha.

Você sente a pulsação de Cecilia acelerada junto a seu pulso. Fica imóvel por alguns segundos, depois aperta os dedos dela também.

45
A MULHER EM MOVIMENTO

Ele entra no quarto, tira suas algemas e diz:
— Vamos.
— O quê? — você pergunta.
Ele faz sinal para que você se apresse.
— Vamos logo — diz. — Não tenho o dia todo.
Você se levanta – devagar, para o caso de estar entendendo errado. Mas ele não surta. Na verdade, parece que quer que você vá mais rápido. Ele te puxa pelo pulso, faz você descer as escadas às pressas.
No meio do dia. Uma segunda-feira. Cecilia está na escola. Ele deveria estar trabalhando. Você não esperava que ele voltasse antes do horário do jantar.
A cachorra. Ele tinha voltado para ver como ela estava. E, enquanto fazia isso, havia decidido fazer também... seja lá o que for isso.
Ele levanta o suéter, mostrando a arma no coldre. Espera você confirmar que viu e abre a porta.
— Para o carro — ele diz.
Ele tem olhos em toda parte – em você, na caminhonete, nos arredores, nas árvores e casas e pássaros. Coloca os braços com firmeza sobre seus ombros e te conduz até o carro, abre e fecha a porta do passageiro e corre até o outro lado. Você sente o clima mudar, o alívio dele quando vocês dois estão dentro do veículo.
— O que está acontecendo?
Ele estala a língua como se a resposta fosse óbvia.
— Vamos dar uma volta.

Seu estômago se contrai. Você não tem ideia do que ele está querendo dizer com isso. Ele gira a chave na ignição e se concentra em sair da entrada da casa. A expressão dele é vazia, indecifrável.

Merda.

Ele não te manda fechar os olhos. Você espera até o carro estar na estrada – uma estrada rural, árvores de ambos os lados e casas, há mesmo casas, mas ninguém à vista – para perguntar.

— Eu posso... eu posso olhar?

— Você pode fazer o que quiser — ele diz, como se não fosse a maior mentira que ele já falou na vida.

Você gruda os olhos no vidro. Foque. Tudo – cada folha, cada janela – é uma pista vital. Desde aquela noite na sala de estar, processar informações tem sido como pedalar sobre arroz seco, nada se fixa, tudo escorrega, mas você precisa tentar.

Você precisa tentar.

Ele dirige devagar, passando por uma casa após a outra. A vizinhança é bem residencial, o oposto da antiga casa dele – aquela propriedade enorme escondida no meio do bosque, sem mais ninguém por perto, hectares de terra o protegendo dos olhos alheios.

Este não é um ambiente natural para ele. Tão exposto, tão invasivo. Quando se coloca um homem como ele em um lugar como este, é capaz de ele se transformar em um barril de pólvora.

Há árvores, cabos de energia e quase mais nada. Ninguém na frente das casas. Os adultos estão no trabalho, as crianças estão na escola. Você passa por um rebanho de vacas à direita. Alguns metros depois, há um outdoor indicando um abatedouro, o Irmãos de Carne. Ao lado do outdoor, um poço antigo – enferrujado, assustador. O tipo de poço que aparece em contos de fada de outro século.

Foque.

Até agora, ele virou à esquerda, à esquerda e à direita. Esquerda, esquerda e direita. Você tenta memorizar como se decorasse um código. Esquerda, esquerda, direita, depois vai reto até passar o abatedouro Irmãos de Carne.

Uma pousada à esquerda. À sua direita, uma biblioteca. E, de repente – aberto, disponível, livre, bem à sua frente –, o centro da cidade.

Você deve estar alucinando.

Ele dirige pelo que você presume ser a rua Principal. É muita coisa, coisa demais, para absorver de uma vez só – uma lanchonete e uma livraria, uma cafeteria e uma padaria, uma adega e um salão de cabeleireiro, um estúdio de ioga e uma drogaria. Virando a esquina, um restaurante chamado Amandine. Está fechado. Muitos restaurantes, você se lembra, costumam ficar fechados às segundas-feiras.

Parece tão normal. Como se você pudesse sair do carro e fazer coisas novamente – pedir um café com leite, participar de uma aula de ioga, comprar um batom novo.

Você se vira para ele. Os olhos dele brilham, translúcidos no sol de verão. As mãos deslizam no volante. Tão básico. A livraria ao fundo. Um cara em seus afazeres rotineiros. Um pai pela cidade. Um homem respeitado, vivendo uma vida respeitável em uma cidade respeitável.

Ele para perto da padaria. Estaciona atrás de uma BMW prateada e desliga o motor.

— E então, o que você acha? — ele pergunta.

Você não faz ideia do que ele espera de você. Você arrisca um olhar de soslaio. Ele não deveria estar preocupado? Alguém poderia te ver. A qualquer instante. Ele passou cinco anos te escondendo, abaixando persianas, trancando portas. O que ele está fazendo?

— É... adorável — você arrisca dizer.

Uma pequena risada.

— É uma boa palavra — ele diz. — As pessoas também são *adoráveis*. — Ele olha para fora. — Falando nisso...

Você acompanha o olhar dele. Um homem sai da padaria. Ele está curvado, enrolado em um casaco cinza, com um saco de papel debaixo do braço. O homem avista a caminhonete e muda a trajetória.

Ele segue na direção de vocês.

Conforme ele se aproxima, você consegue ver os detalhes: calvície, manchas marrons na base do couro cabeludo, uma aliança prateada no dedo anelar esquerdo. Você se atém a cada elemento, cativada pela estrutura física completamente comum dele. Cinco anos sem ver rostos novos fez isso com você.

O homem acena na direção da caminhonete.

— Aidan!

É isso. Ele vai puxar a arma e será o fim do homem de casaco cinza. Você se agarra ao banco do passageiro. Trava o maxilar. Range os dentes, como um disco riscado ecoando por seu cérebro.

Um som à sua direita. Você arrisca uma olhadela.

A janela do lado do passageiro está descendo.

Que porra está acontecendo?

— Boa tarde, juiz.

A voz dele é cordial, educada e melosa. No rosto aparece o prazer simples e crível de encontrar um velho conhecido na rua.

Agora sua janela está totalmente aberta. O homem de casaco cinza se apoia no veículo e diz oi de novo.

— Como estão as coisas? — ele pergunta. — Não foi trabalhar hoje?

O homem à sua esquerda ri, batuca com os dedos sobre o volante.

— Só estou fazendo um intervalo, juiz. Sabe como são essas coisas. O chefe nunca me deixa muito tempo longe.

O homem também ri. É claro, ele afirma, e eu não sei.

— Pode me chamar de Francis — ele diz. — Já falei umas cem vezes. Não precisa ser tão formal.

— Se você insiste. — E depois, em tom de brincadeira: — Juiz.

Você levanta os olhos para o homem de casaco cinza, encara-o com o máximo de intensidade possível sem levantar suspeitas do lado do motorista. Seus olhos ficam marejados. Seu rosto está queimando. *Olhe para mim. Ouça meus pensamentos. Olhe para mim, seu maldito. Sabe quem eu sou?*

Alguém deve ter mandado fazer cartazes. Depois que ele te levou. Foi em outro lugar, mas não pode ter sido muito longe. Se você fosse um juiz de uma cidade próxima, não teria ouvido falar? Não se lembraria? Os rostos dos desaparecidos não estariam gravados em seu cérebro para sempre?

O olhar do homem cai sobre você. Finalmente. Por alguns instantes, você acha que aconteceu. Que o homem te reconheceu. Esse homem vai te salvar. Mas ele muda o foco para o banco do motorista, ergue as sobrancelhas em uma pergunta silenciosa: *E essa é...?*

Seu cérebro tenta gritar. A resposta, a resposta correta. Seu cérebro tenta gritar seu nome, mas não sai nada. Como um corpo oprimido. Nada vai ceder.

Da esquerda, uma mão em seu ombro.

— Esta é minha prima — ele afirma. — Veio passar as festas aqui.

O que você sabe: em seu primeiro dia dentro da casa, viu uma mulher no espelho do banheiro. Ela não se parecia nada com você. Com mechas brancas no cabelo, bochechas afundadas. Cinco anos mais velha. Sem maquiagem. Você usava tanta maquiagem. Delineador, base, todos os tons de batom. E agora veja como está. Como alguém poderia te reconhecer, a menos que fosse sua mãe ou seu pai, que procuram seu rosto em qualquer estranho nas ruas?

Você não consegue nem dizer seu maldito nome. Nem mesmo em sua maldita cabeça.

O juiz acena com a cabeça em reconhecimento. Ele vira para você.

— E onde você mora?

Sua língua gruda no céu da boca. Você deveria mentir? Citar um lugar aleatório? E se o juiz tiver mais perguntas? Ou você poderia dizer a verdade? Poderia plantar uma semente, dizer o nome da cidade de onde foi levada?

Antes que consiga decidir, o homem que está no banco do motorista responde por você:

— Raiford, Flórida. Fica ao norte de Gainesville. A família toda é originalmente de lá.

O juiz faz uma piada, algo sobre ter vindo para cá pelo clima. Cansou daquele sol da Flórida?

Você pensa: Raiford, Flórida? Como isso saiu da boca dele? O que foi mesmo que você ouviu dizer sobre os bons mentirosos? Que eles envolvem todas as mentiras em uma fina camada de verdade?

Ele deve ser de lá, você conclui. Raiford, Flórida. Você imagina um menino derretendo no calor, a umidade deixando seus cabelos encaracolados, a camisa grudando nos ombros. Mosquitos, filhotes de jacaré e carvalhos nodosos. Dentro da cabeça dele, uma tempestade se formando.

O juiz dá um tapinha no carro, do lado em que você está.

— Bem, não vou tomar o tempo de vocês. — Ele aponta com a cabeça em sua direção. — Prazer em conhecê-la. Espero que aproveite sua estadia. Peço desculpas pelo frio exagerado. É uma especialidade local.

Um silêncio paira no ar, até que você se lembra de como essas conversas devem acontecer. Você sorri para o homem. Balbucia um "obrigada". A palavra incendeia sua língua.

Você não me reconhece? É possível alguém sumir do mundo, como quem atravessa a superfície de um lago congelado, e ninguém se lembrar de procurar?

A janela do lado do passageiro volta a subir. Ele espera o juiz voltar para o próprio carro e retorna para a estrada. Com um último aceno ao velho amigo, ele começa a se afastar do centro.

Você fica quieta enquanto o cenário volta a se compor de árvores, arbustos e cabos de energia. Você está de luto por uma oportunidade perdida. Por um homem que poderia ter te salvado. Está de luto pela aparência que costumava ter, a pessoa que pararam de procurar.

— É um bom homem, o juiz. — Ele apoia o cotovelo na janela do lado do motorista, mão esquerda no ar, a outra no volante. — As pessoas daqui são assim. Muito boas. Muito confiáveis.

Ele olha para o relógio no painel. Em sua cabeça, as peças vão se encaixando: ele queria isso. Queria encontrar o juiz. Sabia quando e onde esperá-lo. Fez questão de chegar lá a tempo.

Ele sorri para nada em particular, respira longa e calmamente. Um homem cujo plano saiu perfeito.

Ele queria que você visse. Essa prisão que construiu para você – não se trata apenas de paredes ou telhados ou câmeras. Trata-se do mundo que ele criou, e de como você desapareceu dele.

46
EMILY

Não vou ficar muito. É o que digo a mim mesma. Só vou dar uma espiada.

Dirijo até lá depois de meu turno. Dou a Eric e Yuwanda a mesma desculpa do outro dia e digo que vou à farmácia. Eles sabem que estou mentindo. Estão sendo bons amigos, me dando o espaço de que preciso.

Odeio mentir para eles. Sou péssima nisso. Mas não tenho outra escolha.

Quando chego lá, vejo a caminhonete parada na entrada. Ele está aqui. Está bem aqui.

Observo da estrada, a cerca de trinta metros de distância, onde as árvores são densas e o mato está alto. O que faria se ele me visse? Acho que diria que meu carro pifou e eu estava prestes a chamar ajuda. Ele me diria para não sair dali. Correria até sua casa e voltaria com cabos para dar uma carga na bateria.

Não seria a pior coisa do mundo se ele me visse.

Ainda assim, desligo o motor. As luzes também. As persianas da casa estão fechadas, mas dá para ver luzes acesas no andar de baixo e em dois quartos no andar de cima.

Eu o imagino sentado na sala, lendo, vendo televisão. Talvez esteja deitado, vendo fotos da esposa no celular, dizendo a si mesmo que vai se deitar depois de ver mais uma, só mais uma.

Meus músculos relaxam. Recosto no banco do motorista. Mesmo de longe, saber que ele está ali me acalma. Não é suficiente, mas é alguma coisa.

Ele está aqui. Ele é real. Isso faz eu me sentir real também.

Um estrondo rompe o silêncio do outro lado da rua. Dou um pulo, depois espio por entre as árvores. O sr. Gonzalez sai de casa segurando um saco de lixo. A caminho da lixeira, ele aproveita para ajeitar as luzinhas na lateral da casa, lâmpadas vermelhas e amarelas contornando toda a estrutura. A família Gonzalez caprichou este ano. Uma rena de nariz vermelho pasta no jardim da frente. Um Papai Noel inflável encena uma invasão por uma janela no primeiro andar. Há uma guirlanda grande pendurada na porta. A própria casa foi transformada em um enorme presente embrulhado, com um laço vermelho cheio de piscas-piscas sobre a garagem.

Não são só os Gonzalez. Todas as casas vizinhas estão enfeitadas, piscando em dourado, vermelho e verde. A casa de Aidan é a única da rua sem nenhuma decoração.

Todo ano, em dezembro, ele e a esposa davam uma festa de Natal. Meus pais me deixaram ir com amigos algumas vezes, e eu nunca vou esquecer das luzes — penduradas do teto ao chão, pendendo das calhas como uma cascata, alinhadas em fileiras perfeitas, enroladas nas árvores, em guirlandas, em qualquer arbusto em um raio de oitocentos metros. As pessoas não paravam de elogiá-lo. Ele recusava os elogios.

— Trabalho com eletricidade — eu o ouvi dizer. — Seria constrangedor se não soubesse pendurar algumas luzinhas de Natal.

Este ano, ele não está no clima. *É claro.* Puxo uma pelinha seca no lábio inferior. *É claro* que ele não está no clima este ano. *A esposa do cara morreu, Emily.* É óbvio que ele não quer ficar mexendo com luzinhas. É óbvio que ele não se deixou levar pelo espírito natalino.

Esse tempo todo, pensei que houvesse algo errado conosco, comigo. Não parei para pensar que talvez ele só estivesse triste. De luto.

Olho de novo para as janelas.

Talvez ele não saiba pedir ajuda. Talvez esteja esperando por alguém. Uma pessoa, intuitiva e teimosa, que bata em sua porta repetidas vezes até não lhe restar escolha a não ser deixá-la entrar.

47
A MULHER NA CASA

Já é bem depois do jantar, após a casa ficar quieta. Silêncio, e logo ele está aqui. Suspiro, zíperes. Você sempre se vê de volta ao mesmo lugar, vocês dois, como ímãs virados para direções opostas.

Depois, ele se demora, senta-se ao seu lado.

— Ouça — ele diz.

Você ouve.

— Preciso que você faça uma coisa.

Você se dá alguns segundos.

— Diga.

Ele morde a parte interna da bochecha.

— É a Cecilia.

Seu estômago se contrai.

— O que tem ela?

— As férias de fim de ano logo vão começar. — Ele espera você reagir, mas você não tem nada a dizer, então ele continua: — Preciso que você fique de olho nela.

Você franze a testa.

— Ficar de olho nela?

Ele explica em detalhes, como se fosse tudo muito óbvio e você estivesse dificultando as coisas sem motivo.

— Ela não vai para a escola. Vai ficar o dia todo em casa. Já é grandinha. Não precisa de ninguém cuidando dela, nada desse tipo. Só... de alguém por perto. Sabendo o que ela está fazendo.

Ele olha para o teto.

— Normalmente ela estaria com a mãe nessa época do ano, sabe? E eu preciso trabalhar, então...

Cecilia. A filha dele que nunca tem um minuto para si mesma. Que nunca recebe uma amiga para dormir em casa, que nunca vai à casa das amigas. Que é deixada na escola no minuto em que as aulas começam e buscada assim que elas terminam. Que passa os fins de semana com o pai e as noites na frente da televisão.

Se ela tivesse um minuto para si, poderia começar a pensar. Em seu pai e nas coisas que ele faz.

— É claro — você diz. — Posso fazer isso.

Ele dá um meio sorriso.

— Bem, obrigado — ele diz, e você sente a ironia. Não era bem um pedido. Você nunca teve escolha.

— Mais duas coisas — ele diz.

Você concorda.

— A cachorra. Eu disse para Cecilia deixar a cachorra sair todo dia ao meio--dia. Ela vai fazer. Então nem pense em fazer isso.

O que parece: *Não se preocupe com isso, ela cuida da cachorra.* O que ele quer dizer: *Não toque na maçaneta, nem mesmo para deixar a cachorra sair. Não a use como desculpa. Não tente nada.*

Ele coloca a mão no bolso.

— E aqui está a última coisa.

Ele abre os dedos e revela uma pulseira de plástico com um acessório de metal.

— Sabe o que é isso?

Você tinha uma dessas. Usava para correr, para medir a quilometragem que percorria no Washington Square Park.

— Um GPS?

Você responde em forma de interrogação para dar a ele a satisfação de te explicar.

— Isso mesmo. — Ele vira a pulseira e te mostra uma faixa preta e brilhante por baixo do plástico branco. Não faz parte do modelo original, dá para ver. Foi ele que colocou.

— E isso, você sabe o que é?

Você faz que não com a cabeça.

— É uma fita de aço. Muito resistente. Não dá para cortar com tesoura. Então nem tente, certo? Não mexa nisso. Se acontecer alguma coisa, vou perceber.

Você assente. Ele coloca a pulseira de lado e pega o celular, clica em um ícone que abre um mapa com um ponto azul piscando no centro. Você passa os olhos pela tela — tudo é conhecimento, tudo é uma pista –, mas antes que possa ver qualquer coisa útil, ele aperta um botão e a tela se apaga.

— O rastreador está sincronizado com um aplicativo — ele diz. — Posso ver onde você está. Sempre. — A tecnologia também continuou a evoluir sem você. Ele aprendeu a aplicá-la, a usá-la em benefício próprio. — Se você tentar qualquer coisa, vou descobrir — ele diz. — Não vou estar longe. — Uma pausa. — Lembra qual é o meu trabalho? — Ele aponta para o céu.

Você responde que sim.

Ele faz sinal para você aproximar o pulso.

A pulseira é fria junto à sua pele. Ele desconsidera o fecho e simplesmente puxa as tiras uma por cima da outra, tão apertado que sua pele começa a enrugar.

— Não se mexa — ele diz. Do bolso, tira uma ferramenta que você não consegue identificar. Alguns cliques depois, surge uma chama. É um maçarico, mas pequenino, acomodado na palma da mão dele como o cabo de um revólver. Ainda segurando seu pulso, ele aproxima o maçarico de sua pele. Você recua. Ele morde o lábio. — Eu falei para não se mexer.

A chama lambe a pulseira. Juntos, vocês veem o plástico derreter, lacrando as duas pontas.

— Pronto.

Ele desliga o maçarico. Você o perde por um segundo, seus olhos se desacostumam com o escuro.

Ele te encontra e te algema à cama. Você dorme no colchão agora. Tem dormido desde a recuperação após o bosque. O plástico pulsa em seu pulso, quente, um espírito se agarrando a você enquanto os passos dele desaparecem.

ALGUMA COISA NÃO faz sentido para você. Por que te deixar perambular pela casa? Certo, ele tem a garantia do rastreador em seu pulso, a constante ameaça de que pode te ver de longe. Mas por que se sobrecarregar com sua presença em movimento?

Depois que ele sai, você fica no escuro, olhos abertos. Você se transforma no teto, uma extensão branca e tediosa, plana e esquecida. Você não olharia para o alto duas vezes, mas se o teto fosse removido, a casa cairia. Tudo daria errado.

Cecilia.

O que ela fez, a menina que lê, a menina que diz por favor e obrigada, a menina que olha para ele com tanto amor? A menina que nem sonharia em causar problemas, é estudiosa e disciplinada e meiga e leal?

O que você fez, doce criança, para ele ter tanto medo de te deixar sozinha até mesmo por algumas horas?

48
CECILIA

Ele pediu para ela me vigiar. Isso é óbvio. Eu não a culpo por fazer isso e também não culpo meu pai por ter pedido. Ele é uma pessoa preocupada. Começou até a andar armado dentro de casa. "Nada de armas em casa", minha mãe dizia. Mas ela não está mais aqui para domar a paranoia dele, então chegamos a isso.

Talvez eu fizesse o mesmo se fosse ele. Pedir para alguém ficar de olho na minha filha. Minha mãe dizia o tempo todo: *Quando você tiver filhos, vai entender*.

Gostaria que ele acreditasse em mim quando digo que foi só aquela vez.

Foi depois que minha mãe morreu. Eu voltei para a escola mais ou menos uns três dias depois. As pessoas ficavam olhando para mim. Achavam que estavam sendo discretas, mas era impossível não notar que estavam cochichando, saindo da minha frente, como se encostar em mim fosse desencadear alguma espécie de desastre em grande escala.

Odeio essa escola. Faz dois anos que fui estudar lá e nunca me senti confortável. A única coisa boa é que tem férias mais longas do que a escola anterior. Tudo estava indo bem na outra escola, até uma noite em que meu pai chegou irritado em casa depois de uma reunião de pais e professores. Ele ficou me fazendo muitas perguntas sobre minha professora de matemática, a srta. Rollins. Acontece que ela tinha feito *para ele* muitas perguntas sobre nós, sobre o que meu pai chamou de nossa "vida familiar" etc. Isso foi antes de minha mãe morrer, mas depois que ela ficou doente de novo.

— Talvez ela só estivesse preocupada — minha mãe disse.

Mas meu pai respondeu que havia uma linha tênue entre preocupada e enxerida, e a srta. Rollins tinha cruzado essa linha. Estava convencido: eu precisaria mudar de escola. Ele encontrou uma vaga para mim em outro lugar — em uma escola autônoma na cidade vizinha, onde não conhecíamos ninguém — em uma semana.

Então, bem, voltei para a escola depois que minha mãe morreu e as coisas ficaram estranhas. Eu queria ir para casa. Mas estar em casa significava estar com meu pai e eu não queria ficar perto dele. Só por algumas horas, queria ficar sozinha.

Eu amo meu pai. É claro que amo. É só que, na frente dele, eu sentia que precisava me conter. E eu não podia mais fazer isso.

Esperei até o fim da terceira aula. Então, em vez de ir para a aula de álgebra, fui embora. Ninguém me viu. Continuei andando até chegar à estação de trem. Ninguém me impediu, então comprei uma passagem na máquina e entrei em um trem.

Apoiei a testa na janela. Minha cabeça batia no vidro frio a cada solavanco, as vibrações do trem ressonavam por meu corpo. Após alguns minutos, pude sentir que estava respirando de novo.

Não sou idiota. Eu sabia que ele ia surtar. Por isso desci em Poughkeepsie. O plano era comprar outra passagem e voltar antes que alguém percebesse. Mas enquanto eu estava na fila da máquina, uma pessoa veio correndo. Colocou as mãos em meus ombros e me virou. Bati o queixo em seu peito; mordi o lábio, mas ele nem percebeu. Estava ocupado demais me segurando com força, afastando-me para olhar para o meu rosto, depois me puxando de volta para perto.

— O que aconteceu — ele disse. Não foi uma pergunta. Foi mais um lamento. — O que você fez. Por quê. Por que faria uma coisa dessas?

Fiquei surpresa ao vê-lo, mas ao mesmo tempo fez sentido ele ter me encontrado. Ele sempre foi desse jeito — *tem olhos atrás da cabeça*, minha mãe sempre dizia, principalmente em relação a qualquer coisa que tivesse a ver comigo.

Caminhamos juntos até o carro, ele com a mão em minhas costas. Como se estivesse com medo de que eu saísse correndo se ele me soltasse.

Ele não estava zangado. Provavelmente estava aliviado demais para demonstrar a raiva. Fez torta de carne para o jantar. Comemos em silêncio. Só mais tarde, à noite, ele encontrou as palavras.

Estávamos na sala, assistindo a um filme. Ele pausou o filme e se virou na cadeira para olhar para mim.

— Você não pode fazer isso de novo — ele afirmou. Estava com os cotovelos apoiados nos joelhos e as mãos unidas em posição de prece sob o queixo. — Nunca mais. Está me ouvindo?

Fiz que sim com a cabeça, esperando que ele parasse ali, mas ele continuou:

— Você não faz ideia do que senti quando me contaram. A escola ligou. Por pouco não precisaram chamar a polícia.

Havia uma coisa que eu não estava conseguindo entender.

— Como você sabia onde eu estava?

— Seu celular — ele disse. — É rastreável.

Aquilo fazia sentido. As pessoas na escola estavam sempre enviando sua localização umas para as outras em vez de explicar onde estavam, mesmo só havendo uns três locais de encontro na cidade.

Meu pai não tinha terminado.

— Você não tem ideia do que poderia ter acontecido — ele explicou. Sua voz era grave, a respiração, curta e rápida. — Você poderia ter desaparecido para sempre. Alguém poderia ter... e depois?

Tentei interromper:

— Pai... — Mas era como se ele não conseguisse me ouvir.

— A polícia procuraria por você. Faria uma busca na casa. Em minhas coisas. Nas suas coisas. Procurariam por você em toda parte.

Ele massageou as têmporas e repetiu:

— Você não tem ideia do que poderia ter acontecido.

Aquele foi o único dia em que vi. Foi o dia em que eu coloquei medo nos olhos do meu pai.

49
A MULHER NA CASA, MUITO PERTO DE UMA MENINA

Você acha que ele não vai seguir com essa ideia. É arriscado demais. Mas esse é o homem que deixou as algemas abertas. É o homem que te levou para o centro da cidade. É o homem que confia nas paredes que construiu ao seu redor.

Ele entra no quarto, solta suas algemas e faz sinal para você o seguir até o andar de baixo. Café da manhã com ele e Cecilia – nada de conversa sobre escola hoje, nenhuma pergunta sobre provas, notas ou bilhetes para esse ou aquele professor.

As férias começaram.

Você termina de comer a torrada. Ele se levanta e a filha faz o mesmo, ela tem tempo de ajudar a tirar a mesa. Não precisa correr para cima para escovar os dentes, não precisa descer apressada com a mochila nas costas.

Você ajuda também, em silêncio. Depois que a última caneca de café é colocada na lava-louça, ele fecha a porta da máquina e diz para a filha:

— Não se esqueça de sair com a cachorra ao meio-dia. Não vá muito longe. — Ele olha para você por sobre o ombro dela. — Dou uma passada por aqui, se der.

Ela contém um suspiro.

— Pai — ela observa. — Tenho treze anos, não três. Não vou botar fogo na casa, eu prometo.

Finalmente, ele vai embora. Você ouve o barulho do motor ligando e o carro saindo. Pela primeira vez, ficam só você e Cecilia.

No universo paralelo que ele criou para o bem dela, você está tirando umas férias do trabalho para descansar em casa. Já ficou estabelecido a essa altura que Rachel, seu alter ego, não tem uma relação próxima com os familiares. Ela vai ficar por ali mesmo. Dar uma relaxada.

Cecilia se vira para você. É educada demais para te ignorar, tímida demais para não sentir um certo estranhamento perto de você.

— Então... o que você pretende fazer? — ela pergunta.

Você pensa por um instante. O que *Rachel* pretende fazer?

— Nada de mais — você responde. — Só vou ficar de bobeira.

Faz-se silêncio, depois ela começa a falar de novo:

— Você não é muito sociável, né?

Ela franze a testa como se tivesse deixado escapar algo que não era para ser dito em voz alta, como se estivesse com medo de ter te ofendido. Uma lembrança paira no ar, o desdém dela na noite em que você tentou tirá-la de casa. *Você não entende. Você não entende nada.*

— Não quis dizer no mau sentido — ela logo justifica. — É só que... sei lá. Tudo bem. Está tudo bem.

Metade de você quer sacudi-la pelos ombros e dizer tudo: *Não percebe, você precisa me ajudar, isso é tudo uma farsa, seu pai, ele fez isso comigo, você precisa chamar alguém, precisa me tirar aqui.* Mas tem a outra metade. Aquela que se lembra da última vez em que tentou fazer com que ela fosse com você. Aquela que aprendeu, criou um padrão nas vias neurais, que Cecilia é uma criança e existem coisas que ela não está preparada para ouvir, partes do mundo que ela não está pronta para que sejam reveladas. Se você tentar pressioná-la, ela vai ficar na defensiva. Vai meter você em confusão.

Regra número sete para permanecer viva fora do galpão: você não pede à menina para te salvar.

Então você diz, em tom de brincadeira:

— Eu poderia dizer a mesma coisa, sabe? Você não é exatamente a pessoa mais sociável do mundo.

Algo nela esmorece.

— É. Acho que eu e meu pai... temos ficado juntos.

Você a imagina mais nova, anos antes. Quando a família ainda estava intacta. A ponta de um colar de pérola: ela, a mãe, o pai. Um ligado aos outros dois. Como deve ter sido desnorteante ter metade do tapete puxado de baixo dos pés, restando apenas uma pessoa para cuidar dela.

— Eu entendo — você afirma. — Pessoas são complicadas. Acredite, eu sei. Às vezes é mais fácil ficar sozinha.

Ela concorda com veemência, como se você tivesse dito uma verdade profunda.

— Então... TV?

Você a acompanha até a sala. Ela coloca a cachorra entre vocês duas no sofá. Rosa. Ela deu o nome três dias após o resgate, quando o pai cedeu e permitiu que o animal ficasse. Eles compraram uma coleira e uma plaquinha de identificação para ela. Rosa, Cecilia explicou, como Rosa Bonheur, a artista francesa que pintava animais. Ela tinha estudado sobre ela na aula de artes. O pai concordou. É um nome bonito, ele disse. Bem adulto.

E agora você sente a presença dele à sua volta. Olhos espiando por entre as estantes de livros, uma águia vigiando seu território lá do alto.

Até onde você sabe, ele poderia estar logo ali, do lado de fora, pronto para te pegar.

Anos atrás, você leu a história de uma garota de alguma parte da Europa. Oito anos em um porão, e um dia viu uma oportunidade. Ela fugiu. Saiu correndo até encontrar pessoas. Pessoas não, só uma pessoa. Ela pediu ajuda. Finalmente, foi ouvida por uma vizinha idosa que chamou a polícia.

Outra história de fuga: três mulheres aprisionadas na casa de um homem em Ohio. Você leu as manchetes quando ainda estava lá fora. Ele deixou a porta destrancada; uma das mulheres achou que se tratava de um teste, mas arriscou assim mesmo. Outra porta, dessa vez trancada. A mulher chamou a atenção de um vizinho. Ela saiu, usou o telefone de alguém para chamar a polícia. A polícia chegou a tempo. Encontraram as outras duas vivas.

Toda vez, uma confusão. Incerteza. A necessidade de alguém ver, ouvir.

E se ninguém nunca te ouvir?

Na sala, Cecilia se encolhe ao seu lado com a cachorra no colo. Uma amizade silenciosa, oficialmente reparada.

Você vai fugir um dia. Quando tiver certeza.

50
NÚMERO CINCO

Não saiu como ele queria.

Ele sempre faria isso, mas não tão cedo.

Algo aconteceu. Eu fui rápida demais para ele, esquiva demais. Isso o assustou.

Ele só queria que eu me acalmasse, mas foi longe demais.

Ele já tinha feito isso antes. Com certeza.

O único motivo pelo qual eu quase escapei foi por conhecer o bosque melhor do que ele. Minha teoria: ele tinha que mudar de território de tempos em tempos. Se não fizesse isso, as pessoas poderiam vê-lo. Poderiam começar a reconhecê-lo.

Ele conhecia a área. Isso ele me disse. Mas não conhecia essa parte específica do bosque e a curva específica no fim da estrada e a depressão no solo que parecia uma vala, mas na verdade não passava de uma depressão.

Uma depressão que poderia servir de atalho se alguém estivesse tentando fugir.

Então eu saí correndo. Só por um minuto, mais ou menos. Vi a luz. Vi a vida, ou a possibilidade dela.

E daí ele me pegou.

Ele estava sem fôlego, os olhos pareciam que nunca mais seriam capazes de retomar o foco. Olhava para todos os lados. Do começo ao fim de mim.

Ele estava zangado. E estava apavorado.

Imagino que tivesse sido melhor com as outras.

Antes de fazer, ele me disse que sua esposa estava doente.

Eu respondi que sentia muito.

Não sinta, ele me disse. Os médicos dizem que ela vai ficar bem.

51
EMILY

Deito na cama e coloco para tocar um disco antigo de Belle & Sebastian, procurando a garota em mim. Aquela que acreditava em amor e amizade. Que esperava, fielmente, que alguém destravasse os cantos remotos de seu coração.

Stuart Murdoch mal chega ao fim da primeira frase do refrão e eu já o faço parar.

Minha mão cai novamente sobre o edredom. Desejo poder adormecer. Mas tem uma corrente pulsando em mim. O impulso, desorientado, mas insistente, de fazer alguma coisa.

Qualquer coisa.

Levanto-me. Meus olhos estão secos, pegajosos. A pele de minhas mãos é áspera. Hoje é segunda-feira, um raro dia de folga. Vejo a hora no celular. É uma da tarde.

Quero vê-lo.

Não. Isso não é querer. É necessitar.

Necessito vê-lo.

Eu tentei, certo? Tentei dar espaço a ele. Tentei esquecer. Tentei confiar que ele voltaria para mim. Tentei me convencer de que talvez, quando ele terminasse de hibernar, eu pudesse ser sua amiga.

Não funcionou.

Toda noite, eu sonho com ele. Toda manhã, sinto o vazio de sua ausência outra vez. Penso nele. Penso em sua casa escura, na falta de luzes de Natal. Em como meu cérebro às vezes parece estar turvo, fechado em si mesmo, sem nenhum brilho de luz tentando entrar.

Nesses momentos, eu daria tudo para alguém invadir meu quarto.

Preciso agir. A roupa para lavar está acumulada, duas semanas de camisas sociais entupindo o cesto. No fundo de uma gaveta, um suéter de lã coral me salva. O colar prateado cai pelo decote em V, entre minhas clavículas. Resgato uma calça jeans mais ou menos limpa da pilha de roupas ao pé de minha cama. Ligo o secador, passo uma escova no cabelo. Corretivo, blush, pó, rímel. Brilho labial. Brilho labial?

Faço uma pausa com o aplicador brilhante a poucos centímetros do rosto.

Não.

Nada de brilho labial. Muito menininha. O homem que procuro – ele é um homem de verdade. Não um esquisitão qualquer com complexo de Lolita.

Batom, decido. Esfumado nos lábios com a ponta dos dedos. Um tom discreto, como se eu tivesse mordido uma cereja ou tomado vinho tinto.

Amarro as botas de neve com dedos trêmulos. Algo parecido com empolgação aperta meu peito.

Vou esperar, não importa o quanto demore. Ele vai voltar para casa e eu vou estar lá – bem, não *lá* lá, não sou completamente louca. Vou estar pela vizinhança, comprando alguma coisa. Vamos nos encontrar por acaso. Ele vai dar uma explicação pelo silêncio e eu vou dizer: *Ah, nem precisa falar nada. A vida acontece. Todo mundo anda ocupado.*

Você mesma precisa fazer as coisas acontecerem. É o que todo mundo diz – revistas, *coaches* que dão entrevistas em programas matutinos, qualquer pessoa. *Tal pessoa roubou sua ideia? Passou a mão em sua bunda? Fique firme. Não procure o RH. Só quem é problema vai ao RH. Ignore. Ignore a onda de ansiedade que torce seus intestinos todos os dias quando você aparece para trabalhar. Continue trabalhando. Seja melhor do que eles. Essa é a melhor forma de vingança.*

Seja ousada. Seja corajosa. Faça com que te enxerguem. Faça com que te ouçam.

Fecho o zíper do casaco, pego a chave do carro e desço as escadas. O eco de meus pés nos degraus é como uma declaração de fé.

52
A MULHER NA CASA, SEMPRE NA CASA

A casa está suplicando para que você faça. Ela quer te contar tudo, se ao menos você deixasse.

Tem que ser seguro. Algo que possa ser explicado se ele vir na tela do celular.

Regra número oito para permanecer viva fora do galpão: saiba o que você pode usar como desculpa.

Sem querer, ele te ensinou como reconhecer essas coisas. A forma delas. A sensação que elas passam. São coisas preguiçosas, coisas traiçoeiras. Coisas que não parecem nada. Coisas que escondem a importância que têm.

Tem que ser, você conclui, a estante de livros.

Quando Cecilia está no andar de cima, você se aproxima. Coloca a mão na fileira de livros. Os livros em brochura, os suspenses médicos. Dele ou da falecida esposa. Não importa, são algo que você não deveria tocar.

Você pensa em uma rosa sob uma campânula de vidro, em uma aldeã aprisionada em um castelo por uma fera. Pensa em um homem chamado Barba Azul e nas esposas que ele ficava matando porque não ficavam longe de sua sala secreta. Pensa na última mulher. Barba Azul foi atrás dela também. Foi a irmã dela, Anne, que a salvou, você se lembra de um livro de conto de fadas.

Você não tem nenhuma irmã Anne.

Levanta o braço e, com a ponta do dedo, inclina a lombada do livro mais próximo em sua direção.

O que vê: um título, *Coma*, e um corpo flutuando no ar, pendurado por cordas. O que vê: as coisas dele, desarranjadas por você.

E então... um barulho.

Seu corpo fica tenso. Você coloca o livro de volta no lugar, pula para o sofá. Deve ser ele. Quem mais. A filha dele está lá em cima. Eles nunca recebem visitas.

Você prepara suas desculpas. *Só estava procurando alguma coisa para ler. Eu juro. Que tipo de problema eu poderia arranjar com um livro? Sinto muito. É um livro. Desculpe. Não dá para machucar ninguém com um livro em brochura. Desculpe. Desculpe. Desculpe.*

Mas... a campainha toca. Uma, duas vezes.

Não é ele.

Certo?

Ou é algum tipo de jogo? Será que ele quer ver o que você vai fazer?

Três batidas à porta da frente. Você dá um pulo com cada uma delas, *toc, toc, toc*. Você pensa: *Tem alguém aqui*. Você pensa: *Ele vê tudo*.

De um canto da sala, a cachorra late, alertando para a presença de um estranho do lado de fora. Você pede silêncio a ela, implora que pare por meio de sussurros. E Cecilia? Você ouve os passos dela descendo a escada, mas ela não aparece. Deve estar usando fones de ouvido. São só vocês três, então – você, quem quer que esteja na porta e o homem com olhos em toda parte.

Você ouve um ruído. Uma chave entrando na fechadura, uma porta abrindo.

Tem alguém aqui.

53

EMILY

Meu peito infla com esperança renovada enquanto dirijo de minha casa até a dele. Não sinto nem vontade de colocar música. O momento é esperançoso, confortável o bastante para que eu possa permanecer em silêncio.

Estaciono em uma rua próxima e percorro a pé o resto do caminho.

A caminhonete dele não está na entrada da casa. É meio da tarde de um dia de semana. Ele deve estar trabalhando. Mas poderia voltar para fazer alguma coisa. Dar uma olhada na filha – as crianças não estão de férias nessa época do ano? Ou ele poderia passar entre um trabalho e outro.

Não importa. Ele deve aparecer em algum momento. Eu tenho tempo. Tenho todo o tempo do mundo.

Dou uma volta. Ando um pouco pela rua, volto, atravesso até a outra ponta. Há vizinhos, pessoas que vão comentar se me virem perambulando.

Antes que consiga me conter, estou me afastando das árvores e avançando na direção da casa dele. É o mais perto que já cheguei dela. Resumo: ripas de madeira branca, telhas cinza e um pequeno e bem-cuidado jardim com móveis de ferro fundido. Porta da frente, porta dos fundos. Ambas trancadas.

Campainha.

Toco uma vez, duas. Nada acontece. Paro para escutar por um minuto, mas só ouço silêncio.

Não é de se surpreender. Ele nitidamente não está em casa. Mas não detesto a ideia de estar aqui sem ele. Ensaiando, explorando seu território. Tento bater, três batidas curtas na porta de madeira. Mais silêncio, e então... isso foi um latido?

Ele nunca comentou que tinha cachorro.

Certo, talvez o cachorro seja novidade. Ou pode ser que ele tivesse um cachorro secreto esse tempo todo. Pode ser que eu não o conheça tão bem quanto penso.

Ninguém aparece. Penso em tentar de novo, mas não quero que o cachorro se assuste.

Meus ouvidos se aguçam. Isso é...?

Penso ter ouvido alguma coisa. Um sussurro. É algo leve, mas presente. Alguém fazendo *shhhh, shhhh*. Tentando evitar ser percebido.

Minhas mãos entram em ação antes que eu consiga pensar no que fazer em seguida. Estou procurando. O quê? Uma forma de ver lá dentro, uma chave, uma abertura que revele o mundo dele.

Respostas. Estou procurando respostas.

Levanto o capacho. Nada. Passo a mão sobre o batente da porta. Nada ali também.

Vasos de plantas – há vários deles espalhados pelo deque. Nenhum está florescendo no momento, não no meio do inverno. Nenhum ponto de vermelho, rosa ou branco. Só caules verdes crescendo preguiçosamente dos canteiros de terra.

Essas plantas não deveriam estar do lado de fora. Não se seu verdadeiro propósito é florescer. Não a menos que estejam escondendo alguma coisa.

Levanto um vaso, dois, três. Bingo.

A chave está sob a planta mais danificada de todas, com queimaduras de gelo, amarronzada, morta. Aquela planta nunca mais vai florescer.

A chave deixa marcas na palma de minha mão, onde o metal afunda na pele.

Estou mesmo fazendo isso?

Tem alguém lá dentro. Alguém que não é ele. Alguém que não foi abrir a porta.

Prendo a respiração quando a chave entra na fechadura. Um último momento de hesitação – uma história, preciso de uma história. O que vai ser? *Pensei ter sentido cheiro de fumaça e quis ter certeza de que estava tudo bem?*

É claro, por que não? Isso deve servir.

O mundo para de girar. Eu abro a porta.

54

A MULHER NA CASA

Há uma mulher parada na porta.

Ela é jovem. Da sua idade, talvez, ou da idade que tinha quando desapareceu. É tão difícil dizer que idade você aparenta ter atualmente, que idade você aparentaria ter se ele não tivesse acontecido em sua vida.

Ela é bonita. Disso você tem certeza. Cabelo brilhoso, rosto iluminado, sobrancelhas feitas e... aquilo é batom?

A cachorra vai saudá-la, mas você a segura pela coleira.

— Ela vai fugir — você diz, com o corpo dobrado ao meio. — Ainda não sabe o próprio nome.

A mulher entra e fecha a porta. Assim que você a solta, a cachorra salta. Ela cheira o casaco da estranha com a língua para fora, abanando o rabo.

Ele vai me matar, você pensa. O celular dele deve estar apitando feito louco.

Puta que o pariu, você diz dentro de sua cabeça. *Faz ideia do que fiz para permanecer viva esse tempo todo? É claro que não. Não importa, agora que você colocou tudo a perder. Agora ele vai matar nós duas.*

A estranha faz um carinho distraído na cabeça da cachorra e depois se concentra em você.

— Sou uma amiga — ela diz.

Será que você deveria alertá-la? Empurrá-la para fora e falar para ela correr, fugir e nunca mais voltar?

Ela continua a falar, respondendo coisas que você não perguntou.

— Eu pensei ter ouvido... pensei ter sentido cheiro de fumaça. Estou de folga hoje, então só estava... matando o tempo, dando uma volta por aí. Senti cheiro de fumaça e achei melhor ver se a casa não estava pegando fogo.

Ela estende a mão.

— Bem, meu nome é Emily.

A palma da mão dela é macia. Ela é uma visitante de outro mundo, um mundo com mesas de cabeceira e tubos de creme, rituais noturnos. Você costumava hidratar as mãos e os pés também, toda noite, antes de dormir.

Ela – Emily, ela é Emily agora – segura sua mão por um tempo um pouco maior do que o necessário. Ela está esperando, você se dá conta, que responda com o seu nome.

Talvez *este* seja o teste. Talvez ele tenha mandado alguém para ver como você reagiria.

Você confia nessa mulher sobre a qual não sabe nada, além do fato de ter acabado de mentir – e de maneira muito óbvia – sobre ter sentido cheiro de fumaça?

Você pensa nas câmeras, nos microfones. Pensa na casa e em todas as formas que ela sussurra seus segredos para ele.

Seu nome é Rachel. Você vai agir naturalmente.

Se ele puder te ouvir, e você se ativer ao plano, talvez haja uma chance. Uma chance para você e uma chance para a estranha.

— Eu sou a Rachel — você diz. — Sou uma... amiga. — Você se lembra da história que ele contou ao juiz quando vocês estavam no carro. Uma mentira para estranhos, diferente da mentira que ele criou para a filha. — Bem, uma parente. Uma parente que é amiga. — Você ri, ou pelo menos tenta. — Prima. Vim da Flórida para fazer uma visita. Acabei de chegar para as festas.

Se ela consegue notar que você está mentindo, não demonstra. Ela sorri e junta os cabelos castanhos na lateral do pescoço, e é quando você vê.

O colar.

É muito parecido com... não.

Mas poderia ser?

Ela acompanha seu olhar confuso.

— Desculpe — você diz. — É que seu colar... é tão bonito.

Ela sorri.

— Muito obrigada — ela agradece e levanta o colar para você ver melhor.

É o símbolo do infinito prateado, pendurado em uma corrente.

Você conhece aquela corrente.

É a mesma corrente delicada que você usava no dia em que ele te levou.

Carteira? Celular?, ele disse. E depois: *Arma? Spray de pimenta? Faca? Vou verificar e se descobrir que mentiu para mim, não vou ficar feliz.*

Você disse a verdade a ele. Não tinha nada nos bolsos, nada escondido nas mangas.

Joias?

Só o que estou usando, você disse a ele.

Julie te deu aquele colar de presente em seu aniversário de dezenove anos. Ela gostava de zombar de sua fascinação pelas caixinhas azuis, os laços brancos. Tão menininha, tão básico. Não combinava com o resto de sua personalidade. *Tem só uma coisa*, ela disse enquanto você desembrulhava o presente. *Eu não poderia deixar você andar por aí parecendo uma figurante de* The Hills. *Então acrescentei uma coisinha.*

Ela virou a corrente e revelou um enfeite extra – um quartzo rosa com invólucro prateado, que ela deu um jeito de anexar ao símbolo do infinito.

É tão lindo, você disse a ela. *Eu amei. Você é uma ótima amiga.*

Eu sei, ela respondeu.

Você usou o colar todos os dias até ele levá-lo. E agora está aqui.

Seu colar – singular, a única joia sob encomenda que você já teve – voltou a te encontrar.

Emily solta o pingente. Ele cai sob o pescoço dela com uma batida delicada.

Você se obriga a engolir em seco.

— É muito bonito — você diz a ela no que espera parecer um tom casual. — Onde você comprou, se não se importa de eu perguntar?

Ela sorri. Está ficando corada?

— Ah — ela responde. — Foi um presente. De um... amigo.

As bochechas dela estão enrubescidas. Ela abre o casaco.

— Desculpe — ela diz, abanando o rosto com a mão. — Você sabe como é. A gente se encapota toda e ainda passa frio na rua, mas no instante em que entra em algum lugar, já começa a ferver.

Na verdade, eu não sei como é, você gostaria de dizer. *Faz cinco anos que eu não tenho um bom casaco. Pergunte ao seu amigo, ele vai te contar tudo em detalhes.*

Ela te analisa. Quer coisas que você não pode dar. Bate-papo, conversa fiada. Respostas.

— Então... — ela pergunta. — Quando mesmo você disse que chegou?

Eu não disse, você pensa. Tenta imaginar o que ele gostaria que você dissesse. Que resposta não vai te colocar em apuros?

— Ah, outro dia desses — você afirma.

O sorriso dela se desfaz. Você a está deixando frustrada. Está na casa desse homem. Inapropriado, estúpido. E ela não consegue tirar nada de você.

Você sente muito. Sente demais. Quer cair nos braços dela e contar tudo. Quer dizer que não é nada – nada, nada mesmo – do que ela está pensando.

— Bem — ela diz, e não se preocupa em conter um suspiro. — É melhor eu ir.

Um impulso surge dentro de você. De segurá-la. De agarrar o tecido do casaco e nunca a deixar sair. De começar a falar e nunca se calar.

Ela se vira, caminha até a porta.

— Tchau — ela diz, e mal dá uma última olhada.

Você vai conseguir. Vai dizer a ela todas as coisas e vai confiar nela, pois ela é sua única chance e...

Ela sai e fecha a porta, bem na sua cara.

Como se nunca tivesse havido opção. Como se ela soubesse, soubesse desde o início, que você não faria isso.

55
EMILY

Devolvo a chave para o lugar onde a encontrei. Minha respiração sobe e desce pulsando pela garganta enquanto volto para o carro. Sento atrás do volante, enterro o rosto nas mãos.

Bem.

Agora eu sei.

Ela é bela daquele jeito natural e simples que é o oposto do convencional. Sem maquiagem. Cabelo natural. Não dá a mínima para roupas, nitidamente. Por que daria?

Se eu tivesse aquela estrutura óssea, também não me importaria.

Uma risadinha sai de mim como um soluço. Minha caixa torácica estremece. Algo como o início de um choro, mas não exatamente.

Ela disse que era uma amiga, depois que era prima dele. Era mentira. Uma mentira óbvia.

Só sei que tem uma mulher na casa dele e com certeza não é uma prima.

56
A MULHER NA CASA

Você volta para o quarto, como se ele pudesse te manter em segurança.

A qualquer minuto, os pneus da caminhonete dele vão ranger do lado de fora. Ele vai subir as escadas, o *tap-tap-tap* das botas como um prelúdio de toda a raiva.

Ele vai se materializar, um borrão na porta, e dar um jeito em você.

E quanto a ela?

O que ele vai fazer com ela?

Só podia ser ela. A estranha que deixou aquelas marcas nas costas dele. Que fincou as unhas na pele – uma marca de prazer, agora você sabe.

Emily, quem é você, porra? E o que você queria?

E você... você, você. Como pôde deixá-la ir?

Como pôde não contar nada para ela?

Como pôde não a alertar?

Você abraça as pernas. Cecilia ainda está no quarto dela, em silêncio. Ótimo. *Fique fora disso, menina. Fique fora dessa confusão e talvez você cresça para ver um mundo melhor.*

Caminhonete. O ronco do motor, depois silêncio. *Snap, snap* – a porta do lado do motorista abre e fecha. Porta da frente.

Um breve silêncio. A batida dos passos dele. Distantes, depois perto, e depois mais perto ainda.

A porta se abre.

— O que você está fazendo aqui?

Ele olha para você, toda encolhida perto do aquecedor, onde não precisaria estar.

— Eu só estava... descansando — você responde. Será que já deveria começar a se explicar ou era melhor esperar ele perguntar?

Ele resolveu não se importar.

— Ela está no quarto?

Ele está se referindo à filha. Você diz que sim. Será que ele quer saber se o caminho está livre? Se ele pode te arrastar escadaria abaixo sem ninguém notar?

— Certo — ele diz. — Bem. Estarei na cozinha. Por que você não fica aqui até a hora do jantar, já que gosta tanto?

Ele fecha a porta com cuidado.

Sua garganta fica apertada. Você não tem ideia do que ele pretende fazer. Não consegue decifrar o que ele está pensando. Sua capacidade de permanecer viva sempre dependeu disso, acima de qualquer coisa. Os pensamentos dele são como um nó que você consegue manusear até ser desatado.

O cheiro de comida se espalha pela casa. Ele chama da cozinha. Você e Cecilia se encontram no alto da escadaria. Ela faz sinal para você ir primeiro.

O pai dela coloca uma travessa fumegante de macarrão com queijo no centro da mesa e te entrega uma colher de servir. É tortura, a essa altura. O comportamento calmo dele, algo que alguém de fora confundiria com educação.

Grite comigo de uma vez, você pensa. *Diga alguma coisa. Qualquer coisa.*

Mas ele se senta, pergunta à filha como foi o dia dela. Enquanto eles conversam, você o observa com atenção. Procura sinais – um dinamismo na postura, um brilho nos olhos, adrenalina correndo pelo corpo, como sempre acontece após um assassinato.

Nada.

Você remexe o macarrão no prato até ele e Cecilia terminarem de comer. Acompanha os movimentos deles, tirar a mesa, sofá, TV. Ainda aguarda um obstáculo que não se apresenta.

Quando a casa se aquieta para a noite, ele te algema ao aquecedor. Essa parte não mudou com as férias de fim de ano.

Você fica acordada até ele voltar. *É isso*, pensa. Aguarda instruções. *Levante-se*, ele vai dizer e depois vai te levar para o carro e te levar para longe.

Um suspiro. Um pequeno sorriso. Ele começa a abrir o cinto, abaixar a calça.

Tudo acontece como sempre.

Depois, ele volta a vestir as roupas, passa a mão no rosto, contém um bocejo.

Com autoconfiança e calma, ele passa seu braço sobre sua cabeça, prende uma ponta das algemas em seu pulso, a outra na cama. Gestos de rotina. Tudo normal.

Ele sai e fecha a porta. Você fica deitada, olhos abertos. Um zumbido nos ouvidos.

Ele não sabe.

Uma mulher entrou na casa dele, ficou na sala. Roubou a chave. Invadiu o território dele. E ele não faz ideia.

Ela fez tudo sob o olhar das câmeras dele. Aquelas que não perdem nada. Que informam pelo celular cada movimento que você faz.

As supostas câmeras. Aquelas que ele inventou. Que só existem em sua cabeça.

57
NÚMERO SETE

Ele foi tão cuidadoso.

Cometeu erros, ele disse. Nas duas vezes anteriores.

Em uma ocasião, foi rápido demais. Na outra, foi legal demais. Deixou a garota viva.

Comigo, ele precisava que tudo fosse perfeito.

Ele tinha uma filha, me disse, e uma esposa doente.

Era para ela ter melhorado, mas não melhorou.

E agora estava morrendo.

Logo, só sobraria ele para cuidar da filha.

Ele não podia arriscar cometer erros.

Precisava estar ao lado dela, ele me disse. Ela era uma menina tão inteligente. Era inacreditável o quanto ela era ótima.

Merecia ter um dos pais para cuidar dela.

Então as coisas comigo tinham que dar certo. Não poderia haver distrações comigo.

Acho que ele diria que saiu tudo de acordo com o planejado.

58
A MULHER NA CASA

Seu cérebro deve se esforçar para aceitar essa nova realidade. Não há câmeras. Ninguém está olhando.

Você tenta a coisa mais óbvia. Na cozinha, primeiro com a tesoura, depois com uma faca. Esforça-se para enfiar a lâmina entre sua pele e a pulseira de plástico, com cuidado para não se cortar. Você retorce, fricciona e aplica pressão, mas ele não mentiu: a fita de aço não pode ser cortada. Não com tesoura nem com facas de cozinha.

Você procura ferramentas, mas é claro que não há nem sinal do pequeno maçarico. Nenhuma serra circular, nenhuma lâmina especial. O que você pensa que ele é? Um idiota?

Então o rastreador por GPS continua em seu pulso. Seu ponto pisca no celular dele. Ele tem você na palma da mão, aprisionada em um mapa virtual.

Você não pode ir embora. Ainda não. Mas pode circular. Há lugares para explorar, portas para abrir. Regra número nove para permanecer viva fora do galpão: descubra o que puder. Use os segredos dele como diamantes pendurados no pescoço.

Você começa pelo lugar mais seguro. Seu quarto. Lá, você pratica a bisbilhotagem. Passa as mãos sobre as superfícies que nunca pôde tocar. A escrivaninha que não passa de um engodo, a cômoda, todos os cantos da cama.

Nada acontece. Trata-se de um novo mundo, um mundo em que você não precisa pesar cada ação com base na provável reação dele.

Você sai para o corredor. O quarto de Cecilia... Ela está lá dentro, mas mesmo se não estivesse, você manteria distância. Esse é o mundo dela e você não pretende violá-lo. O banheiro? Ele nunca te deixou entrar lá sem supervisão. Disse para não ir durante o dia. Disse para se ater ao quarto, à cozinha e à sala. Você sabe o que isso quer dizer: há coisas lá que ele não quer que você acesse quando não estiver por perto. Cortador de unha, lâminas de barbear, frascos de remédio?

É hora de descobrir.

Com apreensão, você entra no banheiro. Você está aqui, sem ele. Sem os olhos dele observando você se despir, sem o olhar preso em você quando está no chuveiro.

Você abre o armário superior. Loção pós-barba, enxaguante bucal, desodorante, escova de dente, pente, gel de cabelo, fio dental. Partes dele, como um camarim de teatro.

No gabinete sob a pia, você encontra desentupidor líquido e desinfetante sanitário com alvejante. Sabonetes, limpa-vidros e uma pequena pilha de panos limpos. A outra vida dele – a vida limpa, organizada. O banheiro de um pai solo que conduz seu lar com firmeza.

Não há tempo a perder. Você volta para o corredor. O quarto dele... Você hesita. Encosta a mão e gira a maçaneta. Abre a porta... Não. Sim. Não. Sim. *Sim.*

Você vacila na entrada. O quarto dele. Onde ele se deita à noite, indefeso, alheio ao mundo ao redor. Tapete verde e grosso no chão. Uma cama tamanho *queen*, arrumada de maneira impecável, sem nenhum vinco nos lençóis de flanela.

Você entra na ponta dos pés. Ele tem uma mesa de cabeceira – uma luminária, um livro ao lado dela. Não dá para ver com muita nitidez, mas você acha que reconhece um dos livros de suspense que estava na sala. A mesa de cabeceira tem uma gaveta. Fechada, é claro. Repleta de possibilidades. O que ele guarda lá dentro? Óculos de leitura? Remédios para dormir? Uma arma?

O chão ganha vida sob você. Sua pele queima como se estivesse em cima de uma pilha de lixo tóxico. E se seus pés te traírem? Deixarem rastros no tapete? E se, de alguma forma, ele souber – e se puder sentir seu cheiro, sentir sua presença persistente no canto dele do mundo?

Não vale a pena. Você sai com um passo longo, verifica se o tapete não vai revelar sua invasão.

Você precisa continuar.

Quando segue para o andar de baixo, Cecilia se materializa atrás de você. Ela se acomoda no sofá e se enterra em um livro. A sala vai ter que esperar. Você faz uma revista superficial no banheiro de baixo – toalhas extras, papel higiênico, mais sabonetes, mais alvejante.

Então sobra a cozinha. Com Cecilia a poucos metros de distância, você faz o possível para ser discreta. Abre os armários, espia dentro das gavetas. Nunca conseguiu memorizar o conteúdo, não na presença dele. Agora pode fazer uma lista na cabeça. Sobre o balcão, o suporte para facas. Última gaveta antes da pia: tesoura grande, rolo de fita adesiva, canetas, alguns folhetos de restaurantes. Debaixo da pia: produtos de limpeza, lenços desinfetantes, alvejante, alvejante, alvejante.

Nos armários, nenhuma surpresa: pratos, canecas de café. Uma torradeira velha, possivelmente quebrada. Copos avulsos.

Ela estava bem aqui. Nesta casa. A mulher que estava usando seu colar.

Aquele colar. Você nunca deixou de pensar nele.

Ele guarda lembranças. Tesouros. Alguns deles, deu a você. Seu colar, no entanto? Guardou para si, até resolver que gostaria de vê-lo em outra pessoa.

Ele deve ter guardado outras coisas. Onde será que as esconde? No quarto? Algo te diz que não. É tão limpo, tão organizado. Não é lá que ele se solta. Lá dentro, ele ainda finge.

Onde, então?

Você se senta no sofá. Cecilia dá uma rápida olhada em sua direção, depois volta para o livro.

A porta sob a escadaria.

Que leva a algum lugar. Ao andar de baixo.

O que você sabe sobre o andar de baixo: uma bancada de trabalho, o chão sob seu corpo. Pilhas de caixas.

Foi lá para baixo que ele te levou em seu pior momento. Lá embaixo é um lugar de que você se lembra como sendo todo dele.

Você precisa olhar.

Mas não pode entrar com Cecilia observando. É preciso que ela saia.

Você espia por cima do ombro dela.

— O que você está lendo?

Ela fecha o livro para mostrar a capa, uma lâmina microscópica salpicada com gotas de sangue.

— É do meu pai — ela afirma. — É razoável. Já adivinhei o final. Só estou esperando o investigador desvendar.

Com a ponta do dedo, você levanta o volume como se quisesse olhar a quarta capa. Se continuar sendo irritante, talvez ela vá para o quarto.

— Do que se trata?

Ela te lança um olhar entretido, erguendo as sobrancelhas em um arco desconfiado.

— Você está entediada ou algo do tipo?

Ela tem isso dele. Questionar a motivação das outras pessoas, tentar enxergar através delas. Você também seria assim se tivesse sido criada por ele.

— Só estou curiosa — você diz a ela.

— É sobre um médico — ela diz. — Um cirurgião que fica matando os pacientes. Ninguém o impede, pois as pessoas não sabem dizer se ele é perverso ou só muito ruim no que faz.

Você diz a ela que aquela história parece conhecida. Ela concorda e volta a ler.

Levante-se, você quer dizer a ela. *Vá para o seu quarto. Vá para o seu maldito quarto de uma vez.*

Você volta para o andar de cima e desce com seu livro. Não está pronta para pegar um dos livros dele, dobrar as páginas, entortar a lombada. Opta por retomar *Adoro música, adoro dançar* e fica de olho em Cecilia.

Um pouco mais tarde, ela se levanta. Será? Não. Parou para ir ao banheiro. Alarme falso. Só mais para o fim da tarde, quando os retângulos de luz ao redor das persianas começam a desaparecer, que ela fecha o livro de vez e vai lá para cima.

Você espera alguns minutos. Ouve o som da porta do quarto dela abrindo e fechando, o *tap-tap-tap* dos passos no chão.

Silêncio.

O caminho está livre.

Você envolve a maçaneta com a mão.

Ela não gira.

Merda.

Está trancada.

VOCÊ PROCURA. Com os olhos e as mãos. Vê possíveis chaves em toda parte.

É o mesmo tipo de maçaneta presente na porta de seu quarto – redonda, com uma fechadura no centro. Você tenta usar um garfo. Tenta usar uma faca. Tenta usar uma caneta. Tenta a porra da quina de um porta-retratos, como se fosse adiantar alguma coisa.

Nada funciona.

Seus dedos tremem. Você se esforçou tanto. Fez tanta coisa. Não tem um minuto de paz, e isso te deixa irritada.

Era o seu colar. Um colar só seu. Que sua amiga mandou personalizar para você, porque ela te amava.

Você precisa continuar tentando.

Você precisa de um cômodo que não foi organizado como um cenário, um lugar que ele não pode ter higienizado.

Você precisa do quarto da filha dele.

59
A MULHER NA CASA

Você bate à porta de Cecilia. Ela abre com um *É sério isso?* escrito no rosto.

— E aí? — você pergunta.

Ela franze a testa, mas logo se corrige. Menina meiga. Você não sabe o que o pai disse a ela sobre você, mas ele a convenceu a te tratar bem, sempre.

— Precisa de alguma coisa?

Você precisa, mas não sabe o quê. Vai saber assim que vir.

Se ao menos ela te deixasse entrar.

— Você tem...

Você olha atrás dela. O quarto é roxo, azul e uma cor que você acha que seria um verde-azulado. Há uma cama de solteiro. Uma pequena escrivaninha de uma loja de móveis sueca. Dedos ao redor de seu pescoço: você tinha essa mesma escrivaninha. Tinha um computador e costumava ter acesso a papel e...

— Canetas.

— Quer uma caneta?

Você não quer uma caneta. Já tentou usar uma caneta e não funcionou. Mas se uma caneta te fizer entrar no quarto, então que seja.

— Se tiver uma sobrando... Por favor?

Ela diz que é claro que tem, e faz sinal para você entrar. O quarto dela, o mundo moldado pelos olhos dela: nas paredes, imagens que ela gostou e deve ter imprimido na escola. As latas de sopa de Andy Warhol, os ratos de Banksy, mais Keith Haring. Ela vai até a escrivaninha para pegar uma caneta.

Pense. Agora. Você precisa pensar em alguma coisa rápido.

Ao pé da escrivaninha, abandonada durante as férias, está a mochila dela. O modelo é básico, de algodão roxo com alguns zíperes e uma marca que você não reconhece. Mas Cecilia, essa menina artística e criativa, transformou-a em algo único. Com caneta hidrocor, desenhou um galho de árvore na lateral e uma rosa grande em cima. E na frente, duas letras, *C C*, feitas com — você estreita os olhos para ver melhor — alfinetes de segurança. Ela fez tudo muito bem-feito, cuidou para que as letras ficassem simétricas, duplicou as fileiras para as pessoas poderem ver as letras de longe.

— Que fofa — você diz, apontando para a mochila.

Você pensa em Matt, seu quase namorado, que sabia arrombar fechaduras. Uma série de ferramentas espalhadas sobre a mesa de centro da casa dele, os dedos se curvando conforme ele enfiava varetas de metal em buracos, segurava uma delas, movimentava a outra, até ouvir um clique.

Um alfinete de segurança poderia servir, você conclui. Valeria a pena tentar.

— Obrigada. — Cecilia olha com desinteresse para a mochila e volta para as canetas. — Pode ser caneta azul?

Você diz que sim.

— Foi você que fez? — Você ajoelha ao lado da mochila, passa os dedos sobre os enfeites.

— Fui. — Ela dá de ombros. — Não é nada elaborado, sabe... Só uns alfinetes.

Ela te entrega uma caneta. Você mal olha para ela e enfia no bolso.

— Que ótima ideia — você diz. — Tão lindo.

Ela alterna o peso entre um pé e outro. Você está testando a paciência da menina.

Ótimo.

Esse é o tempo que ela tem para ficar sozinha e você o está roubando. Ela vai fazer de tudo para tê-lo de volta.

— Você quer um?

Sim.

— Ah, não posso aceitar — você responde. — Não quero estragar as letras.

Ela ajoelha ao seu lado.

— Depois eu pego mais e substituo este. Vai levar uns dez segundos.

Antes que você consiga dizer qualquer outra coisa, ela retira um alfinete do primeiro *C* e te entrega.

— Obrigada — você diz. — Muito obrigada.

Você se levanta, aponta para o quarto.

— Vou te deixar à vontade.

Ela assente. Então, por não conseguir se conter, porque é doce e complacente e, mesmo se fosse te matar, mataria com bondade:

— Me avise se a caneta não funcionar. Eu te dou outra.

Você diz que vai avisar. Cecilia fecha a porta assim que você sai.

No andar de baixo, você vasculha os confins esquecidos de seu cérebro.

Matt comprou pela internet um conjunto de gazuas depois de ter sido demitido do emprego em uma startup de tecnologia.

— Não é tão difícil quando você sabe o que está fazendo — ele afirmou. Pelo que ele dizia, bastava colocar a coisa em outra coisa e girar desse jeito e daquele e, *puf*, o mundo se abria como uma ostra, macia e salgada, na palma de sua mão.

Ele te mostrou um vídeo no YouTube, em um canal chamado – você teve que ler três vezes para ter certeza – *Habilidades Essenciais para Homens*. Um cara demonstrava como inserir uma ferramenta verticalmente primeiro, como aplicar a pressão certa, como colocar outra ferramenta perpendicular à primeira e como manusear as duas até a fechadura ceder.

— É uma questão de pressão e contrapressão — o homem disse.

O que você interpretou: no fim das contas, é a magia de duas forças opostas que te liberta.

Diante da porta que fica sob a escadaria, você entorta o alfinete até ele quebrar em duas partes: a parte perfurante e a parte curva.

Você insere a parte curva, depois a perfurante. Trabalha devagar. Com calma. Tudo depende disso, da pressão de seus dedos no metal. A quantidade certa. Suficiente, mas não demais.

Leva tempo. Você precisa praticar. É como falar um idioma estrangeiro, aprender uma nova dança: cada tentativa te deixa um pouco mais perto. Você fica com um olho na fechadura, outro nos retângulos de luz que vão sumindo ao redor das persianas fechadas. Não tem o dia todo.

Pense. Lembre. Lembrar não é algo que seu cérebro faz com facilidade. Você permitiu que partes suas desaparecessem. Teve que fazer isso.

E agora precisa delas de volta.

Essas fechaduras redondas, Matt costumava dizer. Essas fechaduras redondas estão entre as mais fáceis de arrombar. Era tão fácil em teoria: aplicar pressão, retorcer, pegar o jeito do mecanismo. Ouvir um clique. A parte mais importante, Matt dizia, era ter a ferramenta certa. Tinha que ser bem pequena, mas resistente. Discreta, mas fatal. Se você soubesse aonde estava indo, seus dedos descobririam como chegar lá.

Aonde está indo: para o cérebro dele, a mente dele. A força mais esmagadora dele, trancada e escondida.

Há uma série de cliques e a fechadura gira.

Você coloca o alfinete de segurança, ambas as partes dele, no bolso de seu blusão de moletom, junto com a caneta de Cecilia.

Tenta a maçaneta mais uma vez.

Funciona.

Vamos.

Você abre a porta que fica sob a escadaria. Ela range e revela um lance de degraus de concreto.

Você desce.

60
A MULHER, DESCENDO

A escuridão te envolve. Sangue pulsando em seus ouvidos, você tateia em busca de um interruptor de luz. Não pode arriscar tropeçar, ralar o joelho. Não pode arriscar nem mesmo ficar com um hematoma inesperado na canela.

Quando chega ao fim da escada, seus dedos tocam no que você estava procurando. Um clique e a luz amarela de uma lâmpada revela seus arredores.

É o porão. Ele está usando o espaço como uma espécie de híbrido de cafofo masculino e depósito. Uma cadeira de pátio ao lado de uma pequena mesa dobrável. Uma garrafa de água reutilizável, uma lanterna. Pilhas de caixas de papelão encostadas na parede dos fundos. Na lateral, a bancada de trabalho. As ferramentas dele: alicates, martelo, abraçadeiras.

O ar aqui dentro tem o cheiro dele. De bosque, de laranja, algo ao ar livre e espinhoso. Um cheiro que ninguém temeria a menos que o conhecesse de verdade.

É para cá que ele vem para ficar sozinho. Para ouvir os próprios pensamentos. É uma sala de meditação, um lugar onde ele pode ser ele mesmo.

Suas mãos pairam sobre as ferramentas. Os alicates: será que pega um e tenta enfiar entre sua pele e a pulseira plástica?

Não são alicates comuns. São dele. Viajaram com ele, fizeram o que ele mandou.

Você afasta a mão.

Foque. Você não desceu aqui atrás de alicates. Veio em busca de segredos e bens roubados. Veio em busca dos confins escondidos do coração dele.

Você se aproxima das caixas. Há palavras escritas nelas: UTENSÍLIOS DE COZINHA, ROUPAS, LIVROS e assim por diante. Itens que sobraram, que ele não conseguiu acomodar na casa nova, mas resolveu manter.

Algumas das caixas dizem CAROLINE.

Aidan, Cecilia e Caroline. A mãe que deu à filha sua própria inicial.

Você alcança a caixa mais próxima com pertences de Caroline. Está fechada com fita adesiva. Você não pode abri-la – não pode arriscar rasgar o papelão, estragar a fita. O que esperaria encontrar, afinal? Uma voz? Um espírito? Caroline. Ela não devia saber. Você o viu do lado de fora. Viu como ele habitava o mundo, seu efeito sobre o juiz no outro dia. Você o viu sendo charmoso, educado e amigável. Ela deve ter partido em paz, sabendo que, se sua filha caísse, ele estaria lá para segurá-la.

Abrir as caixas está fora de questão, mas você pode movê-las. Pegar uma por uma, memorizando a ordem em que estavam empilhadas para poder reorganizar quando terminar. Quer ler o que está escrito em cada uma delas, sentir o peso entre as mãos. Encostar a orelha no papelão e esperar que o que quer que esteja lá dentro fale com você.

Uma camada de suor se forma em seu rosto. Seus braços doem, as pernas também. Você continua, com a força confusa da adrenalina correndo por seu corpo.

Você precisa ver. Você precisa saber. Cinco anos se passaram. Você precisa vê-lo, vê-lo por inteiro.

CAROLINE, CAROLINE, COISAS DE ACAMPAMENTO. Então, lá no fundo, uma fileira de DIVERSOS.

Você se apoia na pilha seguinte de caixas. Seu peito sobe e desce.

DIVERSOS. Caixas comuns, o mesmo papelão bege-sujo do restante, a caligrafia dele em caneta preta na frente.

Só que – uma rápida olhada em volta para confirmar – as caixas com a inscrição "diversos" têm manchas de umidade. Todas elas, e apenas elas. Formas abstratas, como mapas de terras estrangeiras, espalhando-se no canto esquerdo de uma, na metade inferior de outra.

Diversos.

Mais uma olhada em volta – não há nenhum cano aqui. Não no lugar certo, não onde precisariam estar para causar esse tipo de dano. As manchas são antigas, evidentes. Não foram causadas por algumas gotas de chuva no dia da mudança.

Essas manchas estão aqui há muito tempo.

As caixas estavam armazenadas em outro lugar antes. Em um outro cômodo – um porão, talvez, em uma casa antiga com vazamento nos canos. Não é o melhor lugar para guardá-las, mas ficavam escondidas. Ninguém iria xeretar debaixo de canos com vazamento.

E, agora, estão escondidas de novo. Não tão bem – há menos espaço na casa nova, menos cantos e fendas –, mas ainda estão escondidas. Estão atrás de todas as outras caixas, quase enterradas sob elas. Não daria para ninguém as encontrar, a menos que estivesse procurando.

Sua mão treme ao se aproximar da caixa. A primeira de três que ele empilhou uma sobre a outra. O papelão deve estar frágil, pronto para rasgar ao primeiro puxão mais forte. Você precisa ser cuidadosa.

A caixa desliza para os seus braços, depois para o chão. A parte de cima está fechada, mas sem fita adesiva.

Ótimo.

É quase como se você pudesse ouvir o ruído lá dentro. Da alma, das profundezas dele. Um portal para você acessar.

O medo aperta sua caixa torácica. São apenas coisas, você diz a si mesma. Coisas que pertenciam a você e a pessoas como você.

O que mais ele guardou? O suéter que você estava usando aquele dia? Calcinha? Carteira, carteira de motorista, cartão de crédito?

Troféus. Evidências. Provas de quem é você.

Será que está pronta para vê-la de novo – você mais jovem, a que escapou por entre seus dedos, a que você não pôde salvar, não de verdade, não totalmente?

E quanto às outras?

Está pronta para vê-las? Para conhecê-las?

Você pega uma das abas da caixa com dois dedos. Afasta-a para a lateral devagar. Outra aba. O som do atrito do papelão com o próprio papelão. Algo cedendo, um baú do tesouro se abrindo.

A CAIXA ABRE exalando cheiro de mofo. O conteúdo... ninguém gostaria de saber o que tem lá dentro. Ninguém gostaria, de verdade, de guardar essas informações no coração, carregá-las consigo para sempre. Mas alguém precisa fazer isso.

Você carrega o peso para que outros não precisem carregá-lo.

Primeiro, você vê as fotos. Polaroids. Faz sentido: nada de cartão de memória nem filme para revelar. A maioria tirada de longe. Silhuetas. Estilos de roupa de épocas diferentes, começando, você diria, na década de 1990.

As fotos estão separadas com elásticos em nove pilhas pequenas. A bile queima o fundo de sua garganta. Será que deve olhar?

É claro que deve. Alguém precisa vê-las. Observar o rosto delas, o sorriso, a postura, a cor dos cabelos. Mulheres desaparecidas, pessoas desaparecidas. Histórias que terminaram e ninguém sabe como. Exceto ele, e agora você.

Você vai lembrar.

Vê a primeira e vê a segunda e a terceira e a quarta e a quinta – e então você. Uma você que parece mais ela, de tão diferente da pessoa que é agora.

Seus joelhos tremem. Você engole em seco, ou pelo menos tenta. Sua língua roça, seca, no céu da boca.

Deslizam pelo chão de concreto, frio e duro sob sua carne, todas as partes suaves que te restam.

Você precisa conhecê-la tudo de novo. Você jovem.

Cabelo preto, recém-cortado, na altura dos ombros. Olhos grandes e redondos. Lábios carnudos. As roupas que você tinha levado para a viagem ao norte do estado – leggings, suéteres largos e botas de caminhada. Maquiagem. Você usava muita maquiagem, o tempo todo, mesmo estando sozinha. Você gostava. Batom vermelho e delineador preto de gatinho, base clara e pó rosado nas maçãs do rosto.

Tão jovem. Uma mulher ainda com traços de menina. Mais futuro pela frente do que passado atrás.

Ela só queria dar um tempo. A jovem das polaroids. Só precisava recuperar o fôlego. Dormir a noite toda. Desacelerar.

Você está em movimento em todas as fotos. Entrando e saindo do carro que havia alugado, dirigindo até o centro da cidade, saindo da farmácia.

Uma onda de náuseas te abala profundamente. Seus lábios retorcem.

Ele te observava.

Você sempre se perguntou como ele havia te encontrado. Se ele sabia que você estaria ali ou se te encontrou por acaso e viu uma oportunidade. Agora você sabe. As fotos confirmam. Dias antes, ele te perseguiu. Ele te estudou. Ele te escolheu. Ele se preparou para você.

Seu estômago revira. Respire. Você não pode vomitar. Não agora, e certamente não aqui. São só fotos. São só rostos.

Olhe para a número sete, oito, nove. As que vieram depois de você. As que você não pôde salvar.

Sinto muito. Sinto tanto.

Não são só fotos e não são só rostos. Mais do fundo da caixa, você tira um suéter macio azul-marinho. Um vidro de esmalte, vermelho e seco. Um chapéu de palha. Um anel prateado. Um único pé de tênis, com a sola suja de lama seca.

Óculos escuros que você reconhece do galpão, o mesmo que ele te entregou e tomou de volta imediatamente. Tesouros. Lembranças. Coisas. As coisas delas.

Você segura cada item por alguns segundos. *É tudo o que posso fazer*, você diz a elas. *Olhar para as fotos e segurar os pertences de vocês e tentar encontrar uma correspondência entre eles e as silhuetas das fotos. Não conheço as histórias de cada uma. Não sei nem os nomes.*

Guarda tudo de volta – isso é o mais importante – do jeito que encontrou. Verifica, verifica e verifica de novo. Pega a caixa número dois. Não há mais fotos, felizmente. Só mais coisas.

Jeans, sujos de grama. Sapatos de salto agulha com solas vermelhas. Um suéter de cashmere cinza – *seu* suéter de cashmere cinza. O que vestiu na última manhã, antes de sair para sua caminhada de sempre no bosque. Você não estava de casaco. Não planejava passar muito tempo fora.

Você aproxima o tecido do rosto. Procura o perfume da outra mulher, a antiga você. Só sente cheiro de mofo.

Mais coisas. Um sutiã, brincos de pérola, um lenço de seda. Nada disso é seu. Ele não guardou mais nada seu, só o suéter e o colar que acabou dando a Emily. O resto – sua carteira, seus cartões – ele deve ter jogado fora.

Então sobra a caixa número três.

Você a coloca no alto da pilha e abre.

Não são lembranças. Não são suéteres, nem sutiãs nem maquiagem.

São ferramentas.

Ferramentas de outro tipo. Algemas, parecidas com as que usa em você. Binóculos. A câmera Polaroid.

Aspereza envolvida em suavidade. Metal que cai de um trapo sujo. Uma arma.

Não é a que você conhece. Esta é cinza com cabo preto. Sem silenciador.

Você a pega com dedos trêmulos, coloca-a sobre a palma da mão.

Um som te arranca de seu estupor. Mesmo no porão, ele te alcança. Primeiro um ronco, depois um rosnado e então um rugido.

O rugido encorpado e escancarado da caminhonete dele na entrada da casa.

61
EMILY

Ele me deve uma explicação. Pelo menos uma mentira. Quero vê-lo se contorcer, tropeçar nas palavras, olhar para os pés. Quero vê-lo constrangido e com remorso.

Mantenho os olhos atentos. No mercado, na cafeteria. Não estamos em uma metrópole agitada onde as pessoas passam despercebidas. Ele tem que aparecer em algum lugar.

Por volta da hora do almoço, vou de carro para o centro da cidade. Dou uma olhada na lanchonete, na farmácia. Nada. Procuro a caminhonete dele na rua Principal, mas nem sinal.

Minha sorte muda no fim da tarde. Nem estou mais procurando por ele a essa altura, mas o *bitter* Angostura acaba e preciso pedir um pouco emprestado no meu concorrente.

Ele sai do meio das sombras.

Levo um segundo para o notar saindo dos fundos de uma viela, atrás do restaurante.

— Oi!

Tento manter o tom casual, como se apenas estivesse satisfeita em vê-lo. Ele vira a cabeça. Acho que o vejo franzir a testa – será que ele está surpreso em me ver aqui? Bem em frente ao meu próprio restaurante? –, mas o rosto dele relaxa e ele segue em minha direção. Alto, lindo e calmo, um polegar sob a alça de sua sacola de lona.

— Oi — ele responde. — Desculpe, eu só estava tentando pegar um atalho para...

Ele aponta para a rua Principal.

— Não se preocupe com isso — digo a ele. — Só não gosto quando os adolescentes ficam chapados atrás da lixeira. Então, contanto que você não estivesse fazendo isso... por mim, está tudo bem.

Ele ri. Essa sou eu: um ponto de cor na vida dele, um toque de absurdo para animar as coisas. Uma coisinha bonita que ele pode pegar quando quiser e largar quando se cansar.

Não é o bastante e não está tudo bem, mas – e isso me mata, me mata pensar isso, mas é o que penso – eu aceitaria a qualquer hora.

Aidan tira a sacola do ombro e a larga no chão. Com as duas mãos livres, cruza os braços diante do peito e me olha de cima a baixo.

— Está sem casaco?

Olho para minha camisa branca, calça preta e avental vermelho.

— Não vou muito longe.

Eu não estava com frio até ele mencionar, mas agora só consigo pensar no vento de dezembro em minha pele, tão gelado que quase queima.

— Espere um pouco.

Ele tira o cachecol de lã grossa e olha para mim, um pedido silencioso de permissão para se aproximar. Quando não digo nada, ele chega mais perto e o coloca em meu pescoço.

— Pronto — ele diz.

Sinto cheiro de pinho. Sinto cheiro de folhas de louro.

— Está melhor?

Pisco os olhos para retornar à terra.

— Sim — respondo. — Obrigada. Eu...

O que eu queria discutir mesmo?

Ah. Certo. A mulher na casa dele.

Antes que eu consiga encontrar as palavras certas, ele pergunta:

— E então, como você tem passado?

É como dançar com alguém que sempre está meio passo à frente. Digo a ele que estou bem.

— Só trabalhando. O de sempre.

Ele concorda com a cabeça.

— E você? — questiono.

— A mesma coisa. O trabalho anda movimentado. Muita coisa para fazer em casa também.

Silêncio.

— Desculpe por não ter respondido sua mensagem — ele diz.

Está olhando em meus olhos, a testa franzida, o pescoço desnudo no frio cortante, um zelo que perfura meu coração. Algo murcha em meu peito. Vim preparada para a batalha e ele acabou de arrancar a faca de minha mão.

— Está tudo bem — eu digo, mas ele balança a cabeça.

— Não. Não está. Você foi... você *é* perfeita. É só que... Tem muita coisa acontecendo, sabe? Em casa, e...

Ai, meu Deus.

Quero envolvê-lo em meus braços. Quero dizer que *ele* é perfeito e eu sou uma idiota. Quero dizer que não tenho ideia de como é perder a mulher, ver o corpo dela desaparecer debaixo da terra. Quero dizer a ele que está tudo bem. É o que eu quero mais do que tudo: que ele saiba que vai ficar tudo bem.

— Eu entendo — digo. — Quero dizer, não entendo. Mas está tudo bem. Sério.

Ele abre um sorriso tímido.

— Espero que ainda possamos... espero me sair melhor. No futuro.

Faço que sim com a cabeça. O que significa "melhor"? Ele está falando de amizade? De mensagens? Beijos? Sexo?

O cachecol dele arranha meu queixo. Quando vou ajustá-lo, revelo uma área de pele entre duas camadas de lã. Ele aproxima a mão de meu pescoço.

— Você está usando.

Seus dedos encostam em meu pescoço, bem onde está o colar que ele me deu.

— É claro que estou usando — respondo. — Eu...

Não posso dizer que eu *o amo*, porque é próximo demais, perigosamente próximo demais de *eu te amo*, e não quero chegar perto dessa confusão.

— É tão lindo — digo então.

Ele acena vagamente. Seus olhos estão em meu pescoço, seu polegar no pingente. Os outros dedos deslizam sob o cachecol e se acomodam na curva de meu ombro.

Não sei o que está acontecendo. Só sei que os dedos dele estão em mim e estão quentes, e eu estou com frio, então a sensação é boa, penso. É boa, mas é um pouco estranho ser tocada assim após semanas sem notícias dele. Parece que nos achamos novamente. Um lembrete de que conhecemos um ao outro. De que podemos conversar.

— Tenho uma confissão a fazer — digo. Ele tira a mão de mim. Seu olhar passa de minha clavícula para meu rosto. — Eu achei... achei que estava sentindo cheiro de fumaça outro dia. Na sua casa. — Ele inclina a cabeça. — Eu entrei, só para ver se estava tudo bem e...

— Você entrou na casa?

Meu rosto começa a formigar.

— Eu... eu não tive a intenção de me intrometer. Só queria ter certeza de que não tinha nada queimando. — Uma lembrança, uma sentença proferida pela corretora imobiliária da cidade uma noite no bar. — Essas lindas casas de madeira têm um problema. Parecem ótimas, mas desaparecem assim.

Estalo os dedos quando digo *assim*. Ele fica mexendo no zíper do bolso do casaco, pequenos e bruscos *zip-zip-zips*, como se ele estivesse estressado ou – pior – irritado.

— Estava tudo bem — afirmo. Eu rio, uma provocação à paranoia de meu antigo eu. — Tudo calmo no front.

Certo, é hora de parar de falar.

— Ah, que bom — ele diz, e empurra a sacola de lona com a ponta da bota. A propósito, uma pergunta: — Quem abriu a porta para você? Minha filha?

Uma nova onda de constrangimento toma conta de mim.

— Ninguém foi abrir a porta. E o cheiro estava realmente forte. — Posso ouvir o engodo em minha voz, a mentira deslavada que não sei muito bem como contar. — Tive que usar sua chave reserva.

É isso. Ele vai chamar a polícia, pedir uma medida protetiva. Mas, na verdade, ele parece entretido.

— Você encontrou a chave, então? Acho que eu deveria pensar em um esconderijo melhor.

Eu me ouço dar uma risadinha.

— Debaixo da planta. Muito perspicaz. Devo ter levado pelo menos... uns vinte segundos para encontrar.

Ele ri comigo. Por um instante, voltamos a ser nós – duas pessoas, dois amigos. Duas almas que se entrelaçaram.

O sorriso desaparece. Ele volta a ficar sério.

— Você viu alguém lá dentro?

— Vi — respondo. — Conheci sua... prima. Ela parece ótima.

À nossa volta, as ruas estão vazias. Está frio demais para as pessoas ficarem paradas.

— Ah, então você a conheceu? — Ele pensa. — Legal. — Estala a língua e repete: — Legal.

Ainda há um quê de preocupação no rosto dele, uma tensão na parte superior do corpo.

— Posso te pedir um favor? — ele pergunta. — É o meu carro. Tem alguma coisa errada, não consigo dar a partida. Por isso eu estava cortando caminho por aqui. Estava tentando encontrar ajuda.

Quanto ele acha que eu entendo de carros?

Ele deve ter notado minha expressão confusa, porque acrescenta:

— Acho que é a bateria. Você tem um cabo?

Eu tenho. Peguei emprestado com Eric e nunca devolvi.

— É claro — respondo.

Ele diz que está ótimo. Que viu meu carro parado na rua e a caminhonete dele não está longe.

Eu também digo que está ótimo. Ele pega a sacola, pendura de novo no ombro e começa a andar na direção da calçada. Vou atrás dele.

Estamos quase saindo da viela quando alguém abre a porta dos fundos do restaurante.

Yuwanda coloca a cabeça para fora.

— Está tudo bem aí atrás? — Ela vê Aidan ao meu lado e contém um sorriso. — Ah, oi. Desculpe. — Então diz para mim: — Não sabia que você estava acompanhada.

Ao dizer isso, ela abre um sorriso sincero. Como um gato que ganhou leite, um *sommelier* que ficou sabendo de uma fofoca.

— Está precisando de alguma coisa? — pergunto.

Ela faz que não com a cabeça e encosta no batente da porta.

— Não. Só vi que você estava aí fora e vim ver se estava tudo bem. — O olhar dela viaja até Aidan. — Mas sei que está em boas mãos.

Antes que eu possa arregalar os olhos para ela parar, Yuwanda já entrou. Ouvimos uma explosão de risadas enquanto a porta bate.

Nunca mais vou conseguir olhar nos olhos dele de novo.

— Desculpe por isso — digo, olhando para o chão.

— Tudo bem.

Mas não parece estar tudo bem quando ele diz isso. Sua voz está fraca, distante. O olhar está perdido.

Dou mais alguns passos na direção da rua, mas ele não se move.

— Quer saber de uma coisa? — ele fala. — Não se preocupe com isso. Você está ocupada.

Ah, qual é?

— Eu não me importo — explico a ele. — Só vou...

235

— Está tudo bem.

— Mas e sua caminhonete?

Que patético. É mais uma súplica que uma pergunta.

— Eu dou um jeito.

Faz-se um breve silêncio. Nada a acrescentar.

Começo a tirar o cachecol, mas ele ergue a mão e me interrompe.

— Pego de volta outro dia.

Não dá tempo de perguntar se ele tem certeza, de garantir que não vou ficar muito tempo na rua. Ele se despede com um aceno e desaparece da viela, com a sacola de lona produzindo um ruído metálico ao bater na lateral de seu corpo.

De volta ao restaurante, Yuwanda me segura quando estou a caminho do bar.

— Espero não ter interrompido nada.

Ela me cutuca com o cotovelo. Brincalhona, feliz, de um modo que me desconcerta.

Eu deveria imitá-la, ser mais como ela. Há tanto que tenho que aprender.

Eu a cutuco também. Ela arranca um sorriso de mim, mesmo quando peço para ela parar.

62

A MULHER NA CASA

Do lado de fora, uma porta abre e fecha. Ele saiu do carro.

Você não se movimenta com tanta rapidez há cinco anos. Dá uma última olhada para garantir que tudo está de volta onde você encontrou. Apaga a luz e sobe as escadas de forma descuidada e imprudente. Aperta o botão da parte de dentro da maçaneta. Fecha a porta ao sair, verifica se está trancada. Encolhe-se no sofá assim que o buraco da fechadura começa a fazer barulho. Abre *Adoro música, adoro dançar* em uma página aleatória.

Ele entra. *Eu estava lendo, só lendo. Certamente não estava bisbilhotando. Certamente não estava prestes a enfiar as mãos em seu peito e arrancar seu coração pulsante.*

Ele pendura a chave da caminhonete ao lado da porta, dá uma olhada na sala. Você prende a respiração para ele não notar que você está ofegante, que seu corpo está se recuperando da corrida pelas escadas.

Ele franze a testa. *O quê? O que foi?* Ele te observa dos pés à cabeça. *Merda.* Você se esqueceu de dar uma olhada em si mesma ao subir. Estava tão concentrada em deixar o porão em condições impecáveis que acabou não verificando se estava com manchas vermelhas na pele, uma mancha reveladora de poeira na testa.

Merdamerdamerdamerdamerda.

— Ela está lá em cima? — ele pergunta.

Você responde que sim. Em voz baixa, como se vocês estivessem no mesmo time e a filha dele fosse a intrusa, acrescenta:

— Ela passou a maior parte da tarde aqui embaixo, mas subiu para o quarto faz um tempinho.

Ele passa os olhos pela sala. Há algo pesado nele, como se a gravidade o estivesse mantendo preso ao chão com mais firmeza do que o normal.

Ele dá um passo na direção da porta sob a escadaria.

Alguma coisa aconteceu. Ele precisa ir lá embaixo. Precisa de silêncio, de um lugar que pertença apenas a ele. Precisa do espaço que você invadiu minutos atrás.

Ele não pode ir lá. Ainda não. É cedo demais. Se ele for, vai saber. Ele vai ver seu fantasma no espaço, sua sombra nas paredes.

— Posso ajudar com o jantar — você diz.

Ele te olha como se tivesse esquecido o significado da palavra *jantar*, depois volta para a realidade.

A preparação desta noite consiste apenas em reaquecer duas latas de chili. Nada de pão de milho nem manteiga. Ele chama Cecilia. Ela dispensa a TV e senta-se para comer prontamente, em silêncio, parecendo saber que se trata de uma daquelas noites em que não pode perturbá-lo.

Este homem, abalado, irritado. Aconteceu alguma coisa que ele não havia planejado. O mundo saiu de seu controle e agora ele está lutando para que volte, ajustando seu domínio.

MAIS TARDE, QUANDO entra em seu quarto, ele está taciturno. Você chuta o blusão de moletom para baixo da cama e torce para ele não notar o alfinete ainda guardado no bolso, junto da caneta de Cecilia. No dia seguinte, quando ele sair, você vai escondê-los na cômoda. Ele nunca olhou lá dentro e você precisa acreditar que não pretende começar.

Se ele olhar, você vai mentir. Vai dizer que não sabe nada sobre a cômoda ou as coisas que ela pode estar escondendo.

Ele não percebe. Este homem tem mais coisas com que se preocupar além dos segredos em seus bolsos. Esta noite, as mãos dele se demoram em seu pescoço. Ele é todo unhas e dentes e ossos, todo partes duras afundando em sua carne. Um soldado indo à guerra. Um homem com algo a provar.

Ela deve ter falado. Emily. A mulher que encontrou a chave da casa, entrou na sala dele.

E agora ele sabe.

63
CECILIA

Uma coisa sobre meu pai: ele é legal, mas eu sempre tive... sei lá. *Medo* não é a palavra certa. É que é fácil demais deixá-lo irritado e aí, bem, boa sorte para você. É por sermos muito parecidos, minha mãe sempre dizia. Duas personalidades fortes. Ambos com nossas preferências e aversões, sem espaço para concessões.

Não sei por que minha mãe achava isso. Eu cedo o tempo todo.

Mas acho que foi legal da parte dele me deixar ficar com a cachorra. Não temos mais tanto dinheiro. E ele não tem tanto tempo livre assim. Foi uma coisa legal que ele fez, e fez por mim. Graças a Rachel.

Rachel.

Certo, bem, Rachel é superestranha. Mas eu gosto dela.

Parece tão patético. Mas ela é meio que uma... amiga?

Ela tem umas ideias sem noção sobre mim e minha vida e meu pai, disso eu sei. Mas, no fim das contas, ela não é ruim. Ela só passou por algumas dificuldades, eu acho, e quando alguém passa por dificuldades, tem permissão para ser um pouco estranho. E ela salvou Rosa. Nunca vou me esquecer disso.

Então eu dei para ela um dos meus alfinetes. Não foi nada, mas ela gostou deles e era uma coisa que eu podia dar. Além disso, queria que ela saísse do meu quarto. Sabia que se desse o alfinete, ela iria embora.

Gosto de Rachel, mas às vezes também gosto de ficar sozinha. Minha mãe dizia que não tinha problema fazer isso. Dizia que era mais uma coisa que eu e meu pai tínhamos em comum.

É bom ter uma amiga – se é que posso chamar Rachel de amiga, não tenho muita certeza disso, pois, para falar a verdade, ela é meio velha –, mas também é um problema.

Isso me dá a sensação de que posso conversar com ela.
Isso me faz *querer* conversar com ela.
Isso me faz querer contar a ela coisas que nunca contei a ninguém.

64
A MULHER DEBAIXO DA CASA

Você não pode ir embora. Não está forte o suficiente para correr. Mas pode se movimentar, pela casa e no quarto. Pode fazer coisas quando a filha dele não estiver olhando. Pode se preparar.

O que você se lembra sobre mexer o corpo? Você procura lembranças de quando estava lá fora, correndo. Planos de treino, trabalho de velocidade nos dias de semana e corridas longas aos fins de semana. Inútil. Você precisa mesmo é da outra parte, aquela que deixava de lado com frequência, pois era jovem e seu corpo te convencia de que não era necessário. Treinamento funcional. Movimentos que fortalecessem suas pernas, suas costas, seu abdômen.

No quarto, quando ele sai, você tenta. A coisa mais fácil que lembra: agachamentos. Um, dois, três, dez. É uma sensação estranha, a palpitação nas coxas, uma queimação nas panturrilhas. Panturrilhas... elevações de panturrilhas. Você tenta isso também. Seu coração bate mais rápido. Pela primeira vez em anos, não é de medo ou de expectativa. Seu coração bate mais rápido porque o resto de seu corpo diz para ele bater.

Tudo relativo a isso pertence a você. Seus membros e as coisas que você pede que eles façam. A curva de sua lombar no chão quando se deita para fazer abdominais. A dor em seus bíceps quando segura o volume de *It: A coisa* com os braços esticados – é o mais grosso de sua coleção e mesmo assim não pesa muito, mas você mantém a posição por tempo o bastante para seus ombros começarem a queimar. Também são só seus: a dor nos pulsos quando tenta fazer uma flexão. A secura na boca, o suor na nuca.

Quando ele voltar, o suor vai ter secado de suas roupas. O calor vai ter deixado suas bochechas. Ele não vai saber. Mesmo se você fizer de novo no outro dia e no seguinte. Isso vai continuar sendo seu e só seu.

QUANDO SEUS BRAÇOS começam a tremer e as pernas suplicam por descanso, você volta para o porão. Arromba a fechadura com o alfinete. Um milhão de vezes, você espera que ele te deixe na mão. Um milhão de vezes, o alfinete prova que você estava errada. Você o guarda no bolso e continua.

Encontra a arma. Não sabe dizer se está carregada. Não sabe onde fica a trava de segurança. Deveria saber? Você não faz ideia. Seu conhecimento sobre armas se limita ao que aprendeu nos filmes, mas até você sabe que os filmes não mostram a realidade. Na vida real, você vai errar o alvo se estiver sem prática; na vida real, você não faz ideia do que está fazendo.

Você vasculha a caixa, tira um martelo do caminho, uma faca de caça, luvas de esqui, um pedaço de corda. Encontra retângulos curtos e largos de metal preto, um, dois, três. Pentes da arma. Balas cintilando no alto, pelos buracos nas laterais. Você não sabe dizer se isso é muita ou pouca munição. Só te resta esperar que seja suficiente para o que quer que você acabe fazendo.

Se tivesse um celular ou um notebook, pesquisaria tudo. Com um ou dois tutoriais em vídeo, aprenderia como carregar a arma. É provável que aprendesse também a atirar, como mirar e quando puxar o gatilho e como se preparar para o coice.

Você vai ter que aprender sozinha. Não sabe nada, mas é uma arma, não física quântica. Vai ter que voltar e descobrir as coisas. Em um saco de papel, mais fotos. Polaroids também, separadas da primeira pilha, mas de estilo similar. Tiradas de longe, sem que a pessoa soubesse. Você passa os olhos por elas. Cabelo castanho e pele clara. Casaco branco. Momentos triviais: entrando e saindo de um Honda Civic, entrando em um restaurante. As imagens estão borradas, mas você distingue uma silhueta, um balcão de bar e um avental vermelho.

Uma foto perfeita, como um asteroide caindo na Terra. O rosto dela. O belo rosto dela. Você a conhece. É claro que conhece. Você a encontrou aqui mesmo, nesta casa.

É a mulher da sala. A que estava usando seu colar.

Ela é um projeto. Um alvo.

Junto com as polaroids, um disco de papelão com a palavra *Amandine* escrita em caligrafia arredondada. Amandine, como o restaurante que viu no dia em que ele te levou para dar uma volta de carro. Um porta-copo. Ele deve ter ido lá, guardado isso no bolso. Um pedaço do mundo dela contrabandeado para o dele. Como as bugigangas que ele tirou das outras mulheres e te deu. Seus livros, a carteira vazia, a bolinha antiestresse. Tudo roubado.

Você precisa continuar. Por ela, por você, por todas aquelas como vocês.

No fundo da caixa, empilhados em um canto, você encontra três livrinhos. Nota que são guias. *Segredos do Vale do Hudson, Além do Hudson, Joias ocultas do norte do estado.* Nos três, o mesmo capítulo tem as páginas marcadas e está grifado.

O nome de uma cidade. Sete letras, um *gh* – mudo, segundo os guias. Só pode ser isso. A cidade, a cidade dele. Esta cidade.

Um mapa. Alguns garranchos, nada drástico. Nenhum *X* marcando a casa nova, nenhum *x* marcando a casa antiga. Nenhum código indicando as vítimas ou forma geométrica conectando os assassinatos. Apenas estradas e aglomerados, áreas verdes e filetes azuis.

Perto do centro, quase escondido na dobra, uma pequena forma branca – símbolo de um marco local, diz a legenda no canto inferior esquerdo. Você força os olhos. Quanto tempo faz que foi ao oftalmologista pela última vez? Há quanto tempo seu corpo está à deriva, envelhecendo mais rápido do que o normal?

O POÇO DOS DESEJOS. É o que está escrito em pequenas letras pretas, ao lado de um número de página para mais informações. Você folheia até encontrar a página. Perto da história do poço – construído há séculos, visitado por famílias que desejavam boas colheitas e bebês saudáveis – há fotos.

Pedras lascadas. Uma corrente enferrujada. Musgo por toda parte, mesmo em lugares em que não deveria ser possível.

É o poço. Pelo qual vocês passaram aquele dia na caminhonete, indo da casa para o centro da cidade e voltando. Logo depois das vacas. Bem ao lado do Irmãos de Carne.

Foque. Procure a escala do mapa. Encontre. Faça as contas. Mais rápido. Vamos logo. Você poderia correr toda essa distância? Talvez. Não tem ideia do que seu corpo é capaz de fazer.

Foque. Olhe para o mapa. Você precisa memorizar isso. Agora. Rápido. Lembre-se dos contornos e curvas, *esquerda, esquerda, direita, depois vai reto até passar o abatedouro Irmãos de Carne.* Inverta. Aplique isso ao mapa. Afaste, aproxime de novo. É aqui que você está.

Agora você sabe. Você tem certeza.

Mais uma coisa. Atrás do guia *Segredos do Vale do Hudson.* Uma lista rabiscada em uma folha de papel, dobrada, escondida. Nomes. Endereços. Horários. Profissões. O papel é grosso e está amarelado, a tinta roxa. Ele escreveu há muito tempo. Quando se mudou para a cidade, provavelmente, com a esposa e a filha.

Quando transformou a cidade em projeto, quando a transformou em um parque de diversões. Um espaço onde ele viveria acima de qualquer suspeita, um mundo feito sob medida para as necessidades dele.

Ele vem observando, estudando tudo e todos por tanto tempo. Criando um lugar em que poderia sair ileso de tudo.

Você chega ao fundo da caixa.

Guarda tudo de volta, deixando como encontrou. Verifica, verifica de novo.

Um som vem do andar de cima. Uma voz.

— Rachel?

Merda. *Merda.* Se não é o pai, é a filha. Fique quieta. Ela não sabe onde você está. E se ela vier procurar você? Você coloca as caixas de volta uma em cima da outra. Limpa as mãos na calça jeans. Olha em volta e tenta encontrar alguma coisa – uma desculpa, uma ideia, qualquer coisa.

A porta no alto das escadas se abre. Em poucos segundos, ela está lá embaixo, ao seu lado.

Será que é capaz de senti-los, os segredos do pai, flutuando como vapor no ar? Será que consegue ouvir a voz das mulheres sussurrando no escuro, suplicando a você, suplicando a ela, pedindo a qualquer um que puder ouvir que não se esqueça delas?

— Ei — ela diz. — Estava te procurando.

Bem, já me encontrou, você quer dizer a ela, mas não consegue falar.

— Você quer levar a cachorra para passear comigo? — ela pergunta. — Eu já estava de saída. Não vou muito longe, só até a água e volto.

A água. Você supõe que ela está se referindo ao rio Hudson, se puder confiar nos guias e no mapa. O mesmo rio pelo qual costumava passar em sua cidade.

— Ah, obrigada — você diz a ela —, mas não posso. Preciso, hum, terminar uma coisa do trabalho. Lá em cima.

— Tudo bem — ela diz. — Sem problema.

Ela fica em silêncio. Olha ao redor.

— Estava procurando alguma coisa?

Você pensa.

— Estava — você responde. — Eu precisava de... pilhas, e não consegui encontrar nenhuma, então pensei em olhar aqui. Mas tudo bem. Não é urgente. Não precisa se preocupar com isso.

Ela se encosta na cadeira.

— Eu também desço aqui, sabe...

A voz dela não passa de um sussurro.

— Sério? — você pergunta.

— É. À noite. É que... algumas coisas da minha mãe estão guardadas aqui embaixo.

Não diga nada. Deixe-a falar. Ela precisa que alguém a escute.

— É idiota — ela afirma. — Mas sinto falta do cheiro dela. De outras coisas também, mas temos fotos e vídeos. O cheiro dela é mais difícil de encontrar. Então às vezes eu desço aqui, pego um suéter antigo dela e só... fico com ele um pouco.

— Ela olha para você. — É bem tonto, não é?

— Eu não acho — você responde. — Você só sente saudade dela.

O que você não diz: nos primeiros dias depois que o pai dela te levou, você não conseguia pensar em sua mãe sem esquecer como respirar. Teve que parar por completo de pensar em sua família porque doía demais e você não podia se dar ao luxo de desmoronar.

— Meu pai não pode saber — ela afirma. — Ele não entenderia. Ou talvez entendesse, mas ficaria chateado. Então eu desço aqui à noite, quando ele está dormindo.

— À noite? — você pergunta.

— É — ela diz, olhando para o chão. — Espero ele, todo mundo, ir dormir. Depois eu vou. Tento fazer silêncio, mas sei que ele já me ouviu algumas vezes. Uma vez ele perguntou. Eu falei que estava indo ao banheiro.

As palavras transbordam como se estivessem pesando na consciência dela por um tempo.

— Tenho que roubar a chave — ela conta em um tom de voz tão baixo que você precisa prender a respiração para escutar. — Toda vez. — Ela balança a cabeça. — Não gosto de fazer isso, mas ele deixa a chave no bolso do casaco à noite. Ele não sabe que eu sei. Detesta quando as pessoas mexem nas coisas dele.

Antes que você possa abrir a boca, uma pergunta:

— Como você entrou?

Você apela para a mentira mais fácil:

— A porta estava destrancada — você responde. — Acho que ele esqueceu.

Você prende a respiração por um segundo. Talvez a mentira seja grande demais. Talvez ela perceba que você está blefando. Mas ela revira os olhos.

— Uau. Sério? — Você confirma com a cabeça, com uma expressão neutra no rosto. — Acho que ele anda distraído — ela diz.

Você está prestes a dizer que sim, que é verdade, que o pai dela é um homem ocupado e não tem como se lembrar de cada coisinha, mas Cecilia volta a falar. Ela tem coisas a dizer, confissões para descarregar, assuntos mais urgentes do que fechaduras e se o pai se lembrou ou não de trancar a porta.

— Preciso substituir a fita adesiva — ela explica. — Das caixas. Toda vez. Jogo os pedaços antigos na escola para ele não ver.

Você quer dizer a ela que está tudo bem – a chave, a fita adesiva, tudo. Quer perguntar mais sobre as chaves e os lugares onde o pai dela as esconde. Mas ela não terminou.

— Não quero magoá-lo — ela diz.

— Seu pai?

— É.

Você reflete sobre o que ela acabou de dizer. Ela vai à noite, quando todo mundo está dormindo – ou é o que pensa. Quando acredita que ninguém pode escutá-la. Os passos no corredor à noite. Você achou que fosse ele. Fazendo mal a ela. Fazia sentido que fosse ele. Você acreditava que ele estragasse tudo o que tocasse.

Será que achou errado? Tem sido ela esse tempo todo, uma menina visitando o fantasma da mãe no porão?

— Você é muito próxima dele, não é? — você pergunta. — Quero dizer, vocês dois parecem ter um vínculo forte. Se é que isso faz sentido.

Ela confirma com a cabeça. Mas ainda não olha para você.

— É. Somos só nós dois agora. Ele não é perfeito, mas eu também não sou. E ele tenta. Ele tenta tanto ser suficiente, sabe?

Você confirma.

Tem algo aqui. Tão real quanto seu antigo suéter de cashmere sob seus dedos, tão franco e pesado quanto a arma na palma de sua mão.

É mais do que lealdade, mais do que o senso de obrigação que os filhos têm em relação aos pais.

É algo forte, e você não conseguiria rompê-lo nem que quisesse.

65
EMILY

Ele volta ao restaurante. Uma quinta-feira, como antes. Ele sorri para mim. Quando lhe devolvo o cartão de crédito, seus dedos encostam nos meus. Mas estão frios. Mortos. Como se nunca mais pudessem me segurar, me agarrar como se eu fosse a criatura mais irresistível e adorável do mundo.

Na sexta à noite, o juiz chega para jantar. Ele se senta no bar, seu lugar preferido. É mais casual assim, diz. Ele consegue se misturar. Além disso, ele se sentiria constrangido sozinho em uma mesa.

A ideia está aqui. Em minha cabeça. Tem o ar de generosidade, mas também uma certa toxicidade. Parece interessante e um pouco perigosa.

Aidan não gostaria a princípio, mas – se eu fizer tudo direitinho – ele vai acabar concordando.

— Devíamos fazer mais.

O juiz levanta os olhos como se tivesse acabado de notar minha presença.

— Pela família — digo. — Eles passaram por tanta coisa. Nem imagino como está sendo para a filha dele.

Ele fica encarando alguma coisa atrás de mim, refletindo. Juiz Byrne. Três décadas de magistratura. A cada quatro anos, seu nome está nas cédulas de votação. A cada quatro anos, seu futuro está nas mãos da cidade. Importa muito para ele não só ser querido, mas que as pessoas saibam que ele também gosta delas.

— Você está certa — ele diz. — Está certíssima.

Certo. Agora não tem mais volta. Vamos colocar isso em prática. Estou colocando isso em prática.

— Se eu fosse ela — digo ao juiz —, ia querer uma festinha. Ela está de férias, deve sentir falta dos amigos, não é? — Um leve aceno de cabeça. — Eu nunca admitiria, é claro. Adolescentes... — O juiz e eu reviramos os olhos como se soubéssemos bem o que é isso, como se lembrasse tão bem quanto eu o que é ser uma menina de treze anos.

Eric coloca um prato de risoto de cogumelos na frente do juiz. Sirvo um café irlandês para ele por conta da casa e continuamos conversando.

O mais fácil, sugiro, seria fazer na casa deles.

O juiz não tem muita certeza.

— Não seria invasivo?

— A casa é sua, juiz.

— Eu sei, eu sei — ele diz. — Mas Aidan paga aluguel. Não sei se quero ser esse tipo de proprietário.

Debruço-me sobre o balcão do bar. *Continue na minha, juiz.*

— Poderíamos fazer do lado de fora. O jardim é tão bonito. — O juiz inclina a cabeça. — Podemos usar os aquecedores do pátio do restaurante — digo a ele. — Pendurar luzes de Natal. Eu faço vinho quente. Vamos cuidar de tudo. Vai ficar lindo.

Ele pensa na proposta.

— Você viu a casa? — pergunto. — Poderia estar tão bonita, mas no momento só está triste. É a única da rua sem nenhuma luz. Não estou culpando ninguém, imagine... Eles se mudaram no pior momento possível. Mas acho que precisam de uma ajudinha para deixar a casa com mais cara de lar. Precisam começar a construir boas lembranças lá.

Dessa vez, o juiz sorri. Ele está dentro.

— Tudo bem — diz. — Não é má ideia. Vou falar com Aidan, explicar que ele não vai precisar levantar um dedo.

— Ótimo. — Então, com um sorriso: — Mas não vai ser fácil ele aceitar. Você sabe como ele fica. Nunca consegue ficar parado. Sempre tem que ajudar com tudo.

O juiz ri, querendo dizer: *E eu não sei?* Completo seu café irlandês e ele faz um brinde a nosso querido amigo.

— Precisa ser logo — digo, fechando a garrafa de uísque. — Tem que ser antes do Natal.

O juiz concorda.

Antes de ele sair, apoio as mãos sobre o balcão e penso no que acabou de acontecer. Um pouco zonza, um pouco sem fôlego.

Aidan.

Sua casa, seu lar.

Vamos estar lá, juntos. E eu vou chegar até ele. Vou direto ao coração dele.

66
A MULHER NA CASA

Você sempre soube que tipo de homem ele era. Sabia o que ele fazia e quando fazia. Mas nunca tinha visto o rosto delas. Nunca tinha invocado o fantasma das mulheres, segurado o que restou da vida delas nas mãos.

À noite, elas te visitam. *Você nos deixou morrer*, dizem. Aquelas que vieram depois de você. *Você já deveria ter detido ele a essa altura. O que está fazendo? Por que não fugiu? Por que não está contando ao mundo sobre ele?*

Você pede desculpas a elas. Diz que é complicado. Tenta fazer com que enxerguem as coisas de seu ponto de vista: *Vocês sabem como ele é. Tenho que fazer tudo certo. Se der um passo errado com ele, é morte na certa.*

Ah, então agora é nossa culpa, dizem as mulheres. *Você deve se achar tão esperta, enquanto nós... nós somos as idiotas que morreram?*

Você tenta explicar. *Não foi isso que eu quis dizer. Eu jamais diria isso. Não sabem que estou do lado de vocês?*

Depois de um tempo, as mulheres param de responder. Mesmo depois que vão embora, você não consegue dormir.

Então esse é o seu caso. Cecilia, no entanto... Qual a desculpa dela? Por que está tão cabisbaixa?

Na hora do jantar, ela espera até o prato estar vazio e depois se vira para o pai.

— Não tem mesmo nenhum jeito de a gente se livrar disso? — ela pergunta.

Ele suspira como se não fosse a primeira vez que estão falando desse assunto.

— É uma coisa legal, Cecilia. Às vezes as pessoas tentam fazer coisas boas por você, e é educado aceitar.

— Mas eu estou de férias — ela insiste. — Eles não podem deixar a gente em paz nem durante as férias de Natal?

Ele franze a testa.

— Olha só — ele diz. *Típico de pai.* — Trabalhei o dia todo. Estou cansado. Não quero ter que repetir. As pessoas gostam de você. E gostam de mim. Acham que somos boas pessoas e resolveram dar uma festa para nós. Também não estou animado, mas é assim que a vida funciona.

Cecilia desvia o olhar. Ele sabe, ela sabe, todos vocês sabem que ele venceu, mas mesmo assim ele continua:

— Você lembra como conseguimos essa casa? — ele pergunta. — Foi o juiz. Ele mexeu uns pauzinhos porque gosta de nós. A vida é mais fácil quando as pessoas gostam de você.

— É só que... — ela murmura. — Tem que ser aqui? No jardim?

Ele dá de ombros.

— É o que eles querem fazer. Vamos aceitar.

No jardim?

Você tenta entender.

Este homem, nesta cidade? Deixando as pessoas chegarem tão perto, entrarem na órbita de seus segredos mais obscuros?

Ele está planejando alguma coisa.

Senão teria encontrado uma forma de sair dessa. Ele é um homem que faz o que quer, pelos motivos que quer.

Ele está planejando alguma coisa.

Regra número dez para permanecer viva fora do galpão: você pode aprender com ele. Você pode planejar coisas também.

VOCÊ PASSA OUTRA noite acordada. Obriga-se a permanecer deitada, cola as costas no colchão. Uma corrente elétrica pulsa por suas pernas; uma inquietação faz seu peito palpitar. Você fez os exercícios mais cedo, enquanto ele estava fora. Cansou as panturrilhas, os braços. Não é seu corpo que te mantém acordada. É sua mente, como uma bússola quebrada, girando e girando em vão.

Uma festa. Vai ter uma festa. Pessoas... muitas pessoas. *Bem aqui. No jardim.*

Ele vai estar ocupado, muito ocupado mantendo-se a par de tudo. Concentrado em garantir que as pessoas fiquem onde ele precisa que elas fiquem. Concentrado em garantir que o plano dele, seja qual for, corra da forma que ele quer.

E haverá olhos. Olhos por todo lado.

Seu cérebro pensa, pensa, pensa até se sobrecarregar. Igual ao Lego de seu irmão, quando os dois eram crianças – tenta isso desse jeito e daquele. Junta duas coisas e as separa. Monta, monta e observa tudo desmoronar e começa a montar de novo.

Ela estava usando seu colar.

Emily. O nome dela percorre seu corpo, sobrepõe-se ao zumbindo em seus ouvidos.

É ela. Só pode ser ela. O objetivo da festa, a razão de ele estar deixando todo mundo entrar. Ele a está cercando, examinando como um banco a ser roubado.

As mulheres das caixas começam a clamar. *Você sabe o que tem que fazer*, dizem. *Vai deixar ela morrer também?* Você quer dizer a elas: *Por favor, parem só por um segundo, me deixem pensar*, mas não pode, não pode porque seus dedos estão queimando e sua garganta está queimando e tem uma mulher lá fora e ela estava na sala e você a viu, você a conheceu e ela parecia legal, e mesmo que não seja, ainda assim deveria permanecer viva. Ela deveria permanecer viva pelo máximo de tempo possível.

Você vira de lado e coloca o travesseiro sobre a cabeça. Com a mão livre, empurra, aplica pressão até mal conseguir respirar, até não existir nada em seus ouvidos além da pulsação do sangue e o leve fluxo de oxigênio no fundo de sua traqueia. Você abre a boca, dentes encostados no lençol, e enterra um grito silencioso no colchão.

67
NÚMERO OITO

A esposa dele estava morrendo. De novo.

E eu também.

Quando os médicos me disseram, só pensei em um lugar.

O vale perto do Hudson, escondido do resto do mundo por fileiras e mais fileiras de árvores. Era preciso saber que ele estava lá. Quem soubesse, tinha as chaves do paraíso.

Havia uma placa dizendo "É PROIBIDO NADAR", mas ninguém dava bola. Era um lugar para mergulhar debaixo d'água. Um lugar para areia, caiaques e isopores cheios de cerveja.

Era onde eu queria passar o tempo que me restava, só de biquíni e um chapéu de palha.

Ele me encontrou uma noite.

Eu estava concentrada em outras coisas. Estava morrendo e tentando me conformar com isso.

Não esperava que um homem como ele resolvesse os problemas com as próprias mãos.

Eu sei. Eu sei. Eu ia morrer mais cedo do que a maioria.

Ainda assim, o que ele tirou de mim importa.

Depois de uma vida correndo de um lado para o outro, tentando agradar outras pessoas, essa era minha última chance.

Era para ser o meu momento.

68
A MULHER NA CASA

Você não pode explicar. Não pode dizer nada a ela.

Precisa confiar que ela vai entender.

— Queria que essa tal festa não tivesse que ser aqui — Cecilia te diz na tarde seguinte, quando estão só vocês duas.

Eu sei, você responde em sua cabeça. *Mas se você soubesse... Vai ser magnífico.*

Você a deixa falar.

— Na verdade, nem queria que fizessem essa festa. Sei que as pessoas estão tentando ser legais, mas...

A voz dela se extingue.

— Eu entendo — você diz a ela. — Também não gosto de multidões.

Ela concorda com a cabeça.

— Sinceramente, acho que vou fugir para o meu quarto sempre que der. Dar um tempo, sabe?

É sua vez de concordar.

Eu entendo, garota. Lembro como é preciso dar um tempo.

VOCÊ VOLTA lá para baixo. Não olha as fotos – elas vão sugar a vida de dentro de você e não vai sobrar mais nada.

É na arma que está interessada. Você a pega. Sente o peso dela na sua mão. Acostuma-se a ela. Tenta inserir um pente. Faz errado. Tenta de novo. Nunca fez isso, mas ninguém precisa saber.

Com a arma na palma da mão, um poder toma conta de você. Poderia fazer tantas coisas. Aproximar-se dele enquanto estiver dormindo. Mirar e puxar o gatilho. De quantas balas precisaria? Uma, se acertasse de primeira. Duas, três, cinco. Você não faz ideia.

Não é isso que você quer. Sangue nos lençóis. Massa cinzenta no travesseiro. Cecilia correndo da outra ponta do corredor, tropeçando nos próprios pés, sonolenta, assustada. Uma cena que ela nunca esqueceria – o corpo do pai dela e uma pistola ainda quente em sua mão. E você? Simplesmente iria parar na cadeia. Presa de novo.

Sabe o que o mundo tem a oferecer a pessoas como você. O melhor que pode esperar: ele, vivo, usando um macacão laranja. Um tribunal, correntes em volta dos pulsos e tornozelos dele. Manchetes de jornal dizendo ao mundo o que ele fez. Não é bem assim, e você não sabe ao certo se deseja essas coisas. Mas é a única opção, e vai ter que aceitá-la.

Aqui, na casa, pela primeira vez – pela única vez – você pode decidir por conta própria.

O que deseja: uma forma de existir no mundo, depois. Uma vida que não envolva acordar todas as noites assombrada pela lembrança do homem que você matou. Porque o matar te assombraria. Você não é ele. Jamais será ele.

ELE MOLDOU a vida da filha de modo que gire em torno dele e um dia ele será tirado dela. A vida que ele deu a ela é construída sobre covas rasas e os mortos vão se levantar e virar o chão em que ela pisa de cabeça para baixo.

Durante o jantar, ela está feliz. Feliz o bastante. Passou a maior parte do dia lendo. Ensinou um truque novo a Rosa. Até agora, acertou cinco respostas do programa de TV. Talvez a noite de hoje dê esperança a ela. Talvez a noite de hoje diga a ela que um dia a vida vai voltar a ser alegre.

À mesa do jantar, ela se vira para você. Algo esmorece dentro dela. Está envergonhada, você imagina, da própria alegria.

Está tudo bem, você quer dizer a ela. *Você deve ser feliz. Você merece ser feliz. É só uma garota. Não fez nada de errado.*

Você merece crescer sem ter que pensar em nada disso. Você é uma menina. A vida logo vai te ensinar sobre os caras ruins.

Um dia, você vai ficar sabendo que seu pai era um deles.

Ela vai precisar culpar alguém. Porque vai sofrer, e quando alguém sofre, ajuda saber quem foi o culpado. Se você soubesse, aquela noite na casa noturna, talvez tivesse sido capaz de permanecer na cidade. Se tivessem te dado um rosto e um nome. Uma única pessoa em vez de um mundo hostil. Você teria se curado e nunca teria encontrado o pai dela. Sua vida ainda seria só sua.

Ela vai precisar de alguém para culpar, e se não for ele, vai ter que ser você.

Cecilia. Sinto muito pelo que estou prestes a fazer com você. Sinto muito pelo que estou prestes a fazer com sua vida.

Talvez um dia você entenda.

Espero que saiba que fiz tudo isso por você.

AQUELA NOITE, VOCÊ planeja fazer o que sempre faz. Planeja esperar ele terminar. Planeja ser Rachel. Planeja fazer as coisas que te mantêm viva.

E tenta. Mas ele te encontra no escuro e você pensa nas mulheres lá de baixo. Pensa na filha dele. Pensa em você e nas outras como você.

Você nunca se permitiu sentir isso. Sabia que seria perigoso. Que não era o tipo de raiva que podia ser compartimentada em gotas, apenas em tsunâmis.

Ele vai te algemar à estrutura da cama e erra. O metal belisca sua pele. Você puxa o pulso – é instinto, o que as pessoas fazem quando alguém as machuca. Ele agarra seu braço e o imobiliza. Isso também é instinto. Colocar seu corpo, todas as partes dele que se movem, nos lugares em que ele deseja que fiquem.

O mais sábio a fazer é permitir. Ele vai te algemar de qualquer jeito, então o que importa? Mas esta noite importa. Esta noite você fica de joelhos e dá mais um puxão. Seu pulso escapa da mão dele. De imediato, ele já está agarrando seu cotovelo, seu ombro, qualquer parte de seu corpo que possa usar como âncora. Você resiste. Escapa do alcance dele, se levanta, empurra a mão dele. Seus movimentos te surpreendem – tão rápidos, tão precisos. Memória muscular. Seu corpo foi tirado de uma longa hibernação devido às sessões secretas de exercício.

Ele vai para cima de você com as duas mãos e você se esquece de ficar com medo. Está apenas zangada.

É uma luta silenciosa, descuidada, desesperada. Sua mão faz contato com o peito dele. Você o empurra – é um empurrão leve, mal tira do lugar este homem inabalável. Mal tem qualquer impacto, mas para você significa tudo, tudo.

Ele retoma o controle – é claro que sim. Ele é ele e você é você. Ele agarra e gira seu braço, o outro também, joga o peso sobre seu corpo até você desmoronar no chão como uma folha murcha. Mas a respiração dele está pesada e o coração bate junto às suas costas, rápido, alto e apavorado. E foi você que fez isso, escapou dele por alguns segundos e isso o assustou.

Você apavorou este homem. Fez a pulsação dele acelerar.

— Que porra é essa? — ele sussurra, com a respiração furiosa escapando por entre dentes cerrados. — O que pensa que está fazendo?

Ele torce ainda mais seus braços. Você se rende. Agora pode. E deve.

— Me desculpe — você diz. Nenhuma palavra é sincera. É uma senha, um canal que leva a mais um dia.

Sua respiração se acalma. Você se dá conta do que fez, de como acabou de voar muito perto do sol. De maneira insensata, sem pensar em suas asas e na cera que as mantêm no lugar.

— Me desculpe — você repete. E, com uma pitada de verdade: — Não sei o que estava pensando.

Ele retoma o controle sobre as algemas e te acorrenta à estrutura da cama.

Esse seu corpo é tão forte. Você não sabia que era capaz disso. De empurrá-lo desse jeito. De reagir.

Ele passa os dedos em sua nuca, junta seus cabelos em um punhado apertado e puxa. Sua cabeça é levada para trás. Ele aproxima o rosto do seu.

— Você é muito abusada, sabia disso?

Não tente concordar. Não tente explicar. Apenas o deixe falar.

— Você estava perdida. Você estava tão solitária. Eu te encontrei. — Um puxão. — Você só está viva por minha causa. Sabe o que seria sem mim?

Nada. Você recita as palavras na cabeça para que elas não te atinjam quando ele as disser. *Você estaria morta.*

— Nada. Você estaria morta.

Não ouça o que ele diz. Não o deixe entrar em seu cérebro.

Ele solta seu cabelo com um empurrão.

— Me desculpe — você diz mais uma vez. Poderia dizer quinhentas vezes se ele precisasse ouvir. Pedir desculpas não te custa nada.

— Cale a boca. Pode fazer isso? Pode parar de falar pelo menos por um segundo?

Você se acomoda junto à cama. Ele olha para você e balança a cabeça.

Ele tem planos que vão além de você. Você viu as fotos. As polaroids de Emily no porão, as ferramentas nas caixas e na bancada de trabalho.

Foi um erro empurrá-lo. Assustá-lo dessa forma. Você não se arrepende, não completamente. Mas precisa tomar cuidado.

Está tão perto.

69

A MULHER NA CASA

Ele te explica coisas.

— Vai ter uma festa — diz, como se ele e Cecilia já não tivessem discutido isso na sua frente. Como se você só pudesse ouvir coisas quando ele quisesse.

Você acena com a cabeça.

— Algumas pessoas vão vir. Aqui. No jardim da frente. Não vão entrar na casa. Entendeu?

Você diz que sim.

— Você vai ficar aqui — ele afirma, referindo-se ao quarto.

Nenhuma surpresa até agora, você quer dizer, mas em vez disso acena com a cabeça.

— Vamos fazer tudo como sempre.

— Entendi — você responde.

Ele segura as algemas.

— Me diga seu nome.

Você pensa: *Isso de novo?* Mas seu cérebro sabe o que fazer. Palavras têm um poder especial quando te mantêm viva.

Você é Rachel. Ele te encontrou.

— Meu nome é Rachel — você afirma, tirando um peso do peito. Como se estivesse mentindo e acabasse de voltar para a verdade.

Tudo o que você sabe foi ele que te ensinou. Tudo o que tem foi ele que te deu.

Ele nem precisa perguntar o resto.

— Mudei para a cidade recentemente. Precisava de um lugar para ficar e você me ofereceu um quarto.

Ele confirma. Agarra você pelos ombros, fincando os dedos em sua pele, apertando os músculos. Incrustando-se em você.

— Você não vai gritar — ele diz. — Não vai falar nem fazer nada. Se fizer, vou te levar para o meio do bosque. E vai ser o fim disso tudo.

— Eu entendi — você afirma.

— Ótimo. — Então, só para garantir que a mensagem está clara: — Você não vai fazer barulho. Você não vai dar um pio.

Você assente mais uma vez.

Não está mentindo. Ele tem razão.

Você não vai.

70
NÚMERO NOVE

Ele teve a ousadia de ficar com medo de mim.
Ele. Com medo. De *mim*.
Não sei o que estava esperando.
Talvez achasse que eu seria mais velha. Ou mais nova.
Quem sabe?
Eu não.
Fiz ele se esforçar por isso. Lutei. Nem sabia que tinha aqueles reflexos. Eles simplesmente me encontraram quando precisei deles. Quando ele se debruçou sobre mim e o caminho entre meu cotovelo e seu nariz ficou liberado.
Fui com tudo.
Ele desviou antes que meus ossos pudessem fazer contato com os dele. Mas o efeito que teve sobre ele, essa coisinha mínima. A centelha de vida do outro lado.
Ele ficou *perturbado*.
Acho que ficou mais zangado consigo mesmo do que comigo. Tenho uma filha, ele me disse. Tenho uma... tenho uma pessoa. Uma inquilina. Tenho uma vida.
Ele me disse que tinha uma vida. Eu não disse que também tinha.
Ele sabia.
Então ele fez. Eu lutei e, no fim das contas, ele ainda fez. Como se tivesse decidido que eu era uma força do mal e ele precisasse acabar comigo.
A última coisa de que me lembro: ele, olhando fixamente para o meu rosto como se fosse um abismo.
Agarrado ao meu corpo como se fosse o fim de tudo.

71
EMILY

A casa ficou bonita. Finalmente. Sophie e eu chegamos mais cedo para pendurar luzinhas no jardim, ao redor das plantas e na única árvore. Ligamos os aquecedores do restaurante, chamas altas dentro de gaiolas de metal. Nevou durante a noite, não muito, mas uma parte ficou no chão.

Observo tudo e meu humor melhora um pouco.

Ele está na porta. Dando instruções às pessoas que estão estacionando, indicando onde está o vinho quente que Sophie e eu trouxemos. Todos estão alegres, todos estão encapotados. Isso inclui ele: parca fechada até as orelhas e aquele chapéu forrado com pelúcia de sempre.

Não posso ficar olhando muito para ele.

Fiquei pensando se usava ou não o cachecol dele. Não queria ser muito óbvia. Mas, por outro lado, ele me deu o cachecol. E é um bom cachecol. Do tipo que esquenta mesmo. Imaginei que se usasse as pessoas veriam. Poderiam reconhecer o cachecol dele em meu pescoço e ligar os pontos.

Além disso, ele disse que outro dia o pegaria de volta. Talvez esse dia seja hoje. Talvez se eu o usasse, ele falaria comigo.

Resolvi ir com o cachecol.

Estou usando ele agora mesmo, com meu casaco acolchoado branco e as botas de neve boas. Aquecedor de orelha, para não bagunçar muito o cabelo com um gorro. Um pouco de maquiagem – o suficiente para me sentir arrumada, não o bastante para parecer que me esforcei.

Quando Sophie e eu chegamos, ele me cumprimentou com um abraço.

— Que bom que você veio — disse. Quero acreditar que suas mãos se demoraram um pouco mais do que o necessário em volta de meus braços, mas não sei.

Todos estão aqui, do juiz ao sr. Gonzalez. Até Eric e Yuwanda vieram. ("Festa na casa do Viúvo?", Eric disse no grupo de mensagens. "Não perderia por nada.")

A filha está aqui. Enrolada em seu casaco roxo, um cachecol branco cobrindo a metade inferior do rosto. Ela tem cabelo comprido e avermelhado como a mãe. Tem as sardas da mãe também. Às vezes, é difícil enxergá-lo nela. Em outras circunstâncias – se ele fosse outro tipo de homem, se ele e a esposa tivessem sido outro tipo de casal –, seria de se perguntar se ela é mesmo filha dele.

Ela está parada em um canto, ao lado de alguns adolescentes que já vi pela cidade. Não estão muito entrosados. Ela é tímida, como imagino que ele deve ter sido nessa idade. Como ele ainda pode ser, às vezes.

Observando-o atentamente, dá para notar. Como ele faz pequenos intervalos para se recompor. Como encerra uma conversa, recolhe-se em um canto e massageia as têmporas por um segundo, até estar pronto para recomeçar.

Ninguém deve entrar na casa. Essa foi a única condição, relatada a nós em um e-mail coletivo. "Aidan pediu gentilmente que limitássemos a festa ao jardim da frente", o juiz escreveu. "Espero que todos possamos respeitar. Todo mundo está muito ocupado com o período das festas e não queremos criar mais trabalho do que o necessário para ninguém."

Então estamos todos do lado de fora. Todos nós, menos ele.

Ele acha que está sendo discreto, mas eu percebi.

Além dos pequenos intervalos, para a massagem nas têmporas, ele já entrou duas vezes na casa. Trancou a porta sempre que voltou para fora. Eu não teria prestado muita atenção se ele tivesse feito, bem, qualquer coisa. Se tivesse voltado com uma pilha de copos descartáveis ou de guardanapos. Talvez um suéter para emprestar para um convidado.

Mas vi por uma janela, por aquele pequeno vão entre o vidro e a persiana. Ele entrou e simplesmente ficou lá parado. Imóvel, ao pé da escadaria. Cabeça inclinada na direção do andar de cima. Escutando.

O quê?

Penso na casa dele e nas pessoas que vivem nela. Na prima que não é prima. Nessa mulher que, no momento, não está à vista em lugar nenhum.

Espero até o juiz arrastá-lo para uma conversa com um casal que ele casou no verão passado. Ninguém está olhando.

Vou até a casa. Ele não pôs em prática o plano de encontrar um novo esconderijo para a chave reserva. Ainda não.

Como se não tivesse medo de mim. Como se não estivesse preocupado com o que eu poderia fazer com esse conhecimento.

Abro a porta e entro.

261

72
A MULHER NA CASA

Cada passo é improvisado. Cada passo é um ponto de interrogação, repleto de possibilidades de dar uma merda monumental.

Hoje à noite é a festa. Ele veio mais cedo e te algemou ao aquecedor, guardou a chave no bolso como a madrasta da Cinderela na noite do baile.

— Lembre-se do que conversamos — ele disse.

— Sim — você respondeu. — Pode deixar.

Ele ficou pensando por um breve momento.

— Vai ter música. Lá fora. As pessoas vão estar socializando. Conversando e comendo, coisas desse tipo. Vão estar ocupadas.

Eu sei, você quis dizer. *Você não precisa me falar que ninguém vem me buscar.*

Você espera por sons de carros na rua. Vozes e cumprimentos. Música. Espera por convidados com olhos esperançosos e bom coração, prontos para cobrir ele e a filha com afeto.

Primeiro, tem o alfinete. Tirado da cômoda à tarde, quando ele não estava por perto, e escondido no bojo de seu sutiã. Durante anos, revirou os olhos para sutiãs com bojo, mas olhe para você agora.

Você sempre achou que, quando chegasse a hora, teria certeza.

Hoje à noite, há coisas que você sabe com certeza. O que ele fez e a quem. Onde ele guarda a arma reserva.

Você sabe, e ele não, que a filha dele te procurou. Que ela te deu absorventes e um alfinete.

O que ele não percebe: que você sabe, agora, que o mundo não é só um lugar onde coisas acontecem com você. Que você também pode acontecer ao mundo.

Você não o ouviu entrar na casa, mas precisa contar com essa possibilidade. Precisa trabalhar com cautela, confiança.

Nas algemas, há duas fechaduras. Você só precisa abrir uma. A que está mais perto de você. A que mantém uma ponta das algemas presa em seu pulso.

Você insere o alfinete na fechadura.

Invoca os espíritos de que precisa. Matt. O cara do YouTube. Tudo o que eles te ensinaram sobre fechaduras. Tudo o que lembrou enquanto arrombava a porta sob a escadaria.

Trata-se de um tipo diferente de fechadura. Mas existe uma universalidade nesses mecanismos: peças de metal que se integram para prender pessoas em lugares. Você sabe tudo sobre elas.

Você apoia o pulso algemado na parede para ter mais firmeza.

Foque.

A verdade é que nem seu quase namorado, nem o cara do YouTube fizeram um bom trabalho ao explicar como as fechaduras funcionam. Nas demonstrações, sempre chegava um ponto em que eles precisavam se render ao mistério daquilo. Pensamento mágico em ação. Coloque as ferramentas no lugar com a mente racional, depois deixe o coração assumir.

Você precisa se dedicar à fechadura como alguém pode se dedicar a uma pessoa. Conhecendo-a, fazendo-a se abrir pouco a pouco.

Sem volta. Sem reveses. Cada centímetro, cada vitória, tem que ser conquistado para sempre.

Alguma coisa dentro das algemas quase cede. Seu coração acelera. Você respira. Continua trabalhando.

A algema desliza de seu pulso.

Você a pega antes que bata no aquecedor.

Você não vai fazer barulho. Você não vai dar um pio.

É nesse momento que você sai do quarto. É nesse momento que começa a fazer coisas que, um dia, farão as pessoas dizerem: *Ela foi tão corajosa.*

Uma espiada pela janela, um dedo afastando as cortinas. Pessoas lá embaixo. Pisando na grama dele, invadindo o domínio dele. Ele está no centro de tudo. Está de costas para você, mas dá para ver que movimenta as mãos com animação, o corpo se curva no ritmo das palavras. Um homem encenando um espetáculo.

Cecilia. Você não consegue olhar para ela. É um borrão lilás em um canto. Uma bolha em tom pastel em um mar de preto e cinza. Um pássaro prestes a cair

263

do ninho. É nesse momento que você destranca a porta do quarto por dentro, coloca a mão na fechadura e gira.

É nesse momento que você começa a acreditar. Que os convidados dele não vão se envolver. Que você vai para onde precisa ir, sem atrasos nem perturbações.

Você fecha a porta ao sair.

Isso é bem fácil. Você já fez dezenas de vezes. Percorre o corredor. Não tem ninguém aqui. Você sabe que não tem ninguém aqui. Então, as escadas: um degrau, depois outro e mais outro. Você se curva como se pudesse se tornar invisível.

Seja rápida. É a coisa mais importante. Se for rápida, não será vista. Será um fantasma. *Achei ter visto*, as pessoas vão dizer, *mas não, não era nada*.

Você sabe como é. Tem sido um fantasma há cinco anos.

Você chega à sala de estar. Sua cabeça está girando. Não há tempo para se estabilizar. Não há tempo para pensar no que está fazendo. Tem que ser agora, tudo agora.

Mais um andar. Você pega o alfinete. Abre a porta. É a última vez. Se tudo correr conforme o planejado, e mesmo se não correr. Última vez no porão. Última vez na casa.

Você pega apenas o que precisa.

A arma, para começar. Enfiada na cintura, na parte da frente da calça, entre o jeans e a pele. Os pentes de munição. Você sabe o que fazer. Carregar a arma.

Não.

Sua mão para.

Porque Cecilia é uma bolha lilás em um mar escuro e ela não merece o que está para acontecer.

Porque você não vai empunhar uma arma carregada na frente de uma menina.

Você precisa sair disso viva. Por dentro e por fora. Habitar a própria pele, mostrar seu rosto ao mundo.

Você pega a arma. Deixa os pentes. Pega as polaroids. Retângulos no bolso de trás de sua calça, sob o blusão de moletom cinza, escondidos, assim como a arma. Uma segurança. Caso seja necessário.

É aqui que você se despede dele.

Adeus. Continue vivo. Preciso de você vivo.

Você guarda as caixas, sobe as escadas. Abre a porta e...

Merda.

Tem alguém aqui.

Fecha a porta. Abre de novo, só uma fresta. Só o suficiente para espiar. É ela.

Porra, Emily. Puta que o pariu.
Ela está bisbilhotando. É claro que está.
A arma pesa em sua cintura. Dá para senti-la deixando marcas em seu abdômen, o metal entrando na carne.
Se ela está bisbilhotando, então deve ir embora logo. Quem bisbilhota não pode se dar ao luxo de demorar.
Ela passa os dedos no encosto do sofá. Pega um livro da mesa de centro, coloca de volta. Ela é toda cabelos brilhosos e rosto corado, aquecendo-se, você supõe, com o casaco acolchoado branco.
Finalmente, ela vai na direção do banheiro.
Quando estava prestes a desaparecer, a porta da frente se abre. Merda. Merda. *Merda.*
Sua mente salta para as caixas lá embaixo, para os pentes que deixou para trás. Para sua arma descarregada. É tarde demais para voltar e pegar as balas? Sua garganta pulsa. Suas mãos estão úmidas. Não pode fazer isso com mãos escorregadias. Talvez não possa fazer isso de modo algum.
Uma rajada de ar frio. A respiração contida e liberada.
É Cecilia.
Emily dá um salto. Cecilia também. Uma assustou a outra, da mesma forma que haviam te assustado. As três estão em lugares em que não deveriam estar.
— Ah — Cecilia diz. — Oi.
Emily diz oi também.
— Eu só estava indo ao banheiro — ela afirma em tom de desculpa.
Cecilia assente.
— Legal. Eu... — Ela hesita. — Eu só precisava dar um tempo.
Isso é bom para você. Não esperava que ela saísse da festa tão cedo. Pretendia esperar no quarto, com a arma na mão. Mas agora. Agora ela está aqui. Agora você pode seguir em frente.
Você ouve a batida dos passos de Cecilia subindo as escadas, depois mais nada. Presta atenção, é uma silhueta indefinida espiando por uma porta entreaberta, um fantasma em uma casa assombrada.
Do lado de dentro, silêncio. Do lado de fora, o eco de vozes abafadas, a batida de uma música pop.
Hora de sair.
Você fecha a porta, mas não a tranca. É um ato de fé, plantando a semente da perturbação no mundo dele. E também um ajuste de contas: você não precisa

deixar as coisas dele do jeito que as encontrou. Não vai voltar, independentemente de como isso acabar.

Um, dois, três passos e então uma força – um arrependimento ardente, um elástico invisível te puxando de volta ao porão, fazendo com que deseje nunca ter saído detrás da porta.

Você cometeu um erro. Calculou mal. Ouviu errado. Fez besteira. Ela ainda está aqui, na sala. Ilícita e viva e bela, com dois olhos que recaem sobre você e se arregalam de leve.

— Ah. Oi — ela diz.

Você responde com outro "Oi". O que mais poderia dizer?

— Eu só estava procurando o banheiro — ela diz.

Você aponta para uma porta atrás dela.

— É ali.

Ela olha para trás. Estala os lábios.

— Certo. Obrigada.

Ela se vira, um, dois, três passos como você. Depois para e volta.

— Olha só — ela diz. — Não era para eu estar aqui. Ninguém deveria entrar. É que... — Ela pensa. Tentando decidir, provavelmente, qual a melhor mentira para te contar. — Eu bebi demais. — Ela morde os lábios rosados, revira os olhos para si mesma. — Não consegui segurar mais.

Você a encara. As duas são, ao mesmo tempo, o cervo e os faróis.

Ela está esperando você falar alguma coisa.

— É compreensível — você diz.

— Certo. Então, por favor, se puder não contar a ele que me viu aqui... Não é nada grave, na verdade, eu acho que não é, mas não quero que ele... Eu preferiria que ele não soubesse.

Você pisca.

— Não vou contar — você diz. Uma ideia, um trato. — Na verdade, também não era para eu estar aqui. É... é complicado.

Você é prima dele, recorda. *Na cabeça dela, você é prima dele. A prima solitária dele, que resolveu, por motivos desconhecidos ao mundo, não participar da festa no jardim. Você está ocupada. É tímida. O tipo de pessoa que prefere ficar na sua.*

— Somos uma família complicada — você conta a ela.

Ela sorri.

— E que família, não é?

Você concorda com a cabeça.

Um leve franzir de testa surge no belo rosto dela.

— Mas está tudo bem?

Você engole em seco.

— Está tudo certo. Tudo bem. É só, você sabe... Assunto de família.

Ela assente.

— É melhor eu te deixar usar o banheiro agora — você diz.

— Certo.

Ela se demora um pouco e logo se vira para a porta do banheiro.

Duas mulheres guardando o segredo uma da outra. Duas mulheres concordando silenciosamente em se deixarem em paz.

Talvez ela entenda também. Talvez saiba que você fez tudo isso por ela também.

Mas agora vem a parte que vai te destruir para sempre.

Essa é a parte que você só pode vivenciar de fora de seu corpo. É quando você bloqueia todos os lugares em você que sentem dor, tristeza, qualquer coisa.

Essa é a parte em que você aprende com ele. Um soldado. Alguém que se atém ao plano.

Tem uma chave pendurada perto da porta, no lugar de sempre. Você a pega. Sobe as escadas.

Bate à porta de Cecilia.

Ela não fala para você entrar. Em vez disso, abre a porta e te recebe no quarto. A cachorra está cochilando em um cercado no canto. Longe dos convidados e da conversa.

É nesse momento que você deixa cair uma parte de si mesma, prende-a entre as paredes dessa casa para sempre. Talvez as pessoas fiquem sabendo daqui a anos. Ela vai aparecer à noite, pedindo perdão, implorando para ser amada.

— Não sabia que você estava aqui — ela diz. — Meu pai disse ontem à noite que você ia sair.

Você entra e fecha a porta.

Essa é a parte em que você começa a fingir. Tem que parecer real, senão não vai funcionar. Tem que parecer real, senão todos morrem.

— Não grite — você diz.

Ela olha para você e então avista a arma em sua mão. O corpo dela recua. Ela dá um passo para trás. Quando olha de novo para você, ela é uma mistura de medo e confusão.

Talvez parte dela soubesse. Talvez ela conseguisse sentir, correndo pelos canos como vapor quente, serpenteando pela fundação da casa. A possibilidade de violência.

Talvez parte dela esperasse isso, mas ela nunca imaginou que viria de você.

— Se você gritar, não vou ficar feliz — você diz. As palavras, dele, são como terra em sua boca. Você precisa arrancá-las da língua, todas as partes de seu corpo reagem.

— O que está acontecendo? — ela pergunta, quase chorando.

Não posso dizer, você pensa. Sente que está começando a ceder, sente uma sensibilidade no estômago e as palavras se acumulando no fundo de sua garganta. Você quer contar tudo a ela. Quer que ela entenda. Quer que ela saiba que você nunca...

Não.

— Nós vamos dar uma volta — você diz a ela. Não é uma pergunta. Não é um pedido. É alguém olhando para o futuro.

Ela concorda. É tão fácil assim? Basta apontar uma arma para as pessoas e elas fazem o que você manda?

— Você não vai dar um pio — você ordena. — Não vai correr. Não vai gritar.

Então, a única verdade que você tem a oferecer:

— Só faça exatamente o que eu disser que tudo vai ficar bem.

Ela concorda de novo.

O que você não diz: que esse é o único jeito de garantir a segurança dela. De ficar de olho nela o tempo todo.

Mais tarde, quando ela pensar nesta noite, eis o que você espera que ela lembre: uma grande comoção. Você fazendo uma coisa ruim, e o pai sendo tirado dela.

Ela vai se achar vítima de uma grande injustiça. Não vai estar errada a respeito dessa parte. Um dia, ela vai entender a história toda. Um dia, ela vai descobrir. Mas não agora.

Você aponta para a porta com a mão livre.

— Vamos.

Ela olha para a cachorra. Você se prepara para repetir: *Eu disse "vamos".* Mas ela pensa melhor e fica imóvel.

O que você não diz: *Queria que a cachorra pudesse vir junto. Espero que ela encontre o caminho de volta para você.*

Ela desce as escadas e você nem precisa apressá-la. Não é necessário puxá-la ou arrastá-la, nem encostar a arma na lateral do corpo. Ela tem treze anos e você é uma adulta com uma arma e isso te deixa arrasada, você fica destruída a cada passo ao ver como é fácil fazer isso com ela.

— Pare — você diz.

Uma pausa no meio da escadaria para dar uma olhada na sala.

Está vazia.

— Vamos — você diz.

Vocês chegam à porta dos fundos.

— É assim que vai ser — você diz a ela. Sussurrando, curvando os ombros, desaparecendo. Ele poderia estar em qualquer lugar. — Vamos até a caminhonete. Você vai atrás de mim. Não tente nada, certo?

Há um quê de súplica em sua voz. Nada disso é natural para você.

— Confio em você — você diz.

Ela choraminga. Lágrimas correm pelo rosto. *Está tudo bem*, você quer dizer. *Sinceramente, estou surpresa por ter demorado tanto.*

Mas você opta por dizer para ela ser forte.

— Preciso que você seja corajosa. Entendeu?

Ela seca o rosto com o dorso das mãos e concorda com a cabeça.

Você agarra a arma com mais força. Uma rápida olhada pela janela. Nada. Todos estão no jardim da frente, festejando, alheios à grande fuga que está acontecendo dentro da casa.

Vamos manter assim.

Essa é a parte em que você salta.

Essa é a parte em que nada é certeza.

Essa é a parte em que os planetas se alinham e você fica livre.

73

EMILY

Dou uma olhada no banheiro – o sabonete é da marca do supermercado, as toalhas estão limpas. Em um armário embaixo da pia, galões de alvejante. Ele gosta da casa tão limpa quanto gosto de minha cozinha.

Saio.

Ela já foi. Estou sozinha de novo.

A porta sob a escadaria. Ela estava vindo dali.

O que estava fazendo?

Abro e encontro um lance de escadas de concreto.

Ao pé da escadaria, um interruptor de luz. Eu o aciono.

É um porão. Limpo, mas feio. Móveis dobráveis e uma lanterna.

O cheiro é bom. Como o cheiro do cachecol dele, da dobra de seu pescoço. É o cheiro dele.

Há uma bancada de trabalho, a sacola de lona dele embaixo. Há caixas. Muitas caixas, empilhadas no fundo do cômodo. Sobras da mudança, imagino.

Com a ponta do dedo, sigo as letras grandes e confusas, escritas às pressas. UTENSÍLIOS DE COZINHA, LIVROS e, como um encantamento, CAROLINE, CAROLINE, CAROLINE.

A esposa dele. Aquela com quem ele deveria ter ficado. Aquela que fez um voto e recebeu outro em troca. Aquela que carregou a filha dele, que lhe deu o que imagino terem sido os dias mais felizes de sua vida. Aquela que...

Um som atrás de mim. Algo raspando. Solas sobre concreto.

Merda.

Não ouvi ele abrir a porta. Não ouvi ele descendo as escadas. Mas ele está aqui, bem aqui, a centímetros de mim. Seu lindo olhar é tão penetrante que quero pedir que desvie os olhos, que me deixe em paz. Mas não posso, porque eu sou a invasora. Eu ignorei o pedido dele. Eu fui para onde não deveria ir e perdi todo o poder de barganha.

— Como você veio parar aqui embaixo? — ele questiona.

Está calmo. Tem um esboço de sorriso em seu rosto. Ele está curioso, digo a mim mesma, só está curioso para saber que raios estou fazendo aqui.

— Eu estava procurando o banheiro — minto.

— E você achou que o encontraria no porão?

Um silêncio paira entre nós. Então, o mais belo som: ele ri e eu rio também, de mim, de minha mentira tão óbvia, da maravilhosa sensação de alívio que me aquece da cabeça aos pés.

— Você me pegou — digo.

Ele inclina a cabeça. Me analisa como se nunca tivesse me visto, como se eu fosse uma estátua em um museu e ele quisesse memorizar todos os meus entalhes e fissuras. Como se quisesse descobrir, e nunca mais esquecer, quais partes de mim refletem luz e quais são pura sombra.

Eu me movo sob o olhar dele.

— Me desculpe — digo, voltando a ficar séria.

Ele abre a boca, talvez para garantir que está tudo bem, que ele não queria que a festa toda entrasse na casa, mas não tem problema se for só uma pessoa, não tem problema se for só eu, mas…

Os olhos dele estão inquietos. Eles se alternam entre mim e alguma coisa acima de meu ombro direito. De volta para mim, de volta para a coisa. Acompanho o olhar dele indo da manga de meu casaco até…

A pilha de caixas?

É um reflexo. Um instinto que restou da infância, quando a criança ao meu lado na escola protegia a folha de prova para eu não ver, eu só ficava com vontade de olhar mais.

Meu corpo se move antes de eu pedir. Um movimento imperceptível – minhas costas girando muito de leve, caixa torácica virando, pescoço se esticando na direção das caixas que estavam atrás de nós.

Uma mão segura meu braço. Ele está me agarrando. Não como antes, com a delicadeza da afeição, o ímpeto da paixão. Ele está me apertando, algo entre força e pânico. Isso é controle.

Acompanho com os olhos a linha invisível que vai da mão dele, com veias protuberantes e ossinhos dos dedos brancos, em volta da manga do meu casaco até seu rosto. O lindo rosto que segurei entre as mãos aquela noite no restaurante. Os lábios que mordisquei, o nariz que beijei rapidamente, com timidez, quando tudo terminou.

Há algo que não reconheço. Uma dureza, um vazio. Um abismo se abrindo sob nossos pés. A consciência repentina de que não o conheço. Não de verdade. Nunca ficamos acordados a noite toda conversando. Ele nunca me contou sobre sua infância, seus pais, suas esperanças e sonhos e o que aconteceu com eles.

Ele é um homem que esconde coisas no porão.

Há uma gama infinita de possibilidades, da mais inocente à mais constrangedora.

Está tudo bem, quero dizer a ele. *Todo mundo tem segredos. A verdade é que eu odiava meus pais. Não, espere, nem isso é verdade. A verdade... a verdade é que ninguém nunca me amou incondicionalmente. Ninguém nunca prestou atenção em mim antes de você, e eu achei que estava bem sozinha no meu canto, mas não estou. Não estou nem um pouco.*

A verdade é que não estou bem há muito tempo.

A verdade é que eu quero ocupar espaço. Quero estar no centro da vida de alguém. Adorada, celebrada. A verdade é que quero alguém para rir das minhas piadas, principalmente as idiotas, e quero alguém que me veja e não corra para o lado oposto.

A verdade, quero dizer a ele, *a verdade é que eu te seguiria para qualquer lugar.*

Ele pisca. Diminui a pressão em meu braço. Devagar, ele me solta, como se tivesse acabado de se dar conta de que estava me segurando.

Ele pigarreia.

— Me desculpe. Eu... — Ele faz uma pausa e repete, como uma oração que sabe de cor. — Me desculpe.

Toco a pele sob meu casaco e suéter, ainda quente por ter sido apertada, levemente dolorida.

— Tudo bem — respondo.

Estendo a mão e ela fica pairando de maneira constrangedora quando não consigo decidir o que fazer – um abraço, um tapinha nas costas, um aperto de mão?

— Venha cá — ele diz. — Quero te mostrar uma coisa.

Ele aponta para a bancada de trabalho. Para a ponta escura do porão, onde a luz da única lâmpada praticamente não alcança.

Eu te seguiria para qualquer lugar.

— É uma coisa em que estou trabalhando — ele me conta, fazendo sinal para eu me aproximar.

Então, uma batida. Na verdade, parece mais uma porta batendo no andar de cima, e um motor que lembra um trovão. Perto de nós. Bem na frente da casa, se eu tivesse que chutar. Onde só o carro dele está estacionado. Todas as outras pessoas encontraram vagas na rua.

A cabeça dele, seu corpo todo gira na direção do som. Um borrão. Vejo a silhueta dele sair como um raio e desaparecer pelos degraus de concreto.

Por um breve instante, estou sozinha de novo. No porão dele, nas entranhas da casa. Mãos tremendo. Ouvidos zumbindo.

Do lado de fora, o ronco do motor. A voz dele gritando por cima.

Finalmente, meu corpo se lembra.

Eu corro. Corro atrás dele.

74
A MULHER NA CAMINHONETE

Vocês não fazem barulho. Exceto pelos leves choramingos de Cecilia, exceto pelos passos sobre a grama — você de pés descalços, ela de tênis. Nada disso é suficiente para chamar a atenção. Há uma festa. As pessoas estão ocupadas, ofuscadas por luzinhas de Natal, cérebros anuviados pelo que parece ser vinho quente.

Você não o vê em lugar nenhum. Idealmente, desejaria tê-lo no canto de seu campo de visão, identificado ao longe. Mas vai ter que ser assim mesmo.

Você abre a porta do passageiro da caminhonete.

— Entre — diz à filha dele.

Você sabe como fazer isso.

Ela te olha de um jeito enquanto se acomoda no banco, com o cano da arma a poucos centímetros do corpo. Magoada. É o olhar de uma menina que nunca vai te perdoar. Ela não sabe que a pistola não está carregada. Que isso talvez esteja te matando na mesma medida em que a está matando.

Você fecha a porta fazendo o mínimo de barulho possível. Em algum lugar, antes que ele possa se dar conta, já está de orelha em pé. Há uma perturbação no universo. Está acontecendo algo que ele não planejou.

Ele ainda não sabe, mas em poucos instantes vai estar atrás de você.

Você dá a volta até o lado do motorista. São os segundos de perigo. É uma situação que você não conseguiria explicar, seus dedos em uma arma que não te pertence, uma menina que também não te pertence capturada.

Esse é o momento que vai te matar se der errado.

Você está no veículo. Está no banco do motorista.

— Coloque o cinto de segurança.

Cecilia te olha sem entender.

— Coloque o cinto de segurança — você repete, balançando a arma.

Ela coloca o cinto. Você coloca a arma de volta na cintura.

O motor ganha vida.

Foque.

A forma com que consegue sair daqui é existindo apenas neste momento, no interior do veículo, com as mãos no volante. Pensa só no que precisa pensar, vê só o que precisa ver. Manobra a caminhonete para sair da entrada da casa. Você pensa ouvir coisas – alguém gritando ao longe, confusão, o início de uma comoção.

Foque.

Pise no acelerador.

O que acontece na casa não é mais problema seu.

75
EMILY

Ele entra em pânico. Corre para fora, olha pelo jardim. Desesperado. Frenético.

— Ela não está aqui — ele diz. Volta para dentro, nem se dá o trabalho de fechar a porta, vai para o andar de cima subindo dois, três degraus por vez. Portas se abrem e batem contra as paredes. Ele volta sem fôlego.

— Cece não está aqui.

Ele está dizendo para mim e para as pessoas que começaram a se aglomerar na sala e na entrada da casa, alarmadas. É a primeira vez que o vejo assim. Um pai, ferido, que tem algo vital arrancado dele.

— Ela está com a minha filha — ele diz. — Na caminhonete.

Ninguém entende exatamente o que ele está dizendo, mas captamos o essencial. A caminhonete foi embora com a menina dentro. O sangue de seu sangue, a carne de sua carne.

— Preciso de um carro — ele pede.

As pessoas começam a tatear os bolsos, mas sou mais rápida. Corro até ele e coloco as chaves do Civic em sua mão.

Ele dispara para o carro sem nem olhar para mim.

Sento-me no banco do passageiro. É o meu carro, meu mundo. Não preciso de convite.

Ele gira a chave na ignição. As pessoas saem do caminho. O motor do Civic ronca. Os pneus cantam no asfalto.

Nós nos afastamos da casa.

76
A MULHER EM MOVIMENTO

Você está na estrada. Você *é* a estrada. Está de olho nela, segurando o volante com firmeza. Você dirige. Dirige como ele aquele dia, quando te tirou de um trecho de grama, quando te removeu do mundo.

Ele te ensinou direitinho.

Você ouve um choro vindo do lado do passageiro. Uma olhada – ela ainda está onde deveria. Ainda está colaborando.

Vai ficar tudo bem, você quer dizer a ela. *Isso é só para enganar, mas o medo é real e por isso eu nunca vou deixar de me desculpar.*

Esquerda, esquerda, direita. Não é um caminho longo, mas você perde a noção do tempo. Talvez dirija por dez minutos e talvez dirija por um ano inteiro. Talvez você e Cecilia façam uma viagem de carro, uma mulher e uma menina em um filme pós-apocalíptico, vagando pelos Estados Unidos em busca de uma vida melhor, uma vida nova, uma vida.

Quando estão prestes a passar pelo Irmãos de Carne e suas vacas, surge algo no espelho retrovisor. Um brilho, um logo da Honda vindo em sua direção. Você pisa mais fundo no acelerador. Espera que o Honda desapareça ao fundo, mas ele não sai da sua cola. Logo vai estar grudado em seu para-choque. Não dá para afastá-lo como uma abelha na beirada de uma lata de refrigerante no verão.

No espelho, um lampejo branco. É ela. Sentada no banco do passageiro do Honda com seu casaco acolchoado branco. Se ela não está dirigindo, deve ser ele. Indo atrás de você, te seguindo. Reivindicando de volta o que é dele por direito.

Depois das vacas, seguir em frente. Pousada à esquerda. Biblioteca à direita. E o coração de tudo, um prédio ao lado do outro. O centro da cidade.

Você precisa chegar lá. Mesmo com o Honda na sua cola. Você não pode deixar ele te pegar.

Cecilia chora. Ela é capaz de sentir a presença dele, tão próxima, chamando-a de volta para o mundo que conhece, para tudo o que você acabou de tirar dela. Você tira uma mão do volante e tateia em busca da mão dela. Aperta-a com cuidado, como fez na cozinha no dia em que salvaram a cachorra – quando vocês a salvaram juntas, as duas contra ele.

— Shhhh — você diz a ela. Uma entonação calma que aprendeu com sua mãe quando pequena, quando o mundo era injusto com você e você desabava nos braços dela. — Shhhh.

Mantenha os olhos na estrada. Você precisa ir o mais rápido possível sem perder o controle. Precisa dirigir como nunca dirigiu na vida.

Você tenta. Tenta fazer do jeito certo. A pressão de seu pé direito no acelerador, a pressão vital das mãos no volante.

O Honda começa a desaparecer. Você consegue, de alguma forma, aumentar a distância entre vocês e ele.

Mas já faz cinco anos. E mesmo antes disso, você não era uma boa motorista. Era uma garota da cidade. Não sabia o nome das árvores, o som dos pássaros. Aprendeu a dirigir em Manhattan, a trinta quilômetros por hora.

Alguma coisa chama sua atenção. Uma forma vindo em sua direção, lançando-se na frente de seu vidro.

Você desvia. Não quer – é a última coisa que quer fazer –, mas nesse momento não está no controle de suas mãos.

Era uma ave, seu cérebro te diz, e você a vê indo embora. Uma espécie de ave de rapina, garras curvadas e um bico parecido com um abridor de latas. Voando perto demais de você, perto demais do carro. E ainda assim saiu ilesa.

Quem se importa com a ave?

A caminhonete está derrapando. No banco do passageiro, Cecilia grita. Suas mãos procuram uma alça, qualquer superfície em que possa se segurar.

Você tenta recuperar o controle, voltar para a estrada, mas a caminhonete não responde mais. Parece até que lembrou, finalmente, que você não é a verdadeira dona dela. Que ela nunca deveria ter te ajudado.

Há um declive. Você, a menina e a caminhonete estão caindo juntos. Nesse momento, você pertence apenas às leis da física, às forças que te puxam para o chão e as que te permitem afundar.

Você abre os olhos. Quando os fechou?

Não sabe. O que você sabe é que nunca pediu para eles se fecharem.

O que você sabe: que você, a menina e a caminhonete não estão mais em movimento. Que vocês estão em uma vala.

O que sabe: que ele está por aí. Perseguindo vocês.

77
EMILY

Ele dirige feito louco. Como um pai perseguindo a filha.

O Civic o obedece, até que não obedece mais. Ele pisa no acelerador, mas o carro luta para acompanhar. Surge um ruído.

O câmbio.

Ele agarra a alavanca do câmbio, tenta engatar a quarta marcha.

Está presa.

O carro desacelera até parar. À nossa frente, a caminhonete acelera.

— Merda!

Ele puxa a alavanca para a esquerda e para a direita. Não conhece os segredos do Civic, de seu câmbio manual.

Ele tenta mais uma vez forçar a alavanca, mas o carro não se move.

— *Merda!*

Ele acerta o painel com o punho.

— Aquela vagabunda — ele diz em um tom de voz que não reconheço. — Deveria ter matado ela há muito tempo.

Antes que eu possa perguntar. Antes que possa formular um único pensamento. Antes de meu estômago ficar apertado. Antes de eu sequer pensar em me sentir nauseada, de questionar tudo o que achei que soubesse, de ouvir o ar escapar dos meus pulmões como se eles nunca, jamais, fossem inflar de novo, ele já se foi.

Ele sai do carro e corre.

Atrás dela, é tudo o que consigo pensar.

Atrás da mulher que eu vi.

E da filha dele.

A possibilidade de um mal-entendido é a âncora da esperança.

Todos nós dizemos coisas, não é? No calor do momento. Coisas que não pretendíamos. Coisas de que nos arrependemos.

Ele está correndo atrás dela, decido.

Ele está correndo atrás da filha.

78
A MULHER QUASE LÁ

— Temos que ir.

Seu pescoço está doendo. A dor pulsa atrás de sua cabeça. Merda. Deve ter acontecido durante a queda, quando derraparam para a vala.

Você não tem tempo para sentir dor. Não tem tempo de verificar se seu corpo está funcionando como o esperado.

— Temos que ir agora — você diz a ela.

A pistola. Você ainda está com a pistola. Tenta alcançá-la embaixo da blusa. Sua expressão endurece.

Em poucos segundos, ele vai alcançar vocês.

— Saia — você diz.

Ela ouve. Você está com a arma, então ela ouve.

Vocês saem do carro. Está muito frio do lado de fora. Aqui está você – do lado de fora, sem ele. Uma arma na mão. Uma rápida análise: gelo na estrada, sincelos pendendo das árvores que a cercam.

Seus pés descalços queimam em contato com o solo congelado. Você não pode escorregar. Não pode cair. Uma queda poria um fim trágico a toda a empreitada.

Rápido.

Você envolve o pulso da menina com os dedos. Vocês duas viram uma.

— Vamos.

Não há tempo, não há tempo nenhum. Você sai da vala e depois a puxa para o asfalto. Um passo, dois.

Você encontra seu ritmo. Manda Cecilia seguir em frente e ela obedece, calma e dócil, não por confiar em você, mas porque você tem uma arma e ela é uma menina em um corpo delicado e exposto.

Logo vocês estão correndo. Seu corpo propulsiona vocês duas. A cada passo, a cidade fica mais perto.

Procure. Você viu nos guias. No mapa. Um pequeno ícone parecido com o distintivo de um policial. No porão, você seguiu a estrada com o dedo, do Irmãos de Carne até o Poço dos Desejos e até o centro da cidade. Precisa confiar que entendeu certo.

Em algum lugar ao longe, o Honda chia. Portas batem. Um grito. A voz dele. Ele te encontrou, assim como prometeu que faria.

Você corre por si mesma, corre por ela e precisa ser suficiente. Talvez ela olhe para trás. Talvez ela tente reverter o curso, pois cada fibra do corpo dela a puxa de volta para a caminhonete, de volta para ele. De volta para as mãos que a seguraram quando ela nasceu e a alimentaram quando estava com fome, para os olhos que zelavam por ela no parquinho e os ouvidos que ouviam seu choro à noite.

Somos atraídos para os corpos que nos mantiveram vivos.

Ele chama por ela. Você reconhece as sílabas, o nome dela na boca dele, e essa é uma má notícia. Se você consegue distinguir o que ele está dizendo, então ele está perto demais.

Algo cede. Há uma leveza à sua esquerda, no mesmo lugar em que sentia a filha dele puxando instantes atrás.

Você a perdeu. Ele deve ter alcançado vocês e a arrebatado.

Tão perto.

Você segura a arma, pensa nas balas que deixou na casa, nos pentes dentro da caixa de papelão. Arrepende-se de não ter carregado a pistola. Arrepende-se de tudo.

Não.

Ela ainda está aqui. Ao seu lado, onde deveria estar.

Não está mais puxando, não está mais resistindo. Os passos dela acompanham os seus.

Ela vira a cabeça para trás. Você não sabe o que ela vê. O que imagina: o pai, furioso, com uma expressão de traição no rosto. Um homem que ela conhece, mas não reconhece.

Essa é a parte que só ela compreende.

Por razões que pertencem apenas a ela, ela compreende. O pai está a poucos passos de vocês. E a menina... ela corre. Ela corre com você.

79

EMILY

Ligo o Civic de novo.

Ele é rápido. O corredor mais rápido que já vi.

Ele as encontra. A mulher e a menina, correndo dele. Juntas.

Estou a cerca de dez metros de distância quando acontece. Tudo se revela diante da luz dos faróis do Civic.

Primeiro, a menina. Ele a alcança e a agarra.

É isso, digo a mim mesma. É agora que ele para, dá um abraço apertado nela e conta como estava preocupado, tão assustado que quase morreu, tão apavorado que quase matou.

Mas ele a deixa.

Depois que a recuperou, a puxou pelo pulso, a separou da mulher, ele recomeça.

Como um homem que nunca mais vai ouvir outro som. Como um homem que nunca mais vai pensar em outra coisa.

Ele corre atrás da mulher como se ela fosse a única coisa que importa. Paro o Civic.

— Aidan!

Estou fora do carro. Gritando o nome dele com toda a força de meus pulmões, forçando minhas cordas vocais.

— *Aidan!*

Ele vira. Primeiro o rosto, depois o tronco.

— Aidan, volte aqui!

Não importa o que estou dizendo, mas apenas estar dizendo.

Ele diminui a velocidade, depois para. Por um breve momento, mas é suficiente. Suficiente para refletir. Suficiente para me levar em consideração.

Recupero o fôlego. Estou ofegante, mesmo não correndo. É o terror de tudo isso, o abismo escancarado de tudo isso.

A esperança de que ele vai dar meia-volta.

De que vai parar de persegui-la.

A esperança, percebo, de que ele comece a me perseguir.

Os músculos das pernas dele se contraem. A sombra de uma disparada, o início de um plano B. A primeira palavra de uma história em que ele muda de ideia. Em que ele simplesmente decide tentar. Comigo. Em que ele simplesmente decide tentar comigo.

A realidade o puxa de volta. Ou seria esperança? Esperança de conseguir alcançá-la? De impedir que fuja, para onde quer que tenha ido?

Não sou eu quem ele quer. Não é de mim que ele está atrás.

Mas fiz ela ganhar algum tempo. Seja lá quem for, fiz ela ganhar alguns metros de distância dele.

Ele vira as costas para mim e volta a correr.

80
A MULHER EM FUGA

Depois de tudo, sobraram dois corpos.

O seu e o dele.

Você corre.

Não se trata de correr com rapidez. Isso vai além da rapidez.

Você corre como corria em sua antiga vida, quando queria sentir suas pernas se dissolverem sob o tronco. Quando desejava sentir a pulsação na caixa torácica, a queimação nos pulmões em busca de ar.

Você corre até ele. Um pequeno prédio independente. Tão simplório sob o céu estrelado. Bem ali, talvez a uns cem metros de distância.

Você consegue correr cem metros. Você se preparou para isso. Sentiu os músculos em suas pernas, a tensão nas coxas, a rigidez das panturrilhas.

Você segue e não olha para trás, ele está em sua cola e você pode ouvi-lo e pode senti-lo, senti-lo nos ossos e no cérebro e embaixo da pele e atrás dos olhos e em todos os cantos de você, em todas as fendas do mundo.

E então você corre.

Regra decisiva para permanecer viva: você corre, porque é assim que sempre se salvou.

81
A MULHER NA DELEGACIA

É o fim do mundo. Um caos tão grande que não dá para esperar que os planetas algum dia voltem a se alinhar.

O que você sabe: ainda está respirando. Você é um corpo, dois braços, duas pernas, um tronco e uma cabeça.

O que você deixou do lado de fora: frio, gelo e neve. A bandeira dos Estados Unidos tremulando timidamente ao vento de dezembro. Um prédio feito de tijolo e vidro. Você está lá dentro agora, bem no coração. Um rato de laboratório sob luzes fluorescentes. Muito barulho, muitas vozes.

Sua cabeça está cheia. Só consegue ouvir seu coração batendo dentro do peito, a pulsação do sangue em seus ouvidos.

Não acabou. Ele está aqui. O pai virtuoso. O homem em quem todos confiam. O homem que sabe que o mundo está do lado dele. Aquele que está acima de qualquer suspeita.

— Ela levou minha filha — ele diz repetidas vezes. — Ela levou minha filha.

Este homem. Ele te encontra em qualquer lugar. É um hotel do qual você nunca pode ir embora.

E a filha dele. Cecilia. Ela está aqui também. Você a perdeu e ela te encontrou.

Ele, você se dá conta. Ela encontrou ele.

Sempre se trata dele.

Você avançou alguns metros dentro da delegacia. Ele está na entrada. Um homem uniformizado para entre os dois.

— Aidan — o homem uniformizado diz. — Aidan, nós sabemos. Calma.

Ele não se acalma.

— Ela levou minha filha. — A voz dele ecoa pela sala. Reverbera nas paredes, aguda e lastimosa.

Uma vez. Uma única vez você tirou alguma coisa dele.

Ele quer que eles saibam. Antes que você possa dizer qualquer coisa. Ele quer chegar primeiro, garantir que a voz dele seja ouvida, de modo que a sua desapareça para sempre.

Não é só a voz. Tem o corpo dele também, alto e esguio, tentando passar pelo homem.

O homem uniformizado se vira um pouco e fica de frente para você. Um policial. Jovem e bochechudo. Um oficial. Duas orelhas e um cérebro. Você precisa falar com ele.

— Aidan — o jovem policial diz, apelando para que ele seja razoável.

Ele não ouve.

— Ela levou minha filha. — O tom dele é de revolta. De pura descrença.

Cecilia levanta o braço.

— Pai — ela diz, como um eco na ladainha dele. — Pai. Pai.

Talvez seja a voz dela, anos sendo pai o predispuseram a dar um pulo ao ouvir aquela palavra, *pai, pai, pai*. A parte mais essencial dela, despertando a parte mais essencial dele.

— Me deixe passar — ele diz, tentando ir em sua direção. O jovem policial permanece onde está.

— Aidan — o policial tenta. — Acalme-se, não quero ter que...

Uma briga. Vozes se elevando, corpos se chocando. Você fecha os olhos, um reflexo. Fecha as mãos em punhos. *Respire. Inspire, expire. Fique viva.*

— Sinto muito, Aidan — o policial diz. Há um clique de metal, algemas sendo fechadas. Quando você volta a abrir os olhos, o pai de Cecilia está com os braços para trás, pulsos cruzados, cabeça baixa. Em silêncio. Finalmente.

— Você também — ordena o policial. Ele estende a mão para pegar algo e seus ombros estão queimando. Mãos para trás, metal frio em sua pele. De novo. Talvez essa seja sua vida para sempre. Para onde quer que vá, um homem vai estar esperando com algemas, exigindo que levante os pulsos.

— Certo — o policial anuncia. — Agora podemos conversar.

Outra silhueta de uniforme azul se aproxima.

— Você leva ela, eu levo ele — ela diz ao jovem policial. Ele concorda e te empurra de leve.

Você olha para trás. Cecilia. Precisa saber o que vão fazer com ela.

De canto de olho, você a vê tentando seguir o pai. Um terceiro policial – mais velho, quase com idade suficiente para ser o pai dela – a impede.

— Espere aqui — ele diz, e você acha ter ouvido um *querida*. Ouve *pai*, ouve *algumas perguntas*. Cecilia concorda com a cabeça e o policial mais velho aponta para uma cadeira vazia.

Do outro lado da sala, ele olha para você. O pai. O homem algemado.

Seus olhares se encontram.

Há um reconhecimento, um ar de *É claro*. Como se ele estivesse esperando isso. Como se esse tempo todo estivesse esperando você o trair.

É assim que tinha que acabar, você quer dizer a ele.

Nós dois acorrentados a nós mesmos e, no meio, a menina. Livre.

82
A MULHER COM NOME

A sala é pequena e não tem janelas. Uma mesa, luzes fluorescentes, uma pasta. Odores persistentes de suor e café instantâneo.

Você ama. Tudo. Uma sala em que o ar não pertence a ele.

— Sente-se — diz o policial.

Você se senta.

— Preciso contar — você diz, e ele interrompe.

— O que aconteceu lá fora? — Ele quer saber. — Quem é você? Como conhece Aidan?

Você respira fundo. Sua pele está formigando. *Estou tentando*, você quer dizer. *Estou tentando te contar. Estou há cinco anos segurando isso e agora chegou a hora e você precisa me escutar.*

Você precisa acreditar em mim.

Prometa que vai acreditar em mim, você quer dizer. *Prometa que depois que eu te disser isso, tudo vai acabar.*

A forma como o policial disse o nome dele agora há pouco. A forma como se desculpou ao algemá-lo. *Sinto muito, Aidan.* Camaradas. Dois homens que se conhecem há um tempo.

Aidan Thomas?, o jovem policial vai dizer na TV. *Ele era um cara muito legal. O tipo de pessoa de que todos gostam. Educado. Se seu carro quebrasse, ele aparecia com cabos para bateria. Nunca tivemos problema nenhum com ele. Aidan se dava bem com todo mundo.*

Você respira um pouco de ar parado. *Ouça*, você quer dizer. *Vamos fazer um acordo. Vou te entregar o caso do século. Vou mudar sua vida, contanto que você mude a minha.*

Olhe para ele. As palavras seguintes são palavras que precisam ser ditas com a coluna reta, a cabeça erguida. Sem hesitação. Você esperou cinco anos por isso. Por uma sala desprovida da presença dele, por um par de ouvidos para escutar, por sua voz no meio disso tudo.

— Policial — você começa a dizer. Sua voz é grossa como xarope, o maxilar se esforça a cada sílaba.

Você precisa dizer.

Lembre-se dele. Do som, da sensação em sua boca.

Seu nome.

Ilícito como um palavrão.

Durante cinco anos, você não o falou.

Até pensar nele parecia errado. No galpão. Em qualquer momento que ele estivesse por perto. Você tinha medo de que ele pudesse ouvir as sílabas em sua cabeça. Que ele pudesse sentir sua farsa, uma parte sua mantida fora do alcance dele.

— Meu nome — você diz. Comece de novo. Você não pode estragar tudo.

Tem que ser perfeito.

Quando disser essas palavras, você tem que dar a elas o poder de destrancar portas e as manter abertas para sempre.

— Policial — você repete, e dessa vez não para. — Meu nome é May Mitchell.

83
EMILY

Aonde quer que eu vá, ele me encara.

Abandonado em bancos de parque. Ao lado dos caixas na farmácia. Em casa, sobre a mesa da sala, onde Eric largou uma cópia do jornal de ontem. Voltei antes que Yuwanda pudesse dizer para ele o tirar de lá.

A maioria dos jornais tem usado a foto da ficha policial dele. Dois deles, tabloides da metrópole, puseram as mãos em algumas fotos de família. Uma foi tirada anos atrás, em uma festa de Halloween, quando a filha dele era pequena. Ele está usando um elegante suéter cinza, segurando na cintura dela enquanto ela tenta pegar maçãs com a boca em uma bacia com água na praça da cidade. O rosto dela está pixelado. A filha invisível do homem mais visível de todos.

A outra foto é ainda mais antiga. Ele está jovem, posando ao lado da esposa na frente da antiga casa, a casa grande no bosque. Ambos sorriem para a câmera. Ela está com a cabeça apoiada no ombro dele; ele está com um braço sobre os ombros dela. Foi tirada, imagino, mais ou menos na época em que se mudaram para cá. Quando eles olhavam para o futuro que tinham juntos e gostavam do que viam.

Dez dias se passaram. Ninguém acreditou em nada no início. As notícias continuaram saindo e as pessoas continuaram balançando a cabeça, sem aceitar. Então, ele confessou. Uma parte, não tudo. Mas o bastante.

Os policiais tentaram me fazer perguntas na primeira noite. A princípio, esperei no carro, do lado de fora. Nada aconteceu. Entrei e não o encontrei em lugar nenhum. A menina estava sozinha, sentada em uma cadeira. Fiz menção de ir até ela, mas uma policial me impediu. Ela me levou para uma outra sala.

— Você conhece o pai dessa menina? — ela perguntou. — Você conhece Aidan Thomas?

E depois disse palavras que não faziam sentido para mim. Ainda não fazem. Ela continuou sondando, mas eu fui inútil. Confusa. Fria. Ela desistiu e me disse para ir para casa, que ela passaria lá no dia seguinte.

— Posso vir aqui? — perguntei. Não queria que ela entrasse em nossa casa. Não queria arrastar Eric e Yuwanda para nada disso. A policial disse que tudo bem.

Mantive a promessa. Voltei no dia seguinte. Àquela altura, o FBI havia chegado. O maldito FBI. Eles estavam ajudando com a investigação, a policial disse. Será que eu poderia falar com eles?

Eu disse a ela que tudo bem. Não importa a quem eu disse. Ela me apresentou à Agente Sei-lá-o-quê. Não peguei o nome quando ela disse pela primeira vez e depois já era tarde demais para perguntar.

Não importa o nome dela. Só importa o que eu disse, e aqueles fatos continuam sendo os mesmos. Eles vão continuar sendo os mesmos para sempre.

Em uma sala pequena com a temperatura alta demais, sentei-me com a Agente Sei-lá-o-quê e entreguei tudo que costumava ser nosso – cada frase, uma traição. As mensagens. A noite na despensa. Escolhi as palavras com cuidado, mas certas coisas não soam bem, independentemente do esforço que se faça para escolher as palavras.

A Agente Sei-lá-o-quê tomou nota. Meu celular teria que ficar, ela disse. Assim como o colar. Ela pegou o cachecol também.

— É só um cachecol — eu disse. — Que diferença faz?

Ela balançou a cabeça.

— Não sabemos — disse. — Por isso temos que verificar. Pode ser uma prova. Qualquer coisa pode.

Tirei o cachecol e o entreguei a ela. Uma corrente de ar serpeou por meu pescoço.

— Mais uma coisa — ela disse. — Fizemos uma busca na casa dele durante a noite e encontramos alguns itens que pertencem a você.

Aquilo era novidade para mim. Nunca dei nada a ele além de uma caixa de biscoitos.

A Agente Sei-lá-o-quê se debruçou sobre a mesa que nos separava.

— Você gostaria de saber o que é?

Foi minha vez de balançar a cabeça.

— Agora não importa — respondi.

Ela concordou e virou uma página do caderno. Passou os olhos como se estivesse procurando alguma coisa e não soubesse muito bem o quê.

— Ouça — ela disse, voltando a colocar a mão sobre a página. — Talvez você possa me ajudar a entender. Todo mundo com quem falamos até agora disse que esse homem era adorado. Ou pelo menos muito benquisto por todos que o conheciam. Ninguém se lembra de nenhuma discussão, nenhuma interação desagradável. E, pelo que entendi, você era muito... ligada a ele.

Ela esperou. Eu não disse nada.

— Me parece — ela continuou — que as pessoas o amavam e confiavam nele porque era um homem normal. Porque era um pai que levava a filha para a escola e a vestia, alimentava e ajudava as pessoas da cidade. — Ela se ajeitou na cadeira, ajustou a arma de serviço presa à cintura. — Não sei se uma mulher na mesma situação teria conquistado tanta simpatia. É isso.

Você não faz ideia, eu quis dizer. *Você não faz ideia, pois não o conhecia como eu. E agora nunca vai conhecer. Ele não colocou os olhos em você e te fez sentir que nunca mais estaria sozinha. Você nunca se sentiu aquecida pela risada dele, confortada pelo calor da pele dele junto à sua.*

Você nunca o amou e então nunca vai saber. Você nunca vai entender como ele podia ser.

— Acho que você tem razão — afirmei. Ela soltou um rápido suspiro e disse que eu já estava liberada.

Pouco antes de abrir a porta para me deixar sair, ela fez uma pausa com a mão na maçaneta.

— Tudo bem se entrarmos em contato com você mais para a frente? — perguntou.

Fiz que sim com a cabeça.

Cooperar. Era o que eu estava fazendo. Contando a eles tudo o que eu sei. Mostrando tudo que podem ver.

Sei o que estão pensando. Que eu deveria saber. Como eu não sabia? Como eu podia olhar nos olhos dele, como podia estar tão perto dele e não saber?

Querem acreditar que eu sabia. Precisam dizer a si mesmos que eu sabia, porque, se eu não sabia, significa que eles também não saberiam.

DURANTE TRÊS DIAS, eu me escondo. Não vou para o restaurante. Não abro. Não fecho. Ninguém pergunta. Ninguém quer chegar perto de mim.

No terceiro dia, Yuwanda entra em meu quarto com uma xícara de chá e uma caneca de café.

— Não sabia o que você ia preferir — ela diz. — Sinto que tem muita coisa sobre você que eu não sei.

Faço cara feia. Ela pede desculpas. Digo que está tudo bem.

Conversamos. Só um pouco. Eric chega e se senta na beirada da cama. Eles não querem perguntar demais e eu não tenho muitas respostas para dar. Conto a eles sobre as mensagens que trocamos. Conto que Aidan e eu estávamos nos encontrando. Eles não perguntam o que significa, exatamente, estarmos nos encontrando.

Um dia, o relatório policial vai se tornar público. Eles vão ler. Pessoas que não conheço – centenas delas – vão ler.

Nada disso pertence mais a mim.

Yuwanda balança a cabeça.

— Você ficou sozinha com ele — ela diz. — Não acredito que você ficou sozinha com ele todas essas vezes e nós não fazíamos ideia.

Levanto a mão. Ela para. Não quero falar sobre ele. Não quero tentar explicar.

Não posso explicar.

Eric muda de assunto.

— O restaurante — ele diz. — Tem alguma ideia do que vai acontecer com ele?

Passei três dias pensando nisso. Mas antes de tomar uma decisão, preciso tentar uma última vez.

Era o restaurante do meu pai. Era uma espécie de lar para mim. Era imperfeito, e eu muitas vezes me ressenti dele, mas ainda assim era meu lar.

Na quarta noite, vesti uma camisa limpa e meu avental vermelho e dirigi até o centro da cidade.

Fingi não notar os olhares persistentes ao entrar atrás do balcão do bar. Eric e Yuwanda me cercam como guarda-costas. Gestos de que eu me lembro: tirar uma tira da casca de um limão, rechear azeitonas com queijo roquefort e espetá-las com um palitinho. O que eu quero: desaparecer no trabalho. Ficar tão concentrada a ponto de me esquecer de ouvir os cochichos, não notar o número anormal de clientes pedindo para jantar no bar esta noite. Tentando me ver melhor. Procurando pistas, qualquer coisa em meu comportamento que pudesse explicar por que ele me escolheu.

O ar está denso. Minha camisa gruda nas costas, molhada de suor. Meu olhar encontra o de Cora quando lhe entrego dois old-fashioneds — normais, não virgens. Ninguém mais pede isso. Cora me agradece. Ela se afasta do bar mais rápido do que o necessário, eu acho.

Tudo vira uma questão. Todo detalhe é carregado de desconfiança.

Continuo. Arrasto-me pelo turno do jantar. Tenho o direito de estar aqui. Esta parte do mundo era minha bem, bem antes de ser dele.

Mas então. Acabam os limões. Acabam as laranjas. Acabam as cerejas ao marasquino. Isso significa duas coisas: para as frutas, a câmara fria. Para as cerejas, a despensa.

Digo a mim mesma que não é nada. Endireito as costas. Um dos meus dentes da frente afunda no lábio inferior. Obrigo-me a relaxar. A entrar na despensa como se fosse só mais um lugar. Preciso fazer isso. Preciso fazer tudo, como se nada tivesse acontecido.

O vidro está na prateleira de cima. Levanto a mão e a camisa escapa de dentro da calça.

Eu sou ele. Sou a silhueta dele naquele dia, o dia dos cinco quilômetros, o dia do chocolate quente. Quando ele pegou o açúcar nessa mesma prateleira e a camisa de flanela subiu, revelando seu abdômen.

Quando me tornei dele e ele se tornou um pouco meu.

As palavras que leio no jornal voltam para mim. Vítimas. Número de mortos. Perseguição. Assassinatos. Em série.

O chão treme. Não durmo há dias. Talvez nunca mais consiga dormir.

Vou passar mal.

NÃO PASSO MAL.

Saio da despensa e termino meu serviço. Na manhã seguinte, minha decisão está tomada.

Aquele foi meu último turno.

Não sei nada sobre vender um restaurante. Meus pais nunca me ensinaram essa parte. Apenas como administrá-lo.

A internet me diz que vender um restaurante exige estratégia, cautela e planejamento detalhado.

Um dono de restaurante da metrópole me diz que quer comprar o lugar. O preço não me parece um insulto muito grande.

Aceito a oferta.

AINDA PRECISO trabalhar. Pagar minhas contas enquanto o dinheiro não vem. E mesmo depois que chegar, a venda de um restaurante não é uma reserva eterna.

Preciso trabalhar.

Yuwanda liga para um amigo, que liga para uma prima, cujo irmão precisa de uma bartender. O emprego é na metrópole, o restaurante fica em uma rua que passa pela Union Square. O salário é uma merda, o horário de trabalho é pior ainda. Aceito na hora.

Nunca sonhei com a cidade grande, mas agora é uma coisa que está acontecendo comigo. Encontro um local para alugar no Harlem, visito-o pelo Skype. O quarto é pequeno, com uma única janela minúscula. O aluguel vai consumir mais da metade de meu pagamento. Assino um contrato virtual e transfiro o depósito para meu novo senhorio.

Essa serei eu. Esse emprego, esse quarto. Vou pegar o metrô para o trabalho, perambular pelos prédios enquanto espero meu turno começar. Se tiver sorte, a cidade não vai ligar para mim. Vou desaparecer.

ENCONTRAR O ENDEREÇO não foi fácil. A imprensa foi proibida de divulgar. A polícia também. Mas uma amiga da família, a caminho de entregar um pacote com alguns mimos, parou no restaurante para jantar uma noite dessas. Yuwanda ouviu o suficiente e me passou as informações no dia seguinte.

— Faça o que quiser — ela disse. — Só achei que você deveria saber. Aparentemente, os pais dela se mudaram para lá depois que ela desapareceu. Fica perto de onde foi vista pela última vez. Eles nunca pararam de procurar.

Fica na cidadezinha seguinte – tem restaurantes, lojas de conveniência e cafeterias, o tipo de lugar que só quem conhece alguém que mora ali vai visitar. A casa é boa o bastante. Fica ao pé de uma colina, moderna, com janelas que vão do chão ao teto, o tipo de mobília de varanda que não se encontra no Walmart. Uma casa habitada por perda e tragédia, mas, ainda assim, de muito bom gosto.

Como foi para eles saber que estavam a apenas alguns quilômetros de distância? Tão perto, esse tempo todo?

Estaciono na esquina e caminho até a entrada. Ela é cercada de pedras cuidadosamente escolhidas.

Um passo, dois. Eu me forço a continuar andando até chegar à porta da frente. É agora. Tem que ser.

Meus dedos flutuam diante da campainha. Antes de apertá-la, a porta abre um pouco. Uma mulher com idade suficiente para ser minha mãe me observa.

— Pois não?

Ao fundo, um vislumbre de cores, jeans, um suéter preto e aquele cabelo, longo e limpo e com mechas brancas. Os olhos redondos dela encontram os meus, mesmo de longe.

— Tudo bem, mãe — ela diz. — Pode deixar ela entrar.

A mulher olha para trás e, com relutância, faz o que ela pede. Entro com um sorriso escusatório, ao qual ela não corresponde.

— Peço desculpas por ter vindo sem avisar — digo. — Eu estava de passagem. Estou saindo da cidade.

O que estou fazendo aqui? Incomodando essas estranhas com meus planos de vida quando têm tanta coisa para curar, tanta coisa para reconstruir.

Procuro o olhar da pessoa que vim ver.

— Acho que eu queria me despedir. — Minhas palavras são pesadas e incertas. — E pedir desculpas.

Minha voz treme. Odeio o som dela. Que direito eu tenho de ser a mulher traumatizada? Estou bem. Ele não me machucou. Ele gostava de mim, talvez, do jeito estranho que era capaz de gostar.

Ela caminha em minha direção. A lembrança de nossos últimos momentos juntas paira no ar. A urgência da situação, ela na casa dele, de saída, e eu cega como Édipo furando os olhos com broches de ouro.

— Você não sabia — ela diz. — Não tinha ideia.

Ela não diz como se isso me isentasse de culpa. Era apenas a verdade: eu não sabia e agi de acordo.

— Sinto muito — digo.

Algo brilha nos olhos dela. Queria que tivéssemos mais tempo. Queria que estivéssemos só nós duas e pudéssemos conversar por horas. Queria que ela pudesse me contar tudo e eu pudesse contar tudo a ela. Queria que pudéssemos combinar nossos poderes e formar uma força imbatível.

— Acho que você não... — Estou à beira de dizer algo estúpido. O que tenho a perder? Que credibilidade me resta? Que dignidade, que privacidade? E se tudo isso está sendo tirado de mim, não é justo eu pelo menos tentar me envolver em outra coisa? — Acho que você não vai me deixar... te dar um abraço de despedida?

Faz-se um silêncio. O eco de minhas palavras, grotesco, reverbera nas paredes do vestíbulo. Há um aparador à minha esquerda, um espelho, uma tigela de cerâmica cheia de miudezas, chaves, botões, pedaços de papel.

— Tudo bem se não quiser — digo a ela. — Eu compreendo perfeitamente. Sei que é estranho. É só que...

Então a mulher fala, a mais velha, que só pode ser a mãe dela.

— Minha filha — ela diz. Ela fala com dificuldade, parecendo não saber exatamente como explicar. — Minha filha não...

Mas a filha a interrompe. May. Li o nome dela no jornal. Lembro vagamente – memórias distantes de noticiários, talvez um cartaz de pessoa desaparecida no posto de gasolina. É difícil dizer o que são lembranças reais e o que é meu cérebro preenchendo as lacunas.

May se apoia no aparador ao meu lado. Seus olhos, rodeados de sombras, são penetrantes à luz do dia. Procurando alguma coisa em mim. Se eu soubesse o que era, daria a ela imediatamente.

— Mãe — ela diz. — Está tudo bem.

84
MAY MITCHELL

Ela entra e dá para ver que está destruída. Como submarinos no radar um do outro, vocês se reconhecem. Aquelas que sobreviveram às coisas.

Durante dias, o mundo se apropriou de você. Recebendo você de volta. Mãos estendidas para você, braços te puxando. Gargantas soluçando de chorar junto à sua cabeça. Vozes, roucas, dizendo o quanto sentiram sua falta. Uma casa nova. Não na metrópole. Ainda não. Alguns itens do passado. Mais vozes – pessoalmente, no telefone, recados gravados e chamadas de vídeo e cartões-postais e pacotes cheios de mimos.

Sua mãe, seu pai. Seu irmão. Julie. Até Matt mandou um e-mail, seu quase namorado. "Espero que esteja bem", ele escreveu. "Bem, na medida do possível. Desculpe se isso parece idiota."

Ninguém tem ideia de como abordar tudo isso e todos sentem muito.

À noite, as vozes vão embora. Você se deita em uma cama que sua mãe diz que é sua. Tenta ouvir passos pelo corredor, mas há apenas silêncio. Mas, ainda assim, presta atenção, sempre presta atenção, pronta para que algo rompa o silêncio. Você cochila apenas pela manhã, quando sua família acorda e o cheiro de café preenche a casa e o mundo começa a montar guarda.

Cecilia.

Você pensa nela o tempo todo. Os jornais garantem que ela está bem, "em segurança, aos cuidados de parentes". Os policiais também. Você liga todos os dias, e todos os dias eles te dizem a mesma coisa.

Ela pegou a cachorra de volta? Você perguntou no terceiro dia. E eles disseram que sim. Um policial encontrou o cercado durante uma busca na casa. Entregaram a cachorra aos avós da menina.

Ela está com eles, o policial disse. Não está sozinha. Ela vai ficar bem.

Ela vai ficar bem.

Você precisa que eles continuem dizendo isso. Se ouvir muitas vezes, talvez um dia acredite.

E, agora, a outra mulher está aqui. A mulher da sala. A que usava seu colar. Emily.

Ela está na casa nova e talvez seja a única que compreende. Como foi viver em um mundo em que ele era o centro de tudo.

Ela não sabe como existir. Como se portar, como falar. Como olhar para sua mãe. Como olhar para você.

Ela quer um abraço.

Sua mãe tenta interferir. Ela sabe que você anda esquisita em relação a essas coisas, que se esforça para se deixar ser tocada. Que não gosta de pessoas chegando sem você perceber. Que você não aguenta ser abraçada com muita força ou por muito tempo. Que às vezes você precisa de um tempo sozinha e não há nada a fazer além de esperar.

O que sua mãe não sabe: que essa mulher que está na casa dela é a única pessoa que te pareceu familiar em dias. Que ela significa alguma coisa para você. Que você a viu antes e a vê agora. Que essa mulher é como você, o corpo dela é uma ponte entre dois mundos.

Você queria poder mantê-la por perto para sempre. Queria que ela pudesse ficar e que vocês duas pudessem conversar sobre tudo, ou pudessem passar horas sentadas lado a lado, sem dizer nada.

As pessoas estão tentando entender. Jornalistas fizeram perguntas e estabeleceram respostas. Policiais também. Estão juntando provas, vasculhando o passado dele, procurando motivos e métodos, refazendo os passos, tentando dar nome às mulheres que estavam no porão.

Todos estão lutando por cada pedacinho, mas nunca vão saber.

Ela, você e a filha dele. Vocês três. As histórias combinadas. É o mais próximo que alguém vai chegar da verdade.

— Mãe — você diz. — Está tudo bem.

Sua mãe sai da frente. Não é algo natural para ela, nos últimos dias, te deixar à mercê do mundo.

A outra mulher espera, enrolada no casaco acolchoado branco que ameaça engoli-la, jeans e botas de neve aparecendo, cabelos castanhos para dentro de um chapéu forrado com pelúcia. Novinho. Recém-comprado, provavelmente. Um item novo para uma vida nova.

Ela quer um abraço. Ela pediu e agora está ali parada, mãos nas laterais do corpo, já com ar de arrependimento.

Você abre os braços.

AGRADECIMENTOS

Eu (uma francesa) comecei a pensar na ideia de algum dia, quem sabe, escrever um romance em inglês quando tinha dezenove anos. Levei uma década para chegar lá – uma década durante a qual a publicação nos Estados Unidos me parecia um acontecimento esplendoroso e impossivelmente distante. O que estou tentando dizer é: não acredito que cheguei aqui. Desculpe, sei que deveria manter a compostura, mas realmente não consigo.

Ao desenvolver este romance, tive a incrível sorte de trabalhar com pessoas que não são apenas muito boas em seu trabalho, mas que entenderam o que eu estava tentando fazer com essa história – e, melhor ainda, que a adoraram. Isso significa mais para mim do que consigo descrever. (Embora descrever coisas seja literalmente meu trabalho.) Por isso, meus mais sinceros agradecimentos:

A Reagan Arthur, minha editora: você editou e publicou alguns dos meus livros preferidos, livros que fizeram de mim uma escritora. Obrigada por sua gentileza, seu olhar atento, sua energia e sua generosidade. A Tim O'Connell, meu editor de aquisição neste livro, pela primeira rodada de revisões e por me dizer logo no começo que isso deveria ser divertido. Reagan, Tim: não acho que seja fácil fazer uma escritora se sentir totalmente segura no texto, mas vocês dois conseguiram. Obrigada.

A Stephen Barbara, que tenho tanta sorte de chamar de meu agente, por apoiar este romance desde os primeiros instantes, por seu trabalho incansável e por sua amizade. Não quero parecer dramática, mas sua crença no meu trabalho mudou minha vida. Obrigada por tudo.

À equipe dos sonhos na Knopf: Jordan Pavlin, minha amiga Abby Endler, Rita Madrigal, Isabel Yao Meyers, Rob Shapiro, Maria Carella, Kelsey Manning, Sara Eagle, John Gall e Michael Windsor.

À equipe dos sonhos na InkWell Management: Alexis Hurley, por levar este livro quase literalmente ao mundo todo, Maria Whelan, Hannah Lehmkuhl, Jessie Thorsted, Lyndsey Blessing e Laura Hill. E a Ryan Wilson, da Anonymous Content, pelo trabalho com os direitos de adaptação para as telas.

A Clare Smith da Little, Brown UK, por trazer este livro para o outro lado do Atlântico, por seu entusiasmo sem fim, e pelas anotações sempre úteis. Obrigada, Clare. Agradecimentos especiais também a Éléonore Delair, da Fayard/Mazarine, e aos editores do mundo todo que gostaram do livro.

A Paul Bogaards, agente de publicidade muito especial que torna tudo divertido e fácil (e que traz os melhores convidados-surpresa para tomar café). Fico muito honrada por gostar do meu trabalho. E a Stephanie Kloss e Stephanie Hauer da Bogaards PR.

É uma verdade universalmente reconhecida que escritores querem ser amados, mas acho que muitos de nós subestimam o quanto o amor de um bom olheiro literário pode mudar uma vida. Meus mais sinceros agradecimentos aos olheiros que apoiaram este livro.

A Tyler Daniels, meu marido. Obrigada por acreditar em mim, por ler meus rascunhos, por encontrar o título deste romance e por conversar sobre pontos da trama. Tenho muita sorte por ter você em minha vida e por estar na sua. E obrigada por ser um pai incrível para nossa cachorra, Claudine.

Aos meus pais, Jean-Jacques e Anne-France Michallon, respectivamente, por me ensinar que não há nada errado em perseguir objetivos ligeiramente absurdos (como escrever romances em inglês quando sua língua nativa é o francês), e por alimentar meu imenso amor pelos livros (e despertar meu, hã, interesse por assassinos em série). À minha avó Arlette Pennequin, que soube deste romance antes de ele se tornar um livro e aprendeu tudo o que havia para aprender a respeito de como se publicar nos Estados Unidos. Acho que ela deve ser a avó francesa com o conhecimento mais completo sobre essa indústria.

Aos meus sogros, Tom e Donna Daniels: comecei a escrever este romance quando estava em uma casa com vocês no Vale do Hudson. E então usei essa casa (sua casa) como modelo para a casa de Aidan neste livro. E só contei para vocês *depois* de ter terminado o livro e conseguido um contrato para publicá-lo. E vocês nem ficaram bravos. Na verdade, ficaram tão felizes e orgulhosos. Obrigada por seu amor e apoio, que significam muito para mim.

A Holly Baxter, por sua fé neste romance antes mesmo que ele fosse concluído. Seu entusiasmo me ajudou a cruzar a linha de chegada, assim como seu sábio conselho. (Primeiro, o primeiro manuscrito. Deixe a crise existencial para depois.)

Aos meus amigos franceses, por serem incríveis e espirituosos e me apoiarem tanto e, convenhamos, serem extremamente bonitos: Morgane Giuliani, Clara Chevassut, Lucie Ronfaut-Hazard, Ines Zallouz, Camille Jacques, Xavier Eutrope, Geoffroy Husson, Swann Ménage.

A Christine Opperman, incrível amiga e leitora generosa, cujos comentários, de alguma forma, sempre coincidiam com os que meus editores faziam depois. Muito obrigada por reservar um tempo para ler minha obra e por colocar um pouco de bom senso em minha cabeça quando necessário.

Ao meu querido amigo Nathan, o melhor amigo que uma escritora (ou, sendo sincera, qualquer pessoa) poderia querer. Obrigada pelo apoio e pelos elogios, e por todo o resto.

Ao meu terapeuta, que não posso identificar por motivos óbvios, que leu um dos primeiros rascunhos deste romance. (Isso não é incrível?) Obrigada por, literalmente, manter-me sã.

A citação cinematográfica no capítulo 33 é do adorável *Uma segunda chance para amar*, estrelado por Emilia Clarke e Henry Golding. Sempre me perguntei como seria para pessoas relacionadas de alguma forma a assassinos em série (ou, você sabe, que *são* assassinos em série) ouvir piadas sobre assassinos em série em filmes ou na televisão. E aí está.

No capítulo 25, May contribui com um texto para a seção de um site chamada "Eu sobrevivi a isso". Ela é inspirada na seção "It Happened to Me" ("Aconteceu comigo") do agora desativado xoJane que existiu, creio, desde o nascimento do site em 2011 até seu fechamento em 2016. Esses textos foram minha introdução aos ensaios pessoais quando estava na faculdade, na França. Eles me cativaram. Fico feliz por ter experimentado uma versão daquela época, de forma indireta, por meio deste romance, muitos anos depois.

E, por fim, um mundo de agradecimentos às outras pessoas que fizeram de mim uma escritora: Madame Sultan, a professora que me disse quando eu era adolescente: "Nunca pare de escrever. Caso contrário, você se deixará levar pela vida..." (Não parei de escrever). Monsieur Chaumié, que leu meus contos antes que estivessem prontos para serem lidos. Arlaina Tibensky, que abraçou minhas ideias confusas. E Karen Stabiner, que me ensinou que eu precisava amar isso mais do que qualquer outra coisa.

Editora Planeta Brasil | 20 ANOS

Acreditamos nos livros

Este livro foi composto em Warnock Pro e
Fenwick e impresso pela Gráfica Santa Marta
para a Editora Planeta do Brasil em julho de 2023.